les Ailes d'Alexanne

Tome 2 : Mikal

Du même auteur

Les Chevaliers d'Émeraude, tomes I à XII

A.N.G.E. 1
Antichristus

A.N.G.E. 2
Reptilis

A.N.G.E. 3
Perfidia

A.N.G.E. 4
Sicarius

Les Héritiers d'Enkidiev 1
Renaissance

Les Héritiers d'Enkidiev 2
Nouveau Monde

Les Ailes d'Alexanne 1
4 h 44

À paraître

Les Héritiers d'Enkidiev 3
Les dieux ailés

A.N.G.E. 5
Codex Angelicus

Anne Robillard

les Ailes d'Alexanne

Tome 2 : Mikal

Michel Lafon

7-13, boulevard Paul-Émile-Victor – Île de la Jatte
92521 Neuilly-sur-Seine Cedex
www.michel-lafon.com

Chapitre 1
Le libre arbitre

Depuis le décès de ses parents lors d'un horrible accident de la route, Alexanne Kalinovsky vivait chez Tatiana, la sœur de son père, dans les Laurentides. La transition entre la ville et la campagne n'avait pas été facile pour la jeune fille. Heureusement, sa tante était une personne admirable qui comprenait sa peine. Pour la réconforter, Tatiana lui avait expliqué que la mort n'était qu'un passage du monde matériel au monde spirituel. Elle lui avait aussi prodigué de la tendresse, des encouragements et, surtout, beaucoup d'amour afin de l'aider à surmonter cette terrible épreuve. Tatiana possédait non seulement une âme magnifique et un cœur en or, mais elle était aussi guérisseuse. Elle soignait les malades qui venaient la visiter par l'imposition de ses mains ou grâce aux potions qu'elle préparait.

Comme tous ses ancêtres russes, Tatiana avait le devoir d'aider quelqu'un de sa descendance à développer son potentiel de fée. Mais comme sa nièce venait à peine de découvrir son héritage magique, il n'était pas toujours facile de stimuler ses pouvoirs. Habituellement, les guérisseuses commençaient à utiliser leurs facultés de voir, d'entendre et de ressentir dès l'enfance, mais Alexanne avait été coupée de ses dons par son père, qui ne désirait pas la voir suivre les traces des femmes de sa famille.

Maintenant qu'elle n'avait plus peur de l'invisible, Alexanne avait fait des progrès tout l'été, et son pouvoir de double vue s'améliorait de jour en jour. Il lui restait cependant encore tant de choses à apprendre. Néanmoins, Tatiana ne la pressait pas et applaudissait le moindre de ses succès.

La vie était devenue plus douce pour la jeune orpheline, du moins jusqu'au retour de son oncle Alexei chez sa sœur. Cet homme dans la trentaine ne ressemblait ni à sa sœur ni à son frère. Ses cheveux noirs mal coupés, qu'il portait un peu plus bas que l'épaule, son teint blême et ses yeux bleus incroyablement pâles lui donnaient un air de loup solitaire. Alexei s'efforçait de ne jamais montrer ses émotions, mais Alexanne savait maintenant que sous ses airs farouches se cachait un torrent d'émotions que le pauvre homme n'arrivait pas toujours à dominer.

Alexei Kalinovsky s'était enfui de la ferme de ses parents à l'âge de dix ans. Il avait aussitôt été recueilli par une secte, établie quelques kilomètres plus loin dans une montagne. On lui avait alors donné le nom de Mikal et on avait fait inscrire son décès au registre de l'état civil, pour que sa famille ne puisse plus jamais le récupérer. Le pauvre enfant y avait été retenu prisonnier pendant plus d'une dizaine d'années. Incapable de se soumettre à l'autorité et fortement indépendant, Alexei avait été maltraité par leur chef, qui se faisait appeler le Jaguar. Les disciples avaient même ouvert le feu sur Mikal lorsqu'il avait finalement franchi les palissades et lui avaient logé plusieurs balles dans le corps.

Malgré la douleur et tout le sang qu'il perdait, Alexei avait couru pour s'éloigner de sa prison. Lorsque ses jambes avaient finalement cédé, il avait roulé jusqu'au pied d'un talus, où l'attendait malheureusement un loup enragé. L'animal avait brutalement enfoncé ses crocs dans sa gorge, mais ne l'avait pas tué. Il lui avait plutôt transmis un mal si profond qu'il avait empoisonné toute son existence. À l'article de la mort, Alexei avait tout de même réussi à se rendre instinctivement jusque chez sa sœur, la seule personne capable de lui venir en aide. Tatiana avait soigné ses blessures physiques, mais il avait fallu l'intervention des anges pour sauver son âme.

Malgré un bien mauvais départ, car Alexei avait d'abord cru qu'Alexanne était à la solde du Jaguar, l'oncle et la nièce s'étaient découvert beaucoup de traits communs. Alexei avait aussi trouvé en Alexanne une fontaine d'amour et de pardon semblable à celle de sa sœur. Plus les jours passaient, plus l'homme-loup se comportait de façon possessive envers Alexanne. Celle-ci ne pouvait même plus fréquenter son copain Matthieu sans attiser sa jalousie. La jeune fée, qui n'avait pas accès à ses souvenirs karmiques comme ses aînés, ignorait évidemment qu'elle avait déjà été l'épouse de son oncle dans une autre vie. Tatiana avait finalement dû expliquer à Alexei qu'il était immoral pour un homme de fréquenter sa nièce.

Incapable de maîtriser ses émotions, Alexei était donc retourné vivre dans la forêt au milieu de l'été. Sa décision avait profondément chagriné Alexanne, qui le trouvait vraiment fascinant. De son côté, ce qu'elle éprouvait pour son oncle se résumait à du respect et de l'affection. Elle avait supplié sa tante de raisonner son frère, mais Tatiana avait refusé, car selon elle, le temps finirait par arranger les choses.

Un beau matin, Alexanne ouvrit l'œil et vit par la fenêtre de sa chambre qu'il pleuvait à verse. Elle s'habilla sans se presser et descendit à la cuisine, l'air chagrin. Elle se posta aussitôt devant la porte grillagée pour scruter le jardin.

– Cesse de t'inquiéter pour Alexei, lui conseilla Tatiana, qui préparait le petit déjeuner. Il sait prendre soin de lui-même.

– Je n'aime pas qu'il soit ainsi à la merci des éléments.

– Il peut se mettre à l'abri.

– Nous pourrions régler ce malentendu une fois pour toutes s'il acceptait de m'écouter.

– Au lieu de penser à lui, si nous profitions plutôt de cette belle journée pour stimuler ton don de double vue ?

– Cette belle journée ? répéta Alexanne en regardant la pluie tomber à torrents dans la cour.

– Le ciel nous offre une journée de congé en arrosant les fleurs pour nous.

Tatiana ne voyait décidément que le bon côté des choses.

– Grâce à cette pluie, nous pourrons nous concentrer en toute quiétude sur tes pouvoirs, ajouta la guérisseuse.

Alexanne suivit donc sa tante au salon et s'assit docilement sur le sofa. Elle rêvait de mettre en action ses facultés surnaturelles, mais en même temps, elle craignait d'être désormais trop âgée pour y parvenir. Les véritables fées ne commençaient pas leur éducation à quinze ans. Tatiana lui pointa le philodendron qui trônait sur une petite table.

– Cesse de songer à Alexei, à Matthieu ou à qui que ce soit, et dirige toute ton attention sur cette plante. Elle baigne dans une énergie que tu devrais apercevoir au bout de quelques secondes, mais elle renferme aussi une force interne qui la garde en vie. Il est important que tu fasses la distinction entre les deux.

Alexanne chassa donc de son esprit toutes ses pensées obsédantes et ralentit sa respiration comme sa tante le lui avait enseigné. Elle vit tout de suite l'aura qui entourait chacune des feuilles.

– Maintenant regarde encore plus loin, exigea Tatiana.

Sombrant dans la transe, Alexanne constata enfin qu'un liquide lumineux circulait à l'intérieur des feuilles et des tiges, comme du sang dans un labyrinthe de veines et d'artères. Étonnée et fascinée à la fois, elle se tourna vers sa tante et vit cette même énergie dans son corps !

– Mais qu'est-ce que vous avez ? s'exclama l'adolescente.

La vision s'estompa aussitôt.

– Tu as vu ma force vitale, n'est-ce pas ? se réjouit Tatiana.

– Ça ressemblait à du sang lumineux. Est-ce ce que vous voyez lorsque vous soignez les malades ?

– Oui, ma chérie. Puisque je suis en parfaite santé, tu as vu mon énergie se déplacer librement dans mon corps. Si j'avais été malade, tu aurais aperçu un tourbillon noir à l'endroit infecté par la maladie.

– Et comment le fait-on disparaître ?

– Pour éliminer les blocages, il faut tout d'abord posséder le pouvoir de ressentir.

– Et avant de pouvoir ressentir, il faut que je développe mon don de double audition, grommela Alexanne.

– C'est exact, mais ne te décourage surtout pas. Tu apprends si rapidement que ce ne sera plus très long, maintenant. Tu vois déjà le monde invisible, l'énergie des plantes et des êtres vivants, et tu perçois aussi des images du passé. Sincèrement, je préférerais que tu t'en tiennes à cela pour l'instant.

– Les fées peuvent-elles aussi voir l'avenir ?

– Pas toutes, et seulement lorsqu'elles possèdent tous leurs pouvoirs. C'est un peu comme l'électricité, qui ne sert à rien sans interrupteur.

– Vous connaissez donc le mien ?

– Les fées n'aiment pas regarder trop loin dans le futur, car elles respectent le libre arbitre d'autrui. Plusieurs chemins s'ouvrent sans cesse devant nous, Alexanne. C'est à nous de choisir celui que nous voulons suivre.

– Les gens qui vous consultent vous demandent-ils de leur prédire des choses ?

– Certains le font, mais je leur explique que ce n'est pas la mission que Dieu m'a confiée. Je leur conseille plutôt de se concentrer sur le moment présent et de vivre chaque instant comme si c'était le dernier.

– Plus facile à dire qu'à faire...

– En général, le chemin tracé devant nous est facile et agréable. Ce sont les gens qui se compliquent la vie.

– Aurai-je cette faculté, moi aussi ?

– Elle se manifestera d'elle-même, comme celle de voir le passé.

– Comment saurai-je qu'il s'agit du futur ?

– Même si je le savais, je ne pourrais pas te le dire, Alexanne, car c'est une expérience personnelle.

– Et vous, comment avez-vous su que vous aviez ce don ?

– Je t'ai vue dans ton berceau alors que tu n'étais même pas encore née. En transe, je t'ai aussi vue traverser cette maison, il y a plusieurs années. C'est pour cette raison que je n'étais pas surprise lorsque madame Léger t'a conduite chez moi. Mais cet avenir aurait tout aussi bien pu ne jamais se manifester, car ton père aurait pu exercer son libre arbitre et rester à la maison le jour de l'accident. Il ne serait pas mort, et tu ne m'aurais jamais connue.

Tatiana expliqua également à Alexanne que, comme les fées possédaient une plus grande maîtrise de leur esprit que les gens ordinaires, il était deux fois plus important qu'elles cultivent des pensées positives. La moindre fixation sur des émotions négatives, telles que la haine et la peur, ne pouvait qu'engendrer des événements destructeurs.

– C'est le cas d'Alexei, n'est-ce pas ? se chagrina Alexanne. La raison pour laquelle nous devons absolument transformer ses émotions, c'est pour qu'il ne devienne pas l'enfant mâle dont parle le livre de nos ancêtres ?

– Il a malheureusement déjà le potentiel de détruire toutes les fées…

– Si seulement ma faculté de ressentir s'était déjà manifestée, je pourrais le retrouver ce matin.

– Ne saute pas d'étapes, ma soie. Tu dois commencer par voir et entendre comme une fée.

Elle lui recommanda donc d'aiguiser ses perceptions en observant une par une toutes les plantes de la maison. Alors, Alexanne passa toute la matinée à s'y exercer, de plus en plus fascinée par ses dons.

Chapitre 2
La déclaration

Les nuages se dispersèrent au début de l'après-midi, et les premiers rayons du soleil se frayèrent un chemin entre les arbres encore trempés. Alexei put enfin sortir de son refuge dans la montagne, pour se rendre à la rivière. À son approche, les daims et les lièvres s'enfuirent, redoutant le loup qu'il avait déjà été. Le jeune homme s'accroupit et avala quelques gorgées d'eau en se servant du creux de sa main. Il savait bien qu'il ne pourrait jamais se débarrasser complètement des comportements sauvages qu'il avait adoptés au cours de cette terrible période de sa vie, mais il s'en moquait. Pourquoi ferait-il l'effort de redevenir humain alors que son destin était de vivre en ermite dans la forêt ?

Il sentit soudain un danger et releva vivement la tête, tous ses sens en alerte. Au bout d'un moment, il reconnut l'énergie d'Alexanne et se redressa. Il était hors de question qu'il affronte sa nièce alors qu'il n'était pas au mieux de sa forme, car elle avait un don qui surpassait parfois tous les autres : celui de l'exaspérer. Il pressa donc le pas le long de la rivière et remonta vers le nord.

Contrairement à ses aînés, Alexanne ne possédait pas encore la faculté de ressentir. Elle devait donc se fier à son intuition pour retrouver Alexei. Elle savait qu'il affectionnait l'endroit où la rivière descendait de la montagne sous forme de cascades, avant de se diriger vers les nombreux lacs de la région. Son sac sur le dos, l'adolescente avait suivi le sentier qui menait aux chutes en humant les odeurs ensorcelantes de la forêt après la pluie.

– Coquelicot, je sais que tu es là, soupira Alexanne, qui avait aperçu la fée blonde accrochée à son sac. Au lieu de te laisser transporter, tu pourrais peut-être m'indiquer la bonne direction, puisque toi, tu as la faculté de ressentir.

La petite créature alla se poser sur une branche à hauteur des yeux d'Alexanne.

– Je ne peux pas vous obliger, mon oncle et toi, à bien vous entendre, ajouta l'adolescente, mais j'ai vraiment besoin de lui parler aujourd'hui. Je t'en prie, emmène-moi jusqu'à sa tanière.

Coquelicot commença par protester dans un interminable gazouillis d'oiseau, car elle percevait toujours le loup dans le cœur de cet homme. Puis elle finit par céder, intimidée par les grands yeux insistants de l'adolescente, et prit les devants dans le sentier en battant de ses belles ailes de libellule. Alexanne accéléra le pas pour ne pas la perdre de vue. Elles atteignirent bientôt le cours d'eau, mais il n'y avait aucune trace d'Alexei.

L'adolescente tourna plusieurs fois sur elle-même et vit que la petite fée pointait son minuscule bras vers le nord. Lorsqu'elle lui demanda de continuer à avancer, Coquelicot refusa et plongea dans une fleur sauvage. « Ce qui veut dire que mon oncle est tout près », comprit Alexanne. Elle poursuivit donc seule sa route le long de la rivière.

Se sentant talonné par sa nièce, Alexei piqua vers un groupe de rochers plantés verticalement en cercle. Il se hissa rapidement au sommet d'un des dolmens et s'y tapit comme un prédateur pour surveiller la berge. Ce cromlech avait été érigé dans les années soixante par une bande de hippies qui voulaient ressusciter le culte des druides celtes.

Ils y avaient tenu quelques cérémonies, deux ou trois mariages et un baptême, puis n'y étaient plus jamais retournés.

Alexanne s'immobilisa au pied des menhirs, émerveillée de trouver si près de chez elle une formation qui ressemblait à celles qu'elle avait vues dans des reportages sur l'Angleterre. Elle examina les alentours, mais ne pensa pas à lever la tête, sinon elle aurait vu le regard de son oncle, qui ne perdait aucun de ses gestes.

– Je sais que tu es là, soupira la jeune fille. Pourquoi me fuis-tu, Alexei ? Je croyais que tu éprouvais de l'affection pour moi.

Son oncle ne broncha pas. Il espérait que son silence finirait par la décourager. Alexanne se défit de son sac à dos et en retira une bouteille. Elle s'assit au centre des rochers et avala quelques gorgées d'eau.

– Il y a deux grandes forces dans l'univers, poursuivit-elle, l'amour et la peur. En refusant de me parler, tu cèdes à la peur. Je n'ai pas du tout l'intention de te ramener de force à la maison, même si ça me plairait que tu y reviennes de ton propre gré, pour que nous puissions vivre comme une vraie famille. Tu es bien plus qu'un oncle, Alexei. Tu es le grand frère que je n'ai jamais eu. Je me sens en sécurité auprès de toi et je sais que j'ai de l'importance à tes yeux. Tu me fais beaucoup de peine quand tu me traites ainsi.

Alexanne scruta la forêt autour d'elle. Toujours aucun mouvement. Alors, elle poursuivit son monologue en espérant remuer enfin les entrailles d'Alexei.

– Je me suis réincarnée dans ta famille afin de payer mes dettes karmiques envers toi, et je sais maintenant à quel point elles sont élevées. Tu m'as sauvée au moins une dizaine de fois dans nos autres vies ensemble. Maintenant, c'est à mon tour de t'aider. Je t'ai arraché à ton monde d'ombres et de souffrances, mais je veux plus que ça. Il est important pour moi que tu sois heureux.

Sur son perchoir, l'homme-loup résistait à la tentation de lui dire ce qu'il pensait de son karma et de la vie misérable qu'il avait menée depuis qu'il était né à quelques kilomètres de cette montagne.

– Les besoins que tu ressens en ce moment sont tout à fait normaux, poursuivit sa nièce. Tu éprouves le désir de vivre auprès d'une compagne et de fonder une famille, mais ça ne pourra jamais être avec moi parce que je suis ta nièce et que j'aime Matthieu.

Alexei comprit que s'il continuait à l'écouter, il finirait par rugir de colère et être débusqué.

– J'aimerais vraiment que tu apprennes à mieux connaître Matthieu, car il fera un jour partie de notre famille. Je t'en prie, laisse-moi t'expliquer face à face ce que je ressens pour toi. Ça me fendrait le cœur que tu décides de vivre seul dans les bois pour le reste de ta vie. Je t'aime, tu sais.

Alexanne remit la bouteille d'eau dans son sac à dos et rebroussa chemin le long de la rivière, la tête basse, en se demandant si elle avait perdu son temps. Elle rentra à la maison et mangea en compagnie de sa tante sans lui parler de son excursion. De toute façon, Tatiana savait probablement déjà ce qu'elle avait fait au cours de sa journée. Rien n'était jamais vraiment secret dans cette famille…

Chapitre 3
Les âmes jumelles

Après avoir aidé Tatiana à laver et ranger la vaisselle, Alexanne s'assit sur le canapé du salon pour lire une heure ou deux, se laissant emporter par l'intrigue d'un roman. Elle ne vit donc pas Alexei se planter dans l'entrée du salon, le visage rouge de colère.

– Je ne pourrai jamais aimer Matthieu comme je t'aime ! hurla-t-il.

Alexanne tressaillit violemment. Son livre vola dans les airs et s'écrasa sur le plancher, de l'autre côté de la table basse. Menaçant, Alexei fit quelques pas dans la pièce. L'adolescente s'enfonça dans le canapé, craignant qu'il ne s'en prenne à elle.

– Ce n'est pas sa lumière qui m'attire, c'est la tienne ! continua à crier son oncle. Pourquoi es-tu incapable de le comprendre ?

– Quel rapport cela a-t-il avec Matthieu ? s'étonna Alexanne.

– Je ne l'aime pas, et je ne veux pas que tu l'aimes non plus !

« On ne pourra jamais l'accuser d'être hypocrite, en tout cas », pensa l'adolescente, encore plus découragée.

– Calme-toi et viens t'asseoir, l'invita-t-elle.

– Non. Je ne veux pas que tu utilises ta magie pour me faire changer d'idée.

– Même si je le voulais, je ne le pourrais pas, car je ne sais pas comment utiliser ce genre de pouvoir.

Alexei se mit à arpenter nerveusement le salon en gardant les yeux fixés sur sa nièce.

– Je ne te dirai rien tant que tu ne seras pas assis, l'avertit Alexanne.

Au bout d'un moment, il émit un grognement de mécontentement et s'installa à l'autre extrémité du canapé. L'adolescente voulut lui prendre les mains, mais il se déroba.

– N'utilise pas les anges contre moi, l'avertit-il.

– Les anges ne font aucun mal aux hommes, voyons.

– Ils ne m'ont jamais soutenu, même dans mes pires épreuves.

– C'est faux, Alexei. Ils t'ont maintenu en vie alors que tu aurais dû mourir. Ils aiment tout le monde, et ils ont un faible pour les fées, car tu en es une, que ça te plaise ou non.

– J'ai seulement des pouvoirs qui ressemblent aux leurs.

– Tu es une fée, et je finirai par te le prouver, mais pas ce soir. Tout ce que je veux, en ce moment, c'est te rassurer. Est-ce que tu peux au moins me laisser faire ça ?

Il hésita, les yeux toujours étincelants de colère, puis finit par lui tendre ses mains en tremblant. Il n'avait jamais aimé les contacts humains, même lorsqu'il vivait dans la secte. L'adolescente serra ses doigts affectueusement. Peu à peu, le regard de son oncle passa de la rage à la tristesse.

– Je t'aime, Alexei, mais comme une sœur aime son frère, comme une nièce aime son oncle. Je veux veiller sur toi, te protéger, m'assurer que tu sois heureux et productif dans la vie. Je veux que tu te maries un jour et que tu aies des enfants aussi beaux que toi.

– Je ne pourrai pas vivre avec une autre femme tant que tu seras là…

– Tu dois aussi apprendre à respecter mon libre arbitre.

Tatiana, qui les épiait depuis la porte, décida d'intervenir. Durant sa sieste, les anges étaient venus lui expliquer que les âmes qui se ressemblaient étaient attirées l'une vers l'autre par une force plus puissante que leur volonté. La plupart d'entre elles préféraient se fuir plutôt que de céder à cette fascination mutuelle qu'elles ne comprenaient tout simplement pas.

– J'ai saisi ce qui vous arrive, fit la guérisseuse en s'avançant dans la pièce. Vous savez déjà que les âmes sont toutes sorties de Dieu. Celles qui s'incarnent pour la première fois, exactement au même instant, sont des âmes jumelles. Elles ont un cheminement de vie similaire et la même personnalité.

– Nous ne sommes certainement pas des jumeaux, protesta Alexei. Nous n'avons pas le même âge, et Alexanne ne me ressemble pas du tout.

– Les âmes jumelles n'ont pas nécessairement le même visage, mais elles ont la même énergie, la même lumière. Lorsqu'elles se regardent, elles ont l'impression de se trouver face à un miroir. Elles se sentent bien en présence l'une de l'autre, mais elles s'empêchent aussi mutuellement de progresser.

– Dans toutes les incarnations où elles se retrouvent ensemble ? demanda sa nièce.

– Malheureusement, oui. Maintenant que vous connaissez la véritable nature de vos âmes, je vous en prie, faites l'effort de ne pas nuire à vos évolutions respectives.

– Je ne veux pas empêcher Alexei de progresser, affirma Alexanne, mais il doit faire la même chose pour moi.

– Je ne veux pas être séparé de toi, l'avertit l'homme-loup.

– Moi, je suis certaine que nous pouvons habiter la même maison et nous apporter plein de choses, tout en nous laissant fréquenter d'autres personnes.

Devinant qu'elle allait encore lui parler de Matthieu, Alexei retira vivement ses mains des siennes.

– Alexei, je t'en conjure…

Effarouché, il bondit vers Tatiana.

– Je t'en prie, reste, l'implora Alexanne.

– Je n'aime pas qu'on me dise ce que je dois faire ! hurla Alexei en faisant volte-face.

– Mais ce n'est pas mon intention…

Sans rien ajouter, il quitta la maison en claquant la porte d'entrée.

– Donne-lui du temps pour réfléchir, ma soie, fit sa tante pour la rassurer.

L'adolescente soupira et ramassa son livre sur le plancher. Elle en lut quelques pages, puis monta à sa chambre. Elle revêtit son pyjama et s'installa sur son lit avec son cahier d'anges et sa plume en argent.

Mes chers anges,

Merci d'avoir permis que ma tante s'occupe de moi après la mort de mes parents. Je comprends à présent que c'est la meilleure chose qui pouvait m'arriver. Je suis fière d'être une fée et je vais faire tout ce que je peux pour faire honneur à mes ancêtres. Quant à mon oncle, je pense bien réussir à le convaincre de revenir parmi les humains, même sans votre aide. Je vous aime.

Alexanne

Elle referma l'album, le serra contre elle avec affection et s'installa pour la nuit.

Chapitre 4
Révélations

Le lendemain, lorsqu'elle se présenta dans la cuisine, Alexanne trouva Tatiana debout devant le plan de travail en train de préparer les céréales, comme elle le faisait tous les matins. Elle l'embrassa sur la joue et lui demanda si Alexei avait déjà mangé. Sa tante lui répondit que non et qu'il était en train de faire son lit. Comprenant qu'il avait passé la nuit à la maison, l'adolescente poussa un cri de joie. Toutefois, ce n'était qu'une mince victoire et il lui fallait aussi gagner la guerre. Tatiana déposa trois bols de céréales sur la table, et Alexanne sortit le pichet de lait du réfrigérateur.

– Si Alexei est mon âme jumelle, quel est le lien entre l'âme de Matthieu et la mienne ? s'enquit l'orpheline en s'asseyant à sa place.

Alexei, qui était sur le point d'entrer dans la cuisine, s'arrêta derrière le mur pour écouter la réponse de sa sœur sans se faire voir. Tatiana savait pourtant qu'il était là.

– Matthieu est ton âme sœur, dit-elle à Alexanne.

– Quelle est la différence entre les âmes sœurs et les âmes jumelles ?

– L'âme d'Alexei a été créée en même temps que la tienne, dans un groupe spirituel différent du tien, tandis que celle de Matthieu est née après la tienne, mais provient de ton groupe.

– Je croyais que les âmes venaient toutes du même endroit, s'étonna Alexanne.

– En réalité, elles sont divisées en millions de petites cellules qui font partie d'un grand tout. Tu vois, le monde spirituel ressemble au monde matériel. Les âmes font partie de familles de trois à quinze membres et elles sont très attachées les unes aux autres. La différence entre les familles terrestres et celles des cieux, c'est que ces dernières ne changent jamais d'une incarnation à l'autre. Ces âmes conservent leurs liens de parenté divine, peu importe où elles choisissent de naître.

– Notre âme sœur provient-elle toujours de notre famille céleste ?

– Toujours.

– Faites-vous partie de la mienne ?

– Non. Je fais partie de celle de ton oncle.

Alexei en profita pour faire son entrée dans la cuisine en essayant d'oublier que Matthieu était l'âme sœur d'Alexanne et s'assit à table.

– Tante Tatiana était en train de me raconter que les âmes sont divisées en familles et que tu fais partie de la sienne.

– Je le sais depuis longtemps, répondit-il en haussant les épaules.

– Tu connais beaucoup de choses, pour un homme qui prétend ne pas être une fée.

Alexei leva un regard irrité sur l'orpheline, qui ne broncha pas. Tatiana leur rappela qu'elle ne voulait pas de querelles pendant les repas. Les traits de son frère se radoucirent aussitôt. La guérisseuse exerçait une incroyable emprise sur cet homme-loup.

Après le petit déjeuner, Alexanne alla arroser les fleurs de la cour, pendant que Tatiana dorlotait celles qui paraient la façade de la maison. Quant à Alexei, il choisit de s'occuper de ses plantes médicinales dans le jardin. Tout en travaillant, sa nièce l'observa discrètement. Son oncle faisait preuve envers ses créations botaniques d'une tendresse qu'il n'accordait ni aux humains ni à lui-même. Au bout d'un moment, il tourna la tête vers Alexanne.

– Pourquoi est-ce que tu m'espionnes ? grommela-t-il.

– Il faut bien que je regarde ce que tu fais, puisque je n'ai pas encore le pouvoir de ressentir.

– Qu'est-ce que tu veux encore savoir ?

Interprétant sa question comme étant une invitation, Alexanne déposa l'arrosoir et alla s'asseoir à ses côtés. « Il a dû plaire à toutes les filles de la secte, avec ses beaux traits et ses cheveux noirs », pensa-t-elle.

– Parle-moi de l'endroit où il y a de gros rochers, près de la rivière. Je sais que tu y étais.

– Comment le sais-tu si tu ne ressens rien ?

– Coquelicot me l'a dit.

– C'est juste un endroit où il y a beaucoup d'énergie.

– Comme celle que je vois dans les plantes ?

– Non. Comme celle des arbres. Elle provient de la terre.

– Est-ce qu'on peut la voir ?

– Évidemment.

Contente d'avoir enfin eu une courte conversation avec lui sans qu'il s'emporte, Alexanne l'embrassa sur la joue et retourna à ses fleurs. Surpris qu'elle mette fin aussi rapidement à son interrogatoire, Alexei la suivit du regard, mais demeura silencieux. Décidément, il ne comprendrait jamais rien aux femmes, encore moins aux fées.

Tout de suite après le déjeuner, Alexanne mit sa casquette, s'empara de son sac à dos et quitta la maison, afin de mener son enquête sur l'énergie du cromlech. Allongé sur le gazon, près de ses plantes, Alexis somnolait. « Pas question de le déranger », décida l'adolescente. Elle s'enfonça dans la forêt et se rendit au bord de la rivière. « Dire qu'à mon arrivée chez ma tante, je n'osais même pas m'aventurer dans la cour », se rappela-t-elle. Deux mois plus tard, elle parcourait la montagne toute seule comme un véritable coureur des bois.

Alexanne retrouva facilement les dolmens et déposa son sac sur le sol. Elle examina les grosses pierres une par une et s'assit en tailleur au centre du cercle qu'elles formaient. Elle ralentit ensuite sa respiration en cessant de réfléchir. Une belle lumière blanche jaillit alors des menhirs, les enveloppant comme un cocon. Fascinée par ce spectacle, Alexanne s'approcha et posa la main sur l'un d'entre eux. Une sensation glacée remonta le long de son bras et s'arrêta à son plexus solaire.

* * *

Sur la pelouse, dans le jardin, Alexei sentit une terrible douleur dans sa poitrine et se redressa brusquement. Sa paume brillait comme un phare. Il se précipita vers la maison et montra sa main à Tatiana.

– Elle est en train de faire des expériences du côté de la rivière, lui apprit sa grande sœur.

– Pourquoi l'as-tu laissée partir toute seule ? lui reprocha-t-il, paniqué.

– Alexanne est libre d'aller où elle veut, comme toi, d'ailleurs. Les âmes jumelles ordinaires ressentent beaucoup de choses en même temps, mais lorsqu'elles sont des fées, le phénomène devient plus intense.

– Est-ce qu'elle sait ce qu'elle est en train de me faire ?

– Non, et nous ne pouvons pas tout lui révéler d'un seul coup. Je prendrai le temps de lui expliquer que vos énergies sont reliées et que tu ressens tout ce qu'elle ressent.

– Mais quand elle sera une vraie fée, ce seront mes angoisses et mes terreurs qu'elle ressentira jusqu'au fond de son âme, Tatiana. Tu dois défaire ce lien, et maintenant.

– Je suis désolée, Alex, mais je ne peux rien y faire. C'est le Créateur lui-même qui en a décidé ainsi.

Tatiana caressa tendrement la joue de son petit frère. Elle comprenait son désarroi, mais elle ne désirait pour rien au monde brusquer sa nièce, qui commençait à s'accoutumer à sa véritable identité.

Chapitre 5

L'elfe

Au centre du cromlech, fascinée, Alexanne laissait l'énergie des pierres pénétrer toutes les cellules de son corps. C'était une sensation glacée, mais en même temps très agréable. « Ça me rappelle quand on se jetait pour la première fois dans l'eau de la piscine municipale, en juin », songea-t-elle. C'est alors qu'elle aperçut une silhouette se déplaçant entre les menhirs. Croyant qu'il s'agissait de son oncle, elle mit fin au contact stimulant avec le rocher. La paume de sa main demeura toutefois lumineuse comme le phare d'une lampe de poche.

– Alex, est-ce que c'est toi ?

Elle se faufila entre deux mégalithes et arriva nez à nez avec un garçon aux longs cheveux blonds et aux yeux aussi verts que le feuillage environnant. Il semblait avoir son âge et portait une tunique courte comme celle de Peter Pan.

– Bonjour ! Je m'appelle Alexanne et j'habite au pied de la montagne.

Le jeune garçon ouvrit la bouche pour répondre, mais le son qui s'en échappa ressembla à celui du vent soufflant à travers les branches dans la forêt. Alexanne sut alors qu'elle était en présence d'un être magique.

– Tu dois être un elfe…

Il lui adressa d'autres paroles aussi incompréhensibles que les premières et pencha la tête en attendant sa réponse.

– Je n'ai malheureusement pas encore la faculté d'entendre les créatures invisibles, confessa-t-elle. Je n'ai que celle de double vue.

Le jeune elfe s'approcha, prit sa main et observa sa paume brillante.

– C'est arrivé quand j'ai touché le rocher, expliqua Alexanne.

L'elfe lâcha sa main et effleura ses lèvres du bout des doigts.

– Je ne comprends pas ce que tu me demandes de faire...

L'elfe se mit à reculer vers la forêt.

– Non, ne t'en va pas ! Je veux apprendre à te connaître. Je veux savoir qui tu es et pourquoi tu es ici. Est-ce que je suis entrée chez toi par mégarde ?

Le regard triste, l'être magique fit un autre pas en arrière. Pour lui faire comprendre qu'elle désirait être son amie, Alexanne posa sa main lumineuse sur sa propre poitrine, au niveau de son cœur.

* * *

Assis sur une chaise à bascule, Alexei tentait de se calmer en observant sa sœur, qui disposait des fleurs dans des vases. Une terrible douleur compressa soudain sa poitrine. Il fit reculer sa chaise avec fracas en plaçant ses deux mains sur son cœur.

– Alex ? s'effraya Tatiana.

Elle se précipita vers lui et posa aussitôt les mains sur les siennes, afin de repousser l'énergie étrangère qui s'en prenait à lui. Son intervention magique eut pour effet de la retourner instantanément vers Alexanne. La jeune fée tomba sur les genoux en poussant un cri de douleur. Consterné, l'elfe s'empara de sa main lumineuse et l'emprisonna entre les siennes pour absorber la surcharge.

– Les elfes l'ont trouvée ! s'écria Alexei, en colère.

– Ce sont nos amis, l'informa Tatiana. Ils ne lui feront aucun mal.

L'homme-loup ne l'écoutait déjà plus. Personne n'avait le droit de s'en prendre à sa nièce, personne. Il fonça vers la porte grillagée et sauta dans le jardin.

– Alex, elle n'est pas en danger !

Grâce à l'elfe, Alexanne ressentit un soulagement immédiat. Il posa ensuite ses doigts fins sur les oreilles de l'adolescente et souffla sur son visage. Tandis qu'il courait en suivant le sentier qui menait au cromlech, Alexei ressentit aussi ce traitement. Puisqu'il n'avait pas besoin qu'on lui ouvre par magie les oreilles, il porta les mains à sa tête et s'arrêta en gémissant.

N'ayant pas, comme lui, développé sa faculté de ressentir, Alexanne ne se rendit pas compte que l'intervention de l'elfe causait de la souffrance à son oncle.

– N'aie pas peur, lui dit le jeune homme d'une voix douce comme la brise. Je suis Ayel. J'habite dans ces bois.

– Je peux t'entendre ! s'exclama Alexanne, folle de joie.

– Nous ne sommes pas censés intervenir dans la vie des fées, mais puisque je voulais apprendre à mieux te connaître, j'ai accéléré ta faculté d'audition.

– Ça fait des semaines que j'essaie de le faire ! Ayel, je t'en supplie, parle-moi des elfes. Où habitent-ils ? Sont-ils nombreux ?

– Ils vivent dans la forêt avec leurs clans familiaux. Il ne peut pas y avoir plus de cinq clans dans une même région. Mon père est le gardien du nôtre. Il fait observer la loi et protège les femmes et les petits. Un jour, je serai gardien, moi aussi.

– Donc, les elfes ont des compagnes et des enfants.

– Comme les humains et les fées.

Quelque chose effraya Ayel, qui tourna vivement la tête derrière lui. Avant qu'Alexanne ait pu lui demander ce qui se passait, il disparut entre les arbres.

– Ayel !

– Alexanne ! hurla son oncle, de l'autre côté des menhirs.

« Mais que se passe-t-il ? Pourquoi se trouve-t-il dans un tel état de panique ? » s'alarma l'orpheline. Était-il arrivé un malheur à la maison ? Elle fonça à sa rencontre. Avant même qu'elle ait ouvert la bouche, Alexei la saisit solidement par les épaules, l'examina, puis l'attira dans ses bras, soulagé de constater qu'elle n'était pas en train de mourir.

– Pourquoi trembles-tu ?

Sans s'expliquer, Alexei lui prit une main, ramassa le sac à dos de l'autre et l'entraîna en direction du sentier longeant la rivière.

– Pourquoi agis-tu comme si j'étais en danger ? De quoi as-tu peur ?

– Tatiana ne veut pas que je t'en parle.

– Il me semble que si ça me concerne, j'ai le droit de le savoir.

– Je ne suis pas très doué pour les explications.

– J'exige quand même que tu m'en donnes une.

– C'est elle qui te le dira, pas moi.

– Il n'est pas question que j'aille où que ce soit avec toi avant que tu m'aies dit pourquoi tu as peur.

Elle s'immobilisa, mais il continua de la tirer derrière lui.

– Alexei, lâche-moi tout de suite !

Ils arrivèrent finalement dans le jardin de Tatiana, malgré tous les cris de protestation de l'adolescente. La guérisseuse les attendait, les bras croisés contre sa poitrine.

– Que lui avez-vous défendu de me dire ? maugréa Alexanne, lorsque Alexei la libéra enfin.

– Je lui ai seulement demandé d'attendre que tu sois prête à l'entendre.

Tatiana les ramena tous les deux dans la cuisine et leur fit boire de l'eau, pendant qu'elle s'assurait que leurs cœurs n'avaient pas subi de dommages.

– Les âmes jumelles ne font pas que se ressembler et s'attirer mutuellement, les informa alors la guérisseuse. Elles ont également le pouvoir de ressentir leurs émotions et leurs sensations physiques respectives. Dans votre cas, puisque Alexei a développé son pouvoir de ressentir et que toi, non, c'est surtout lui qui éprouve la même chose que toi.

Étonnée par cette révélation, Alexanne posa un regard interrogateur sur son oncle. Il baissa aussitôt les yeux vers ses pieds, ne désirant rien ajouter à cette explication. Gardait-il le silence parce qu'il était incapable de lui expliquer ce phénomène avec ses propres mots, ou y avait-il autre chose que la fée aînée ne voulait pas lui dire ?

– Tout à l'heure, il a ressenti une violente douleur dans sa poitrine, mais cette douleur provenait de toi. Quelqu'un t'a-t-il frappée ?

– Non… mais j'ai mis la main sur mon cœur pendant qu'il s'en échappait de la lumière.

Les adultes posèrent un regard étonné sur elle.

– C'était mal ? s'inquiéta la jeune fée.

– Comment ta main s'est elle allumée ? voulut savoir Tatiana.

– C'est arrivé tout de suite après que j'ai touché l'un des menhirs. Elle s'est éteinte lorsque l'elfe a pris ma main. Je me souviens d'avoir ressenti moi aussi une douleur à la poitrine, mais ça n'a duré qu'une seconde tout au plus.

– Ne refais jamais ça ! tonna Alexei, rageur.

– Comment voulais-tu que je sache que ça te causerait du mal ? Tu n'as aucune raison d'être fâché contre moi !

– J'ai cru que quelqu'un t'avait attaquée !

– Je parlais avec un elfe ! Et il n'avait rien de dangereux !

– Les enfants, c'est assez, s'interposa Tatiana. Tout ceci n'est qu'un malentendu.

– Vous avez raison, admit Alexanne. Je suis désolée de m'être emportée.

Mais Alexei, lui, ne s'excusa pas. Il tourna plutôt la tête vers la fenêtre pour regarder dehors. Tatiana leur rappela qu'ils allaient tous les deux devoir s'efforcer de ne pas constamment intervenir dans la vie de l'un et de l'autre, maintenant qu'ils connaissaient ce lien intime qui les unissait. Puisque c'était surtout lui qui avait manqué de tact, Alexei se sentit particulièrement visé et quitta la maison en claquant la porte.

– Il a vraiment eu peur pour moi, n'est-ce pas ? s'attendrit Alexanne.

– Il t'aime beaucoup, mais tu sais à quel point il gère mal ses émotions.

– Peut-il vraiment ressentir tout ce que je ressens, même quand je suis avec Matthieu ?

– Je crains que oui.

Les joues d'Alexanne se mirent à rougir de timidité. Comment pourrait-elle continuer à embrasser son petit copain en sachant qu'elle faisait la même chose avec son oncle ?

– Quelle horreur…

Tatiana lui expliqua qu'une fois que son pouvoir de ressentir serait enfin fonctionnel, elle arriverait à s'isoler émotionnellement de son oncle.

– Il nous faut donc trouver une façon de l'accélérer !

– Chaque chose en son temps. Que penses-tu des elfes ?

– Je n'en ai vu qu'un seul, mais il était plutôt mignon. Il s'appelle Ayel et il veut devenir gardien comme son père.

Tatiana se réjouit de constater que le pouvoir d'entendre de sa nièce venait de se manifester. Elle écouta le récit d'Alexanne, puis lui recommanda d'aller faire la paix avec son oncle.

Chapitre 6
Faire la paix

Après avoir tourné en rond pendant un long moment, car elle savait que son oncle était très en colère, Alexanne comprit que si elle ne faisait pas les premiers pas, ce conflit risquait de durer longtemps. Elle s'empara donc d'un bloc-notes et d'un stylo, puis sortit dans la cour. Alexei était assis près de son jardin de plantes médicinales, qu'il contemplait d'un air boudeur. L'adolescente passa près de lui et poursuivit son chemin jusqu'au patio, où elle prit place derrière une grande table.

– C'est l'heure de ta leçon d'écriture, l'informa-t-elle.

– Je n'en ai pas envie.

– Tu veux apprendre à lire et à écrire, oui ou non ?

Alexanne se mit à tracer de nouvelles lettres sur son bloc. Elle savait que son oncle détestait recevoir des ordres, alors elle attendit patiemment qu'il comprenne que c'était pour son bien. Alexei finit par se relever, mais au lieu de rejoindre son âme jumelle qui lui menait de plus en plus la vie dure, il fit quelques pas en direction de la forêt afin de lui échapper. Juste avant de mettre le pied entre les arbres, il s'immobilisa, en proie au remords. Il jeta un coup d'œil en direction du patio. Alexanne écrivait en faisant semblant de ne pas se préoccuper de lui. « Pourquoi diable réussit-elle toujours à me faire faire tout ce qu'elle veut ? »

ragea-t-il intérieurement. En soupirant, il fit demi-tour et s'approcha de la table.

– Nous allons commencer les consonnes, déclara l'orpheline.

La perspective d'apprendre quelque chose de nouveau l'emporta sur les craintes d'Alexei. Il s'assit près de sa nièce en jetant un coup d'œil à la lettre étrange qu'elle venait de tracer sur le papier.

– C'est un « b ». Il représente le son « beu » comme dans banane, bienfait et baleine.

– C'est quoi, une baleine ?

– C'est un mammifère géant qui vit dans l'océan. Je t'en montrerai un à la télévision. Est-ce que tu comprends le son du « b » ?

Il hocha affirmativement la tête, alors Alexanne poussa le bloc-notes devant lui. Il examina le « b » avec intérêt, puis prit le stylo et reproduisit cette lettre de son mieux.

– C'est quoi, après « b » ? demanda-t-il.

– C'est « c » comme dans caresse, compliment et cadeau. Fais encore quelques lignes de « b » pour bien l'assimiler, puis je te montrerai le « c ».

Alexei plissa le front, inquiet. Alexanne éclata de rire devant sa moue d'enfant et lui ébouriffa les cheveux. Pourtant, tout au long de sa vie, personne n'avait réussi à lui toucher la tête sans qu'il ne réagisse violemment. Il fit donc de gros efforts pour conserver son calme et se remit plutôt à tracer des « b ».

De la fenêtre de la cuisine, Tatiana les observait en pensant que c'était probablement l'innocence d'Alexanne qui compliquait les choses entre l'oncle et la nièce. Celle-ci aimait Alexei comme une enfant aime les membres de sa famille, mais lui commençait à ressentir pour elle une attirance qui ne pouvait que les mener au désastre.

Lorsque l'homme-loup eut rempli toute la page de « b »,

Alexanne lui montra comment tracer des « c ». Matthieu, le petit copain de la jeune fille, choisit ce moment pour lui rendre visite. Il longea la maison sur le côté et ralentit le pas en apercevant Alexei avec sa belle. Il fit le tour de la table pour se retrouver à l'opposé de cet oncle qui ne l'aimait pas.

– Bonjour, tout le monde, les salua-t-il en jugeant plus prudent de ne pas embrasser Alexanne.

– Je suis contente de te voir, Matthieu, s'égaya l'adolescente, mais je croyais que tu travaillais aujourd'hui.

– Mon père m'a donné congé, alors je suis venu te chercher pour faire une balade en voiture.

– Elle est occupée, protesta Alexei sur un ton cassant.

– Mais nous avons presque terminé, le reprit Alexanne en lui décochant un coup d'œil réprobateur.

– Dans ce cas, je vais aller dire bonjour à ta tante et t'attendre dans la maison.

Les mains dans les poches, il traversa le jardin.

– Tante Tatiana nous a fait promettre de ne pas nous empêcher de vivre mutuellement d'autres expériences, reprocha la jeune fille à son oncle.

Alexei se leva brusquement en lançant rageusement son stylo, puis fonça vers la forêt. L'adolescente le regarda disparaître entre les arbres en pensant que la bataille serait longue et pénible. Elle ramassa le matériel d'écriture et regagna la maison, bien décidée à ne pas laisser la mauvaise humeur de son oncle gâter la sienne. Matthieu était au salon avec la guérisseuse. Ils parlaient de ses projets d'étude. En apercevant sa belle, le visage du jeune homme s'illumina de bonheur.

– Nous allons nous promener, annonça Alexanne. Nous serons de retour pour le repas.

Elle prit la main de son amoureux et l'entraîna vers sa voiture. L'orpheline se retourna plusieurs fois sur son siège, tandis qu'ils s'éloignaient de la maison, pour s'assurer que son oncle ne les suivait pas.

– Alexanne, il va falloir faire quelque chose avant qu'il essaie de me tuer, soupira Matthieu.

– Il est seulement inquiet pour moi, c'est tout.

– Mais il doit bien savoir maintenant que je t'aime et que tu n'es pas en danger avec moi. Si je surmontais ma peur et que je m'expliquais une fois pour toutes avec lui, crois-tu qu'il m'écouterait ?

– Je n'en sais rien. Il ne m'écoute même pas, moi.

Alexanne eut alors une idée.

– Il nous laisserait tranquilles s'il avait une petite amie ! s'exclama-t-elle.

– Mais aucune femme ne voudra d'un homme qui terrorise tout le monde.

– Alexei est méfiant parce qu'il n'a pas eu de veine dans la vie. Il a été victime de sévices lorsqu'il était petit, puis ça s'est poursuivi dans la secte.

– Peut-être qu'il les méritait...

– Matthieu Richard ! Ce qui lui est arrivé n'était pas sa faute.

– Est-ce qu'on ne pourrait pas arrêter de parler de lui, aujourd'hui ?

– D'accord, mais je suis quand même certaine qu'il pourrait trouver le bonheur auprès d'une femme de son âge.

Alexanne ne put s'empêcher, quelques minutes plus tard, de questionner son copain sur les femmes du village. Elle se rendit rapidement compte qu'elles étaient toutes mariées et heureuses en amour. « Il me faudra donc regarder ailleurs », décida-t-elle. Pour plaisanter, Matthieu lui proposa d'éplucher les annonces classées.

– Tu es génial !

– Mais c'était une farce !

Alexanne éclata de rire pour le rassurer. Toutefois, c'était une excellente idée.

Chapitre 7
Jalousie

Tatiana était en train de placer les couverts sur la table de la salle à manger lorsqu'elle aperçut son petit frère dans le cadre de la porte. Il n'était pas difficile de voir sur son visage qu'il ne voulait pas qu'elle invite le jeune Matthieu à manger avec eux.

– C'est le fils d'un bon ami, et un bon garçon, de surcroît. Il est important de bien traiter ses amis, Alexei. Un jour, tu en auras, toi aussi.

– Tu te trompes. Je n'en aurai aucun parce que je ne me mêlerai jamais à la société.

– On ne sait pas ce que nous réserve l'avenir.

– Il y a quand même des choses qu'on peut décider par soi-même.

– Je respecte ton choix. Maintenant, fais la même chose pour Alexanne.

Il continua à maugréer, déclarant qu'il ne désirait pas se trouver dans la même pièce que Matthieu et que, par conséquent, il mangerait seul dans la cour.

– Il te faudra pourtant apprendre à aimer ce garçon, qui finira par faire partie de la famille.

Ils entendirent alors les adolescents entrer dans le vestibule en riant. L'homme-loup se tourna aussitôt vers la porte, prêt à bondir. D'un seul regard, Tatiana l'obligea à s'asseoir. En apercevant Alexei à table, Matthieu s'immobilisa à l'entrée de la pièce.

– Avance, j'ai faim, fit Alexanne en le poussant vers sa place.

Le jeune homme choisit plutôt une chaise loin de l'homme-loup.

– Je suis contente que tu manges avec nous, ce soir, Alexei, dit l'adolescente pour détendre l'atmosphère.

Immobile comme une statue, ce dernier fixait son jeune rival. Pour vaincre sa peur, Matthieu déboucha la bouteille de vin.

– En voulez-vous ? demanda-t-il bravement à Alexei.

– Je ne bois pas d'alcool.

– Pas même un petit verre en mangeant ?

– Je perds la maîtrise de mes gestes quand je bois un petit verre.

– Alors, c'est décidé : pas de vin pour toi, intervint sa nièce.

Matthieu en versa dans les autres coupes et commença à parler des performances de sa nouvelle voiture. Mais ce sujet, qui captivait pourtant la majorité des hommes, n'intéressa pas du tout Alexei. Il se comporta tout de même de façon civilisée pendant le repas, sans participer pour autant à la conversation. Il mangea en silence, puis quitta la table sans s'excuser. Ils ne le revirent pas de la soirée.

Lorsque Matthieu quitta la maison, Alexanne grimpa à l'étage. Elle jeta tout d'abord un coup d'œil dans la chambre de son oncle. Alexei s'était endormi sur son lit, au milieu d'une dizaine de feuilles de papier, sur lesquelles il avait tracé des consonnes. Rassurée, Alexanne poursuivit donc son chemin jusqu'à sa propre chambre. Elle s'empara de sa plume d'argent et écrivit quelques lignes dans son cahier d'anges.

Mes chers anges,

Je sais maintenant ce que sont les âmes jumelles et à quel point cette situation est difficile à vivre pour les fées, qui ressentent tout plus intensément que les autres. Je comprends aussi l'attirance que mon oncle éprouve pour moi et la terreur qu'il doit ressentir quand je m'éloigne de lui. Tante Tatiana a raison : Alexei et moi devons nous accorder mutuellement plus d'espace pour notre bien. Puisque je veux conserver l'amour de Matthieu tout autant que celui de mon oncle, je pense que s'il avait une petite amie ou même une épouse, il comprendrait mieux ce que j'éprouve pour Matthieu. Dites-moi ce que vous en pensez, et si vous croyez que cette femme devrait être une personne qu'il a déjà connue dans une autre vie. Indiquez-moi son nom, et je la trouverai pour lui. Je vous en prie, aidez-moi, c'est important.

Alexanne

Le lendemain, lorsque les anges lui répondirent que le ciel s'occupait déjà du cœur de son oncle, Alexanne décida d'en parler à sa tante. Pendant tout le déjeuner, Tatiana écouta les raisons pour lesquelles sa nièce voulait trouver une compagne à Alexei.

– Crois-tu vraiment qu'il acceptera de s'attacher à la femme de ton choix ?

– Il est mon âme jumelle, non ? Ce qui me plaît devrait donc lui plaire. Alors, je n'ai qu'à lui trouver une femme qui a les mêmes qualités que Matthieu.

– Si ton oncle te ressemble sur bien des plans, il n'a pas grandi dans les mêmes conditions que toi, ma chérie. Il ne sait pas comment réagir en présence de quelqu'un du sexe opposé, car les contacts entre hommes et femmes étaient défendus dans la secte.

– Vous vous inquiétez pour rien. Je suis certaine qu'il saura d'instinct ce qu'il doit faire.

– L'amour et l'instinct sexuel sont deux choses différentes, Alexanne. Sur cette seule fondation, je ne crois pas qu'une relation dure très longtemps.

Alexanne dut reconnaître qu'Alexei n'avait aucune manière et que son comportement abrupt risquait de rebuter une compagne potentielle. Elle se mit à manger ses céréales en se demandant comment contourner ce problème. C'est alors qu'Alexei entra dans la cuisine en affichant un air déterminé qui mit aussitôt les deux fées en garde.

– Je veux reprendre mon identité, annonça-t-il en s'asseyant à table avec elles. Je veux redevenir Alexei Kalinovsky. Dis-le à la personne que tu connais.

L'adolescente aurait préféré qu'il le demande plus poliment, mais elle lui promit tout de même d'appeler Danielle Léger au cours de la semaine. Impatient de nature, Alexei exigea plutôt qu'elle le fasse sur-le-champ. Cet homme sauvage vivait décidément au moment présent, comme le recommandaient d'ailleurs des centaines de livres sur le bien-être mental.

– Ça fait des années que tu ne portes plus ce nom ! s'exclama Alexanne. Pourquoi est-il si important que tu redeviennes Alexei Kalinovsky aujourd'hui ?

– Parce qu'il le faut.

– Qu'est-ce que tu vas en faire ?

– Ça ne te regarde pas. Contente-toi de m'aider.

– Je ne suis pas ton esclave.

– Les enfants, ça suffit, intervint Tatiana, qui en avait assez de ces incessantes querelles. J'appellerai madame Léger moi-même, s'il le faut.

Satisfait, l'homme-loup quitta la maison.

– Il ne faut pas qu'il gagne tout le temps, reprocha Alexanne à sa tante.

– Alors, j'ai dû manquer quelque chose, parce que habituellement, c'est toi qui as le dernier mot.

– Bon, j'ai compris. C'est moi qui appellerai Danielle.

Tout de suite après le déjeuner, Alexanne téléphona aux services sociaux de Montréal et apprit que Danielle serait absente pendant une partie de la journée. L'adjointe lui promit cependant que madame Léger l'appellerait dès son retour. Ne pouvant rien faire de plus, l'adolescente rejoignit Alexei dans son jardin de plantes médicinales.

– Madame Léger n'était pas là. Elle va me rappeler plus tard.

– Qu'arrivera-t-il si elle ne retrouve pas mon acte de décès ?

– Elle a bien découvert l'adresse de tante Tatiana quand mes parents sont morts, et tu sais comme moi qu'elle n'est pas dans l'annuaire téléphonique.

– C'est quoi, un annuaire téléphonique ?

– C'est un gros bouquin qui contient tous les noms, adresses et numéros de téléphone des gens qui habitent une ville.

– Mon nom ne doit pas être là.

– Pas encore, mais ça viendra.

L'homme-loup haussa les épaules, feignant l'indifférence.

– Alex, est-ce que tu fréquentais les filles de la secte, même si c'était défendu ?

– Pourquoi me demandes-tu ça ?

– Je veux juste le savoir, c'est tout. Rassure-toi, je n'essaie pas de te forcer à me parler de tes sentiments, même si théoriquement, j'en ai le droit, puisque je suis ta nièce.

Détestant être manipulé par qui que ce soit, l'homme-loup se leva et se dirigea vers la forêt.

– Alex, il va falloir que tu arrêtes de faire ça ! cria-t-elle, fâchée.

Il disparut quand même entre les arbres sans se retourner. La petite fée blonde se posa alors sur le bec de l'arrosoir qui reposait à côté d'Alexanne.

– Les mâles sont vraiment tous pareils, déplora Coquelicot d'une petite voix aiguë.

Surprise de l'entendre parler pour la première fois, Alexanne en oublia tous ses soucis. La petite créature magique avait mis ses poings sur ses hanches pour afficher son mécontentement.

– Ils ne pensent qu'à s'amuser et ils laissent tout le travail aux femmes, poursuivit-elle en tapant du pied.

– Coquelicot, je comprends ce que tu me dis...

– Il était temps !

– Et maintenant que je vois des êtres invisibles et que je peux aussi les entendre, je vais passer pour une folle.

– Non, pour une fée, la corrigea Coquelicot avec un sourire coquin.

– Très drôle.

Alexanne passa le reste de la matinée à la questionner sur sa société. Coquelicot lui apprit qu'il y avait des hommes-fées, mais qu'elle ne les verrait probablement jamais, puisqu'ils étaient timides et qu'ils dormaient presque tout le temps. Mais les mâles humains, à son avis, avaient beaucoup plus de défauts qu'eux. « Évidemment, puisque le seul qu'elle connaît, c'est Alexei », songea l'orpheline.

Chapitre 8

Le pouvoir d'audition

Après avoir questionné Coquelicot au sujet des mœurs des fées jusqu'à ce que cette dernière demande grâce, Alexanne alla retrouver Tatiana dans la cuisine. Comme elle le faisait si souvent, la guérisseuse était en train de nettoyer les feuilles d'une de ses plantes. L'adolescente remarqua tout de suite l'amour dont elle imprégnait chacun de ses gestes, tout comme le faisait Alexei lorsqu'il s'occupait de son jardin de plantes médicinales.

– Je comprends enfin Coquelicot ! s'exclama l'adolescente. J'ai tellement hâte de retourner à la rivière, parce que je vais maintenant l'entendre chanter !

La sonnerie du téléphone retentit alors à l'étage supérieur.

– Ça doit être Danielle, devina Alexanne.

Elle se précipita dans le couloir, gravit l'escalier en courant et se jeta à plat ventre sur le lit de sa tante en saisissant le vieil appareil.

– Résidence Kalinovsky, répondit-elle, enjouée.

– Bonjour Alexanne, fit la travailleuse sociale. Si je me fie au ton joyeux de ta voix, ce n'est pas d'un problème dont tu veux me parler.

– En fait, si, mais il n'est pas très grave. Pourriez-vous venir me rencontrer ici ?

– Pas avant samedi, je le crains.

– Ça ira, merci beaucoup.

Danielle la questionna un peu sur ses conditions de vie et sur le comportement de sa tante, puis raccrocha, satisfaite des bons traitements que recevait l'orpheline. Lorsqu'elle reposa le téléphone, Alexanne décida d'aller mettre ses nouveaux pouvoirs à l'épreuve. Elle avertit Tatiana qu'elle se rendait à la rivière et partit, son sac sur le dos. La guérisseuse la regarda s'enfoncer dans la forêt, contente qu'elle ait appris à dompter sa peur comme une véritable fée.

Alexanne trottina dans le sentier qu'elle reconnaissait maintenant facilement. Il faisait beau et chaud, et la vie était belle. Cet optimisme était sans doute un trait caractéristique des fées, puisque Tatiana n'était jamais de mauvaise humeur. Alexanne sentit soudain une présence familière.

– Alex, tu n'as aucune raison de t'inquiéter. Je retourne à la rivière pour l'écouter chanter, pas pour rencontrer des elfes.

– J'y vais avec toi, déclara-t-il en sortant de la forêt.

– J'allais justement te le proposer.

– Alors, tu es capable d'entendre, maintenant ?

– C'est tout récent, et je veux développer cette faculté au maximum.

– Entends-tu aussi chanter les arbres ?

Alexanne secoua négativement la tête.

– Viens avec moi.

« Pourquoi pas ? » se dit Alexanne.

– Alex, pourquoi es-tu toujours aussi dur avec moi ? lui demanda-t-elle au bout d'un moment.

– Je ne le fais pas exprès. Je suis comme ça.

– Est-ce à cause des mauvais traitements que t'a fait subir ta mère ?

– Elle, le Jaguar, les disciples.

– Il y a aussi des gens fantastiques dans le monde, tu sais.

– Je ne veux pas les connaître.

– Il te suffit simplement d'apprendre à faire confiance aux autres. Tu peux changer, Alex. Je l'ai fait, moi. Quand je suis arrivée ici, je tremblais de peur. Regarde-moi, aujourd'hui.

– C'est facile, à ton âge.

– Ça n'a rien à voir avec ça. C'est surtout une question de volonté. Est-ce que tu changerais si je te demandais de le faire ?

Alexei ralentit le pas, une fois de plus inquiet de l'influence que sa nièce exerçait sur lui. Alexanne ressentit aussitôt un curieux picotement au niveau de son plexus solaire.

– As-tu la faculté de lire les pensées ? voulut-elle savoir.

– Je l'ai déjà eue, mais je préfère ressentir. C'est plus sûr. Qu'est-ce que tu mijotes, cette fois ?

– Tes pouvoirs devraient donc te dire que mon initiative ne peut t'être que bénéfique, n'est-ce pas ?

– Tu me mets toujours dans l'embarras...

Alexanne glissa sa main dans la sienne. L'homme-loup eut d'abord un mouvement de recul, mais l'adolescente serra ses doigts pour qu'il ne se dérobe pas. Ils arrivèrent finalement au bord de la rivière. Le sol était couvert de larges plaques rocheuses tachetées de lichen. Ils s'installèrent sur l'une d'entre elles et Alexanne calma sa respiration. Quelques secondes plus tard, son visage s'illumina de joie.

– Je l'entends, Alexei ! J'entends la rivière ! Ça ressemble à une symphonie avec une foule d'instruments différents ! C'est tellement beau ! Est-ce que tu l'entends, toi aussi ?

Il acquiesça d'un signe de la tête, même s'il ne savait pas ce qu'étaient une symphonie et ses instruments.

– Je ne peux pas croire que les gens ne perçoivent pas ça, déplora Alexanne.

– Pose l'oreille sur la pierre.

Alexanne s'exécuta et entendit un battement sourd et régulier.

– C'est le pouls de la Terre, expliqua-t-il.

L'adolescente se releva vivement.

– Combien d'autres secrets semblables connais-tu ?

– Ce ne sont pas des secrets, enfin pas pour ceux qui savent écouter.

Il l'emmena ensuite dans une partie de la forêt qu'Alexanne n'avait jamais visitée. C'était un endroit où les arbres étaient plus âgés, plus gros et moins nombreux. Alexei lâcha la main de sa nièce et exigea qu'elle tende l'oreille.

– C'est vrai qu'ils chantent, s'émerveilla-t-elle. On dirait une berceuse.

– Les plus âgés enseignent leur chanson à ceux qui grandissent autour d'eux. Ils fredonnent des histoires différentes selon la forêt où ils ont poussé.

Alexei lui racontait tout ça comme si c'était tout à fait naturel. L'adolescente comprit que le ciel avait donné un merveilleux cadeau à son oncle en le faisant naître muni de tous ses pouvoirs déjà actifs. Alexanne vit alors le visage d'Ayel entre les arbres et lui fit signe d'approcher, mais Alexei fit volte-face et le jeune elfe disparut derrière les vieux troncs. « Décidément, mon oncle fait fuir tout le monde », se désola Alexanne.

– Ton premier réflexe devrait être l'amour et la compassion, Alex.

– Je n'aime pas ceux de sa race, maugréa son oncle. Ils m'ont regardé souffrir au lieu de m'aider quand je me suis enfui de la secte. Ils se disent amis des fées, mais ce n'est pas vrai.

– Nous ne nous approchons jamais du mal, se défendit Ayel en sortant de sa cachette.

– Vous ne valez pas mieux que les humains.

– Les elfes ne détruisent pas les forêts comme les hommes le font.

– Les garçons, ne pourriez-vous pas faire un effort pour vous entendre ? intervint Alexanne. Après tout, Alex n'est plus sous l'emprise du mal.

– Le loup vit toujours en lui, l'avertit Ayel.

Pour le faire taire, Alexei fit un pas, et l'elfe s'éclipsa dans la forêt. Alexanne agrippa la manche de la chemise de son oncle, afin de l'empêcher de prendre l'être magique en chasse.

– Cette époque de ta vie est révolue, Alex. Arrête de regarder derrière toi et commence à envisager ton avenir.

Alexei tourna les talons et s'engagea dans le sentier.

– Attends !

Alexanne s'élança à sa poursuite.

– Je suis consciente que je ne pourrai jamais vraiment comprendre tes souffrances.

Faisant la sourde oreille, Alexei continua à marcher d'un bon pas.

– Laisse-moi t'aider à te débarrasser une fois pour toutes de ta colère.

– Il faudrait pour ça que je puisse trancher moi-même la gorge du Jaguar.

– Mais tu sais bien que la violence n'engendre que la violence.

– C'est lui qui a commencé.

Incapable de contenir sa rage, l'homme-loup se mit à courir. Alexanne le suivit en se demandant si elle serait capable de soutenir longtemps cette allure.

– Il serait préférable pour ton karma que tu lui pardonnes ce qu'il t'a fait. Si tu le tues, tu devras payer cette dette dans cette vie et peut-être même dans les suivantes.

– Et lui, qui le fera payer ?

– La justice divine s'en chargera. Personne ne peut faire continuellement du mal aux autres et s'en tirer au bout du compte.

– Moi, je ne veux pas attendre ! Je veux qu'il souffre comme j'ai souffert !

Alexanne l'agrippa par la taille à la façon d'un joueur de football et le serra de toutes ses forces. L'amour qu'elle mit dans ce geste atteignit Alexei droit au cœur. Il s'immobilisa.

– Est-ce pour cette unique raison que tu désires reprendre ton identité ? As-tu l'intention de le faire arrêter par la police ?

– Je veux le voir pendre au bout d'une corde ! hurla-t-il.

Les oiseaux s'envolèrent des arbres en poussant des gazouillis effrayés.

– Je peux le comprendre, mais il ne faut pas que ce soit toi qui la lui passes autour du cou. Je t'en prie, laisse la justice s'occuper de lui. Je ne supporterais pas de te voir passer le reste de ta vie en prison.

L'image de la tour, dans laquelle sa princesse avait été enfermée, revint à la mémoire d'Alexei. Il se laissa tomber à genoux, vidé de toutes ses forces.

– Alex, est-ce que ça va ?

– Elle est morte à cause de moi… murmura-t-il.

– Allez, on rentre à la maison.

Alexanne ne savait pas quelle personne avait perdu la vie, mais elle préférait qu'il fasse ces aveux devant sa sœur. Elle le força donc à se relever et l'entraîna sur le sentier qui menait chez Tatiana.

Chapitre 9

Faher

Alexanne ramena son oncle à la maison, mais juste avant qu'ils ne sortent de la forêt, il se défit d'elle et fuit en courant entre les arbres. La jeune fille ne chercha pas à le suivre. Peut-être Tatiana savait-elle quelque chose au sujet de cette femme décédée. Elle rentra donc seule et trouva sa tante assise à la petite table de la cuisine, en train d'écrire dans un grand cahier, posé juste à côté d'un livre ouvert. Alexanne s'assit devant elle.

– As-tu entendu quelque chose ? demanda la guérisseuse en relevant la tête.

– J'ai entendu chanter la rivière et les arbres et j'ai même senti les battements du cœur de la Terre. J'aurais probablement pu entendre autre chose si l'elfe était demeuré caché dans la forêt. Alexei est devenu furieux. On aurait dit qu'il allait se transformer en loup.

– Nous avons réussi à le débarrasser de l'ombre, mais il n'y a que lui qui puisse dompter sa colère.

– Il prétend que les elfes l'ont regardé souffrir au lieu de l'aider, quand il s'est enfui de la secte.

– Ils ne pouvaient rien faire, Alexanne. Les êtres invisibles ne s'approchent pas des mauvais esprits. Ton oncle finira bien par le comprendre.

– Je l'espère de tout cœur, parce que j'aimerais pouvoir bavarder avec mon nouvel ami.

– Tu apprendras des tas de choses intéressantes. C'est un peuple fascinant.

– Alex a aussi parlé d'une femme qui serait morte à cause de lui.

Le sourire s'effaça aussitôt sur le visage pourtant toujours joyeux de sa tante.

– Cela fait partie de son karma. S'il t'en parle, tant mieux. Surtout, ne le brusque pas.

Alexanne signala son intention d'obéir par un mouvement lent de la tête.

– Maintenant que j'ai le pouvoir d'entendre, que dois-je faire pour me préparer à ressentir ? l'interrogea l'adolescente pour changer de sujet.

– Absolument rien. C'est un pouvoir qui se manifeste quand le moment est venu. Tu dois seulement être très patiente.

– Encore une fois… soupira Alexanne. Qu'êtes-vous en train de faire ?

– Je traduis le livre de nos ancêtres russes en français pour toi et tes descendantes, car j'ai bien peur qu'aucune de vous n'apprenne jamais ma langue.

– Génial. Puis-je lire les premières pages tout de suite ?

– Pourquoi pas ?

Non loin, dans la forêt, Alexei tentait désespérément de ralentir sa respiration. Il n'arrivait toujours pas à oublier les atrocités dont il avait été témoin ou victime dans la secte de la montagne, ainsi que dans ses vies précédentes. Ses pouvoirs surnaturels étaient une véritable malédiction, car ils faisaient souvent remonter ces souvenirs à sa mémoire. Le Jaguar avait abusé de lui et avait battu et tué tellement d'innocents…

Tatiana lui demandait sans cesse de pardonner à ses bourreaux, aussi bien à ceux de ses incarnations passées que dans cette vie, mais c'était au-delà de ses forces. Alexei ressentit alors la présence d'un groupe d'elfes à l'orée des bois et se redressa, menaçant.

– Je sais que vous êtes là... grommela-t-il.

Deux créatures magiques s'avancèrent entre les arbres. Alexei reconnut Faher et son fils, celui qui harcelait Alexanne.

– Je viens en paix, Mikal, annonça le gardien. Tu n'as aucune raison de t'en prendre aux elfes.

– Aucune raison ? répéta Alexei, incrédule.

– Nous aurions pu soigner tes blessures si tu n'avais pas été mordu par le loup.

– Allez-vous-en et laissez-moi tranquille.

– Nous t'avons suivi, espérant que l'ombre mette fin à son emprise sur toi. As-tu déjà oublié que ce sont les elfes qui ont éclairé ta route avec des flambeaux pour que tu puisses te rendre chez la guérisseuse ? Tu n'y serais jamais arrivé sans notre aide.

Alexei fit appel à sa mémoire. Il se rappela avoir sauté par-dessus la palissade. Enfin libre, il avait bondi vers la forêt. Les balles de fusils l'avaient alors frappé dans le dos. Il avait tout de même continué à courir, jusqu'à ce qu'il tombe et qu'il roule jusqu'au pied d'une pente abrupte. Il revit alors les crocs étincelants du loup... puis ce fut le néant. Lorsqu'il avait enfin ouvert les yeux, il faisait nuit. Il avait mal dans tout son corps et ne désirait qu'une seule chose : rentrer chez lui. L'image des flambeaux s'allumant un par un devant lui, lui revint en tête...

– Oui, je me souviens, murmura-t-il, soudain plus calme.

– Il ne doit plus y avoir de mésentente entre nous, Mikal. Dis-moi ce que nous pouvons faire pour toi.

– Mon âme ne connaîtra jamais la paix, Faher, mais je ne me vengerai pas sur ton peuple.

Désemparé, Alexei s'enfonça davantage dans la forêt. Il avait surtout besoin d'être seul.

Chapitre 10

Les baleines

Alexei ne rentra pas pour le repas du soir. Alexanne avait tout de même placé un couvert pour lui sur la table et elle se désola de ne pas le voir arriver lorsque vint le temps de manger. Tatiana lui rappela une fois de plus que lorsque son oncle était en colère ou malheureux, il préférait s'isoler. Alexanne fit la vaisselle en silence en regardant la pluie qui recommençait à tomber, puis elle s'installa au salon, devant le téléviseur. Elle navigua d'une chaîne à l'autre, jusqu'à ce qu'elle tombe sur une émission qui aurait intéressé Alexei.

– La baleine est le plus gros mammifère du monde, fit le narrateur. Elle vit dans les océans qui recouvrent presque toute notre planète, mais elle n'y est pas en sécurité. Les chasseurs, qui ne comprennent pas son importance pour notre écosystème, la traquent impitoyablement.

– Pourquoi ne se défend-elle pas ? demanda Alexei de la porte du salon.

Il était trempé de la tête aux pieds.

– Je suis soulagée que tu sois rentré.

– Avec la taille qu'elle a, elle pourrait facilement renverser la grosse chaloupe, s'étonna-t-il, absorbé par l'image du mammifère géant qui se déplaçait près d'une embarcation d'où on la filmait.

– Les baleines sont pacifiques, expliqua Alexanne.

Alexei vint s'asseoir sur le tapis, devant l'écran. Ses

yeux pâles étaient rivés sur le gigantesque animal dont il avait ignoré l'existence jusqu'à ce jour.

– Il y a d'autres poissons gros comme ça ?

– Les baleines ont seulement l'apparence d'un poisson, mais en réalité, ce sont des mammifères à sang chaud, comme toi et moi.

Elle augmenta le volume pour qu'il puisse entendre leurs chants. Alexei pencha doucement la tête de côté en ouvrant des yeux étonnés. « Il est si beau lorsqu'il n'est pas fâché », pensa sa nièce en l'observant.

– Tu comprends ce qu'elles disent, n'est-ce pas ?

– Elles racontent la même chose que les oiseaux, confirma-t-il. Elles sont inquiètes pour leurs petits et pour la nourriture qui se fait de plus en plus rare.

Cet homme, qui se croyait ignorant, possédait vraiment un savoir inconnu de la majorité des humains sur Terre !

– Où c'est, l'océan ?

– Et c'est toi qui dis que je pose des questions impossibles ? le taquina Alexanne.

– J'ai exploré toute la forêt et je n'ai jamais vu autant d'eau.

– C'est normal, puisqu'elle ne se trouve pas par ici. Je te montrerai l'océan sur une carte, un de ces jours.

– Non, je veux le voir maintenant.

« Évidemment », songea Alexanne. Elle alla chercher le dictionnaire, s'assit sur le tapis près de l'homme-loup et ouvrit le livre à la page sur laquelle il y avait une illustration de la planète.

– C'est un planisphère de la Terre.

– Un quoi ?

– C'est une carte sur laquelle l'ensemble du globe est représenté en projection plane, un peu comme si on avait sectionné et étalé la Terre sur une planche. Tout ce qui est en bleu, c'est l'océan. Le reste, c'est de la terre.

– Il y a beaucoup d'eau…

– C'est vrai, mais elle est surtout salée. Nous habitons ici, indiqua Alexanne en posant le doigt sur le Québec.

Alexei avait une si grande soif d'apprendre, et personne n'avait jamais satisfait sa curiosité jusqu'à présent. Pourtant, Tatiana avait souvent essayé de l'intéresser à ce qui l'entourait.

– Le monde est vaste, et l'univers l'est plus encore, ajouta Alexanne.

– L'univers ?

– Lorsque je pourrai mettre la main sur un atlas, tout ça deviendra plus clair pour toi.

– Il n'y en a pas ici ?

– Malheureusement, non.

L'homme-loup regarda encore un peu le documentaire sur les baleines, puis se tourna vers sa nièce.

– Quand vais-je rencontrer la personne qui m'aidera à redevenir Alexei Kalinovsky ?

– Elle nous rendra bientôt visite. Veux-tu savoir où se situe la Russie ?

Il baissa les yeux sur le planisphère et vit que c'était un grand pays. Il estima la distance entre le pays de naissance de ses parents et le Canada et haussa les sourcils.

– Comment sont-ils venus jusqu'ici ?

– Ils ont pris le train jusqu'à l'océan, puis un bateau pour le traverser.

– Moi, je suis né dans les Laurentides.

– Tout comme moi, affirma Alexanne. Nous sommes les premiers Kalinovsky canadiens de notre lignée. Mais il y en aura d'autres, tu peux en être certain.

– Montre-moi d'autres lettres, ce soir. Je veux être capable de lire un livre comme celui-là.

– Tu veux lire le dictionnaire ? Tu as de l'ambition, toi, dis donc !

– Je veux lire tous les livres qui ont été écrits sur Terre. Montre-moi d'autres lettres.

Elle se laissa gagner par son insistance et n'osa pas lui dire que même les hommes qui lisaient très rapidement n'avaient jamais pu lire autant de livres.

Tandis qu'elle allait chercher des feuilles et des stylos dans la cuisine, Alexei continua à étudier le planisphère. Il sombra alors dans une transe qui le ramena dans une de ses anciennes vies, dix mille ans auparavant. Il se vit assis sur un rocher, devant cet océan dont lui parlait Alexanne. Il faisait nuit et la lune se reflétait sur les vagues sombres. Il portait une tunique retenue à la taille par un cordon. À cette époque, il n'était qu'un berger sans instruction. Sa famille ne possédait rien et pourtant, il était amoureux d'une princesse…

Lorsque Alexanne revint dans la pièce avec le matériel d'écriture, elle constata que son oncle était immobile comme une statue et que son regard était fixe. Inquiète, elle posa doucement la main sur son bras.

– Je connais déjà l'océan… murmura-t-il en levant les yeux sur elle. J'ai vécu sur une île, jadis…

– Tu peux donc voir toi aussi le passé ?

– J'étais amoureux d'une princesse, mais je n'ai pas pu la sauver… Mon père disait que j'étais fou de donner mon cœur à une femme qui ne pourrait jamais m'épouser…

– Mais comment fais-tu pour savoir tout ça ?

– Je le sais parce que j'étais là.

– Moi aussi, je me suis vue dans d'autres vies, mais je ne savais même pas qui j'étais.

– Tout est enregistré ici, fit-il en posant la main sur son propre cœur.

Son expression changea alors du tout au tout.

– Montre-moi d'autres lettres, exigea-t-il.

« Vraiment complexe, cet homme », pensa l'adolescente, décontenancée. Elle le fit asseoir devant la table basse et éteignit le téléviseur. Alexei s'empara aussitôt d'un stylo et se mit à former des « d » sur une des feuilles.

Chapitre 11

L'atlas

Alexanne se leva vers onze heures le lendemain matin. Elle entra dans la cuisine en bâillant à s'en décrocher la mâchoire, les cheveux tout défaits et les yeux à moitié fermés. Tatiana lui versa une tasse de thé en réprimant un sourire amusé.

– C'est la pluie qui t'a fait dormir aussi longtemps ? demanda-t-elle.

Alexei arriva derrière Alexanne et vint s'asseoir à table, visiblement plus en forme que sa nièce.

– Non, c'est lui, répondit la jeune fille.

– J'ai appris toutes les lettres de l'alphabet hier soir, ajouta fièrement Alexei.

Tatiana leur servit des céréales.

– Il ne reste plus qu'à les mettre ensemble pour former des mots.

– Tatiana, est-ce que ce sont vraiment les elfes qui m'ont conduit jusqu'à toi le soir où j'ai été mordu ? demanda Alexei à brûle-pourpoint.

– Il n'y avait personne avec toi lorsque tu es arrivé, mais ce n'est pas impossible.

Alexanne les écouta en silence pour en apprendre davantage au sujet de son oncle.

– M'ont-ils transporté jusqu'ici ?

– Je pense plutôt que tu as fait une partie du chemin

à quatre pattes, parce que tes mains et tes genoux étaient écorchés.

Refusant de mourir, Alexei avait puisé au fond de lui la force nécessaire pour parcourir toute cette distance malgré ses blessures.

– Est-ce que la lumière peut garder une personne en vie ?

– C'est probablement grâce à elle que tu es encore en vie aujourd'hui.

Alexei se mit à manger en se refermant sur lui-même.

– Qu'avez-vous l'intention de faire par cette belle matinée pluvieuse ? s'enquit Tatiana.

– Je vais commencer à enseigner des mots simples à Alex avant l'arrivée de Matthieu.

En entendant ce nom, son oncle sortit de sa torpeur.

– Il est allé nous acheter un atlas, ajouta Alexanne. Il aimerait m'aider à t'apprendre à lire et à écrire.

– Pourquoi ?

– Parce que tu deviendras éventuellement son oncle à lui aussi, et qu'il aimerait établir une relation d'amitié avec toi.

– Quelle excellente idée, l'appuya Tatiana, mais n'oublie pas que Matthieu n'est pas une fée, Alexei. Il n'a pas tes pouvoirs et il ne pourra jamais les acquérir. Tu devras être encore plus patient avec lui qu'avec Alexanne.

– Patient ? s'exclama l'adolescente. Mais il ne l'a jamais été une seule seconde avec moi ! Il ne veut même pas que je lui pose trop de questions !

– C'est parce que je ne sais pas toutes les réponses, riposta-t-il.

– Tu en connais beaucoup plus que tu le prétends !

– Vous n'allez pas recommencer… soupira Tatiana.

Elle les envoya tous les deux au salon, où Alexanne montra à son oncle comment écrire des mots très simples.

Matthieu arriva une heure plus tard, un gros sac sous le bras. Il était très nerveux.

– J'ai apporté les cahiers d'exercices de mes sœurs et un atlas, déclara-t-il en mettant un pied incertain dans la pièce.

Alexanne bondit du canapé pour aller l'embrasser.

– Tu es un amour.

Au grand étonnement de Matthieu, Alexei ne réagit pas. Assis devant la table basse, il continuait à tracer des lettres avec application. Le jeune homme rassembla son courage, car il ne pouvait oublier que cet homme l'avait déjà attaqué du temps où il se changeait en loup.

– Bonjour, monsieur Kalinovsky.

– Ce n'est pas encore mon nom, grommela Alexei.

Matthieu jeta un coup d'œil inquiet à sa belle.

– Il n'a pas encore officiellement repris son identité, expliqua-t-elle.

L'adolescent sortit l'atlas du gros sac, le déposa devant Alexei, puis s'agenouilla de l'autre côté de la table basse. Alexanne choisit plutôt de s'asseoir sur le canapé à côté de son oncle.

– As-tu déjà vu l'océan ? demanda Alexei.

– Oui, en Nouvelle-Écosse, quand j'étais petit, affirma Matthieu.

– Est-ce que tu as vu des baleines ?

– Malheureusement, non. Elles suivent des routes migratoires et elles n'étaient pas dans les parages à ce moment-là.

Alexei ouvrit l'atlas et en tourna lentement les pages, sur lesquelles apparaissaient les cartes des différents pays.

– Où est l'univers ?

– Dans la deuxième partie du livre.

Matthieu lui indiqua la section en question.

– L'univers contient des milliers de galaxies, et dans ces galaxies, il y a des étoiles et des planètes.

Avec beaucoup de patience, Matthieu expliqua que les savants avaient longtemps cru que la Terre était au centre de l'univers.

– Grâce aux télescopes, de grosses lunettes qui permettent de voir très loin, ils se sont vite aperçus que notre planète n'était qu'un grain de sable dans l'immensité de la création.

– Où est-elle ?

– Elle se situe dans l'un des bras d'une galaxie en spirale semblable à celle-ci.

Matthieu tourna lentement la page et lui montra ensuite les étoiles des deux hémisphères de la Terre.

– Je n'ai jamais vu ces lignes entre elles, la nuit, s'étonna Alexei.

– C'est parce qu'elles ne sont que dans les livres. Les anciens peuples ont regroupé les étoiles en constellations à l'aide de dessins de personnages ou d'animaux de leurs mythes. Ils leur ont aussi donné des noms pour mieux s'y retrouver. Voici celle de la Petite Ourse.

– Ça ne ressemble même pas à un ours.

Alexei repoussa la main de Matthieu et se mit à tourner lui-même les pages, jusqu'à ce qu'il arrive au système solaire.

– La troisième planète à partir du Soleil, c'est la Terre.

– Nous ne sommes presque rien, comparés aux grandes galaxies…

– C'est vrai, confirma Matthieu, mais il y a quand même des gens qui se prennent pour le nombril de l'univers.

– Qui a créé les planètes et les galaxies ?

– C'est Dieu, évidemment.

C'était un concept dont Tatiana parlait souvent à Alexei. Cependant, ce dernier refusait de croire qu'un être aussi aimant et compréhensif puisse vraiment exister. Sans faire de commentaire, il continua à feuilleter l'atlas et s'arrêta devant le satellite de la Terre, qui occupait toute une page.

– C'est la Lune, déclara-t-il fièrement.

– Oui, c'est la nôtre, acquiesça Matthieu. Mais la Terre n'est pas la seule planète à en avoir une. Jupiter en a même plusieurs.

– Ça doit être beau, sur Jupiter, la nuit.

– J'imagine que oui, mais personne ne vit sur cette grosse planète parce qu'elle est entièrement composée de gaz. En fait, la Terre est la seule planète habitée de notre système solaire.

– Et dans les autres galaxies ?

– Personne ne le sait vraiment. Même les plus gros télescopes n'arrivent pas à détecter dans l'espace une forme de vie qui s'approcherait de la nôtre.

Alexei se mit à tourner les pages de plus en plus rapidement, et Matthieu n'eut plus le temps de lui expliquer tout ce qu'il voyait. L'homme-loup passa par-dessus les graphiques et les colonnes de chiffres, puis ralentit son exploration dans la section du monde en images. En arrivant devant un volcan en éruption, il se mit à trembler.

– Pourquoi as-tu peur, tout à coup ? s'alarma Alexanne.

– C'est comme ça que ma princesse est morte... Sa famille n'a pas voulu écouter l'oracle. Ils étaient riches, ils auraient pu partir sur un bateau, mais son père l'a enfermée dans une tour, et elle a brûlé...

– Que t'est-il arrivé, à toi ?

– J'ai mis ma mère et mes sœurs dans un bateau, juste avant que le quai ne prenne feu. Après ça, je ne me souviens plus.

Matthieu ne connaissait rien aux vies antérieures, hormis ce qu'Alexanne lui en avait dit. Il ne se souvenait d'aucune de ses incarnations passées, mais cela ne voulait pas dire qu'il n'en avait pas eu. Le regard d'Alexei s'anima à nouveau lorsque l'adolescent tomba, en tournant les pages, sur l'illustration d'un atoll.

– J'ai vécu là, plus tard…

Puis, l'homme-loup mit également le doigt sur l'image d'une oasis au milieu du désert.

– Et là aussi.

En arrivant dans la section des races humaines, Alexei sembla très surpris d'apprendre qu'autant d'humains de couleurs différentes habitaient sa planète.

– Au début des temps, les hommes vivaient dans leur pays avec des gens de leur race, mais ils se sont mis à circuler au-delà de leurs frontières, à la recherche d'eau ou de nourriture. Ils ont alors fait la connaissance de gens différents d'eux. Parfois, ça s'est bien passé, et parfois non. Aujourd'hui, ces gens peuvent habiter où ils le veulent dans le monde. Mon père dit qu'on peut trouver des représentants de toutes ces races à Montréal.

Alexei était incapable de décrocher son regard de ces visages si différents du sien. Le monde était tellement vaste. Comment pourrait-il humainement assimiler autant de connaissances pendant le peu d'années qu'il lui restait à vivre ?

– Je ne savais rien de tout ça, geignit-il.

– C'est normal, puisque tu as passé toute ta vie dans une secte, tenta de le rassurer Alexanne.

Elle voulut prendre son bras, mais il se déroba et quitta le salon.

– Je n'arrive pas à lui faire passer cette vilaine habitude, soupira l'adolescente.

– Ce soir, je pense que j'ai finalement compris qu'il cache une profonde détresse sous ses airs menaçants, déclara Matthieu.

Tatiana les appela alors à table.

Chapitre 12
L'ignorance

Alexanne et Matthieu s'installèrent à leurs places habituelles dans la grande salle à manger. Tatiana servit le repas sans sembler s'inquiéter de l'absence de son frère.

– Êtes-vous certaine qu'on peut le laisser seul ? s'inquiéta Matthieu.

– Il a seulement besoin de réfléchir, affirma la guérisseuse.

– Il n'est pas comme nous, ajouta Alexanne.

– Je l'avais déjà remarqué.

– Je suis très fière de toi, Matthieu Richard. Tu t'es très bien débrouillé avec la leçon d'astronomie et de géographie.

– Merci. En fait, je pense que ton oncle joue au méchant uniquement pour qu'on ne s'approche pas trop de lui.

– Je suis d'accord avec toi.

– Alexei et Alexanne... Vous avez presque le même nom.

– Et ce n'est pas tout ce que nous avons en commun, malheureusement.

Tandis que le reste de la famille mangeait, Alexei traîna les pieds jusqu'à la balancelle tout au fond du jardin. Pourquoi la rivière et les arbres ne lui avaient-ils jamais parlé des galaxies, des systèmes solaires et des autres races d'hommes ? Ces deux adolescents étaient mille fois plus savants que lui. Il se berça en laissant voguer ses pensées vers ses vies antérieures. Celles dont il se souvenait étaient remplies de tragédies, d'amours déçus, de solitude et de morts violentes. « Pourquoi ? » se demanda-t-il. Les épaules serrées dans un châle, Tatiana s'approcha de lui.

– As-tu envie d'être seul ?

– Est-ce que j'ai vraiment mérité toutes ces souffrances, Tatiana ?

– Nous ignorons pourquoi les choses se passent ainsi, fit-elle en s'asseyant sur le banc opposé. Nous savons seulement que nous les avons provoquées par les décisions que nous avons prises dans d'autres vies.

– Mais qu'est-ce que j'ai bien pu faire pour mériter ce qui m'arrive ?

– Il n'y a que toi qui puisses répondre à cette question.

– J'ai beaucoup trop de karma. Je n'en viendrai jamais à bout.

– Si tu reconnais avoir commis des fautes autrefois et que tu en demandes sincèrement pardon à Dieu, une grande partie de ce karma disparaîtra instantanément.

– Même si j'ai fait du mal à certaines personnes ?

– Du moment que tu tends la main aux autres dans ta vie actuelle, peu importe que ceux-ci soient ceux que tu as lésés jadis.

– Tu fais référence à Matthieu, n'est-ce pas ?

– Tu pourrais lui faire beaucoup de bien, si tu t'en donnais la peine.

– Je ne vois pas comment. Il est mille fois plus instruit que moi.

– Mais il n'a pas ton expérience de la vie. Il arrivera un jour où Matthieu ne saura plus ce qui se passe dans son cœur, et alors là, ce sera à toi de l'aider. De cette façon, tu feras disparaître des dettes karmiques.

Alexei se berça pendant quelques minutes en silence.

– Je sens qu'Alexanne mijote quelque chose à mon sujet. La dernière fois qu'elle a essayé de me secourir, elle a bien failli me tuer.

– Elle tentait de t'exorciser du loup. Ce n'est pas sa faute si elle s'est adressée à la mauvaise personne la première fois. Rappelle-toi plutôt qu'elle a réussi grâce au père Collin.

Son frère se perdit une fois de plus dans ses pensées, entre le présent et le passé. Tatiana se contenta de l'observer.

Plus loin, sur la route de campagne qui passait devant la maison des Kalinovsky, les deux adolescents marchaient main dans la main.

– Vendras-tu la terre de tes parents ? s'enquit Matthieu.

– Non. J'ai l'intention de te la donner lorsque tu m'épouseras.

– Mais ça vaut très cher, une telle propriété, Alexanne.

– Je sais.

Elle se faufila dans ses bras et l'embrassa sur les lèvres.

– Mais l'argent ne devrait jamais être notre but dans la vie. Moi, je veux juste être heureuse.

Matthieu la serra contre sa poitrine avec reconnaissance. Plus Alexanne passait du temps avec le jeune homme, plus elle était persuadée qu'elle avait vécu toutes ses autres vies avec lui. Elle se sentait bien à ses côtés et pouvait parfois deviner ses pensées, même si elle n'avait pas encore la faculté de ressentir.

Lorsque Matthieu retourna chez lui, au début de la soirée, Alexanne rentra à la maison et s'arrêta à la porte de la chambre de son oncle. Alexei était allongé sur son lit et regardait le ciel par la fenêtre. Il portait encore ses vêtements de la journée, comme s'il n'avait pas encore décidé de rester pour la nuit.

– Comment te sens-tu, Alex ?

– Ignorant…

– Toi ? Jamais de la vie ! Tu sais tellement de choses que j'ignore. Tu as des pouvoirs que je n'ai pas et tu as vécu des choses que je ne vivrai jamais.

– Dis-moi ce que tu me caches, Alexanne.

– Moi ? Mais rien du tout.

– Je sais que tu prépares quelque chose.

– Seulement ta rencontre avec quelqu'un qui t'aidera à reprendre ton identité.

Il demeura tout de même méfiant, car une petite alarme dans sa tête lui disait qu'elle ne lui avouait pas toute la vérité.

– Je t'en prie, fais-moi confiance, d'accord ?

Alexei avait trop souvent entendu cette phrase et, toutes les fois, il avait été trahi. Il détourna une fois de plus le regard vers la fenêtre, et Alexanne décida de le laisser tranquille.

Chapitre 13
La princesse

Alexanne poursuivit son chemin jusqu'à sa chambre et écrivit un mot aux anges avant de se coucher. Elle ouvrit son cahier et trouva un message de leur part sous sa dernière requête : *Présente-lui la princesse.* Celle qui était morte brûlée par les flammes du volcan ? Mais comment faire pour la retrouver dans cette vie ? L'adolescente leur écrivit aussitôt qu'elle était prête à faire toutes les démarches nécessaires, mais qu'elles seraient moins longues s'ils lui fournissaient un nom. Elle signa sa demande et se mit au lit.

Danielle Léger arriva tôt le lendemain matin. Elle semblait fatiguée et songeuse. Alexanne la rencontra seule dans le salon, afin de ne pas effaroucher son oncle.

– Pouvez-vous aider quelqu'un qui veut faire annuler son certificat de décès ? demanda l'adolescente en allant droit au but.

– Tu connais une personne qu'on a déclarée morte, alors qu'en réalité elle était bien vivante ? s'étonna Danielle.

Elle avait rencontré bien des cas étranges depuis qu'elle travaillait pour les services sociaux, mais jamais une chose pareille.

– C'est un homme qu'on a entraîné dans une secte alors qu'il n'était qu'un enfant. Pour célébrer son intégration dans la communauté, le chef a rédigé son acte de décès et l'a inscrit dans les registres officiels.

– Et il a réussi à s'en sortir, c'est ça ?

– En fait, il s'est enfui et il désire maintenant reprendre sa véritable identité.

– Pourquoi ne me l'as-tu pas demandé au téléphone ?

– Je sais qu'il est illégal de fabriquer de faux documents, alors je ne voulais pas que quelqu'un écoute notre conversation et que cet homme ait des ennuis.

– Celui qui risque la prison, c'est le chef de la secte qui a rédigé l'acte. Quel âge avait cet enfant lorsqu'on l'a endoctriné ?

– Il n'avait que dix ans.

– Est-il entré dans la secte avec ses parents ?

– Non, il s'est enfui de la maison paternelle à la suite d'une querelle avec sa mère, et la secte l'a recueilli.

– Ses parents ont-ils tenté d'aller le chercher ?

– Ils ne savaient pas où il était et ils sont morts tous les deux avant qu'il ait pu s'enfuir, il y a une dizaine d'années.

– Une dizaine d'années ? Pourquoi veut-il reprendre son identité maintenant ?

– Il est parfois difficile de suivre ses raisonnements, parce qu'il n'est pas tout à fait comme vous et moi.

– C'est malheureusement souvent le cas des enfants qui ont grandi dans des conditions inacceptables. Tu peux lui dire qu'il devra probablement comparaître devant un juge pour lui expliquer ce qui s'est passé et pourquoi il a besoin de reprendre son identité dix ans après avoir réintégré la société. Il aura aussi besoin de prouver qu'il est bel et bien la personne désignée dans l'acte de décès, par des empreintes digitales ou par des déclarations assermentées de gens qui le connaissent depuis longtemps.

– Je ne crois pas qu'il ait jamais fait prendre ses empreintes où que ce soit, et il ne possède aucune carte d'identité.

– Maintenant, arrête de tourner autour du pot et dis-moi de qui il s'agit.

– C'est Alexei, le plus jeune frère de ma tante.

– J'ignorais que tu avais un autre oncle, et pourtant j'ai fait des recherches exhaustives sur ta famille. Êtes-vous bien certaines, ta tante et toi, que cet homme soit son frère ?

– Sans l'ombre d'un doute.

– Bien. Mais avant que j'accepte de m'occuper d'Alexei, il faudrait que je le rencontre.

– Oui, bien sûr, mais vous devez savoir qu'il est différent des autres hommes. On lui a inculqué toutes sortes de fausses idées sur la société, et les mauvais traitements qu'il a reçus l'ont rendu très méfiant.

– Est-il agressif ?

– Non.

Malgré ses appréhensions, la travailleuse sociale accepta de rencontrer cet homme étrange. Alexanne la conduisit dans le jardin en lui expliquant que son oncle était surtout timide et insociable. Danielle aperçut tout d'abord Alexei de dos. Il était à genoux dans le jardin et soignait des plantes.

– Il est devenu jardinier ? demanda-t-elle à l'adolescente.

– Pas tout à fait. Il a créé de nouvelles plantes médicinales et il s'en occupe tous les jours.

– Est-ce qu'il en fait le commerce ?

– Non. Il les cultive pour ma tante, qui est guérisseuse.

Alexanne fit asseoir Danielle à la table de jardin et alla chercher son oncle, qui observait l'étrangère du coin de l'œil depuis qu'elle avait mis le pied dans la cour. L'adolescente lui tendit la main, mais il refusa de la prendre.

– Tu n'as aucune raison d'avoir peur d'elle. Danielle est une bonne personne, mais j'imagine que tu le sais déjà, puisque tu as le pouvoir de sonder le cœur des autres. Elle est venue jusqu'ici pour te rendre l'identité qu'on t'a volée. N'est-ce pas ce que tu veux ?

Alexanne lui prit la main de force et le tira jusqu'au patio. Pour qu'il se sente moins menacé, elle le fit asseoir de l'autre côté de la table.

– Madame Léger, je vous présente mon oncle Alexei.

Danielle lui tendit la main en fixant ses magnifiques yeux pâles. Alexei la serra en tremblant de peur.

– Alexanne m'a expliqué votre situation, monsieur Kalinovsky. Rassurez-vous, le seul qui paiera pour le crime de falsification de documents est celui qui vous a inscrit dans les registres.

– Je n'aime pas qu'on me dise « vous ».

– C'est noté.

– Et je ne veux pas non plus qu'on m'appelle « monsieur ».

– Très bien. Il me faudrait ton certificat de naissance pour débuter mes recherches.

– Je ne sais pas ce que c'est. Je me rappelle seulement que je suis né le 12 novembre, juste de l'autre côté de cette montagne.

– Je vais donc commencer par retrouver ton certificat de naissance et ton certificat de décès. Ensuite, je préparerai la demande officielle de changement d'état. Pendant que je m'occuperai de la paperasse, j'aimerais que tu penses à ce que tu répondras au juge lorsqu'il te demandera pourquoi tu veux reprendre ton identité. Il faudra aussi que quelqu'un t'identifie officiellement.

– Pourquoi dois-je parler à un juge ? s'inquiéta-t-il.

– Parce que c'est la procédure. Je viendrai te chercher, et nous irons à Montréal pour que…

– Non, je n'irai pas dans une ville.

Effrayé, il voulut prendre la fuite, mais Alexanne appuya fermement ses mains sur les épaules de son oncle pour le forcer à demeurer assis.

– Alexei n'aime pas voyager, expliqua l'adolescente. N'existe-t-il pas une autre solution ?

– Il est plutôt rare que les juges acceptent de faire des visites à domicile, mais je verrai ce que je peux faire. Il faudra tout de même penser à ce que nous lui dirons.

– Je veux seulement voir pendre le Jaguar au bout d'une corde.

En apercevant le regard surpris de Danielle, Alexanne décida d'intervenir.

– Le Jaguar, c'est le chef de la secte, expliqua-t-elle.

– Je veux qu'il paie pour ses crimes, exigea Alexei.

– Je comprends ta colère, assura Danielle, mais pour l'instant, il suffira de dire au juge que tu veux reprendre ta vie là où tu l'as laissée ou quelque chose comme ça. Celui que tu rencontreras en premier ne sera pas un juge d'instance criminelle.

– Il faudra que je parle à un autre juge pour faire punir ce monstre ?

– Pour entamer de telles procédures, il faut d'abord rencontrer le procureur général ou son substitut. C'est lui qui peut porter l'affaire devant les tribunaux. Une fois que tu auras repris ton identité, j'organiserai une rencontre avec lui, si tu veux. Mais il te faudra des preuves concrètes des tourments que ce Jaguar t'a infligés. Ne t'en fais pas avec ça pour le moment. Nous te ferons d'abord émettre une carte d'identité, une carte d'assurance maladie et une carte d'assurance sociale.

– Pourquoi ai-je besoin de toutes ces cartes ?

– Pour travailler ou pour te faire soigner par un médecin.

– Je ne suis jamais malade et je ne veux pas travailler.

– C'est la loi, Alexei. Tout le monde doit posséder des cartes d'identité. Il se peut aussi que le ministère du Revenu demande à te rencontrer pour te questionner au sujet de l'argent que tu as gagné depuis ton faux décès.

– Je n'en ai jamais gagné. Je ne sais même pas à quoi ça ressemble.

– Dans ce cas, cet interrogatoire ne devrait pas durer longtemps.

Alexanne sentit enfin son oncle se détendre. Apparemment, Danielle savait déjà comment s'y prendre avec lui.

– Est-ce que je serai obligé de vivre en société quand j'aurai repris mon identité ? demanda l'homme-loup.

– Pas nécessairement, mais tu recommenceras à en faire partie.

Pressée par le temps, Danielle se leva et tendit la main à Alexei. À la grande surprise des deux femmes, ce dernier serra non seulement sa main, mais il garda ses doigts entre les siens un long moment en plongeant son regard dans ses yeux. La travailleuse sociale sursauta et se libéra de cette emprise en chancelant. Bouleversée, elle recula de quelques pas, pivota sur ses talons et se dirigea vers la maison.

– Mais qu'est-ce que tu lui as fait ? s'alarma Alexanne.

– J'ai sondé son âme, répondit-il tristement.

– Pourquoi a-t-elle sursauté comme ça ?

– Ça doit être la première fois que ça lui arrive.

Tatiana sortit de la maison et vint droit vers eux. Elle semblait contrariée, ce qui ne lui arrivait pas souvent.

– Qu'as-tu fait à cette pauvre femme, Alexei ?

– Je voulais juste savoir qui elle était vraiment.

– As-tu une petite idée de ce que ressentent les humains lorsque nous jetons un tel coup d'œil dans leur âme ?

– Comment pourrais-je le savoir, puisque je ne suis pas humain ?

Alexei se défit d'Alexanne et regagna son jardin de plantes médicinales.

– Moi, je veux le savoir ! s'exclama Alexanne.

– Ils reçoivent une décharge électrique dans leur plexus solaire, expliqua Tatiana. Ceux qui ont développé leur spiritualité en éprouvent beaucoup de plaisir, mais les autres se sentent agressés intimement.

– Comment fait-on pour sonder une âme ?

– Pour le faire, il faut avoir développé sa faculté de ressentir.

– Quelles sortes de renseignements Alex a-t-il réussi à extraire de Danielle tout à l'heure ?

– Ses intentions, ses attaches émotives, son karma, son but dans cette vie.

– Tout ça en quelques secondes seulement ?

– Tous nos pouvoirs sont instantanés, jeune fée.

– Donc, il en sait beaucoup plus long sur madame Léger que vous et moi.

– Alexanne, ne recommence pas à le bombarder de questions.

– Mais je n'ai pas encore tous vos pouvoirs ! Comment voulez-vous que je m'informe autrement ?

– Ce n'est pas le moment de l'importuner. Viens plutôt préparer le déjeuner avec moi.

Même si elle aurait préféré désobéir, Alexanne jugea plus prudent de suivre sa tante et de laisser Alexei à ses réflexions. Penché sur les plantes, il s'était immobilisé comme une statue.

Chapitre 14
Vies tragiques

Alexanne ne revit Alexei que durant la soirée, car il ne se présenta à aucun des repas. Elle était assise au salon et regardait un reportage sur les grandes pyramides d'Égypte, lorsque son oncle vint finalement s'asseoir à côté d'elle.

– Je n'ai jamais vu de maisons qui ressemblent à ça, s'étonna-t-il.

– Ce sont des pyramides. On les a bâties il y a très longtemps dans un pays qui s'appelle l'Égypte. Pourquoi t'es-tu isolé toute la journée ?

– J'avais besoin de réfléchir.

– À Danielle Léger ?

Il ne répondit pas et continua à observer les étranges habitations.

– Tu as appris des choses secrètes en touchant sa main, n'est-ce pas ?

– Elle est honnête et elle termine toujours ce qu'elle commence.

– Si ça n'avait été que ça, tu n'aurais pas été aussi bouleversé après son départ.

– Je l'ai aussi connue dans mes vies antérieures, avoua-t-il. J'ai peur qu'elle ne soit arrivée dans celle-ci pour me forcer à régler une dette envers elle. Maintenant, laisse-moi regarder les pyramides.

« Il passe si facilement de l'état d'adulte à celui d'un enfant », se découragea Alexanne, qui ne savait jamais auquel des deux elle avait affaire.

– Des centaines de personnes doivent habiter là, laissa tomber Alexei.

– Les pyramides n'ont jamais été des maisons. Certaines étaient des tombeaux, et les autres étaient des centres d'enseignement pour les grands prêtres.

– Elles ont servi à des sectes ? s'alarma-t-il.

– Oui, mais il y a des milliers d'années. Les prêtres et les pharaons ont disparu, et les pyramides sont devenues des attractions touristiques. Dis-moi ce que tu penses vraiment de Danielle.

– Pourquoi tiens-tu à le savoir ?

– Je veux comprendre ce qui te rend si malheureux.

– J'ai peur qu'elle me fasse encore souffrir.

– Arrête donc d'être aussi pessimiste ! Peut-être que cette fois-ci, tu vas régler tes problèmes pour de bon !

– Montre-moi comment faire fonctionner le téléviseur.

– Moi, je préférerais continuer à parler de Danielle.

– Moi, non.

Alexanne observa les traits irascibles de son oncle en se demandant comment il allait réagir.

– Bon, tu gagnes, dit-elle en soupirant. Je vais aller chercher la télécommande.

Elle ne s'était pas encore levée, qu'il fit voler le petit appareil jusque dans sa main.

– Promets-moi de ne jamais faire un truc pareil devant Danielle ou devant le juge !

– Montre-moi comment faire fonctionner le téléviseur.

Elle lui indiqua la fonction de chaque bouton. Il se mit aussitôt à naviguer à travers les chaînes et, au bout d'une heure, la jeune fille en eut assez. Elle lui souhaita bonne nuit, l'embrassa sur la joue et monta à l'étage.

– Alexanne ? l'interpella sa tante.

La jeune fée pointa son nez à travers le chambranle de la porte de sa chambre. Tatiana était assise sur son lit et brossait ses cheveux.

– Avais-tu une idée derrière la tête lorsque tu as demandé à Danielle Léger de s'occuper d'Alex ?

– Juste une petite de rien du tout.

– Ce n'est jamais une bonne chose de forcer le destin, Alexanne. Ton oncle a été très malheureux dans ses vies passées à cause de cette femme, et voilà que tu la ramènes encore une fois dans celle-ci.

– Et s'il était temps pour eux de mettre fin à ce cycle de malheur ?

– Espères-tu qu'il tombe amoureux d'elle ?

– Disons que ça m'a effleuré l'esprit. Vous ne pensez pas qu'il est temps qu'il se marie et qu'il ait des enfants ?

– Pour pouvoir aimer une autre personne, il faut d'abord s'aimer soi-même, ma chérie, et ton oncle ne s'aime pas.

– Mais une femme peut l'aider à découvrir ses magnifiques qualités.

– Sans doute, mais je suis d'avis que si madame Léger tombe amoureuse de ton oncle dans son état actuel, elle s'exposera à de terribles souffrances et d'amères déceptions.

– Moi, je pense plutôt qu'ils apprendront enfin à aimer. Je veux juste donner sa chance à Alexei.

Alexanne poursuivit son chemin jusqu'à sa chambre, consciente que sa tante n'approuvait pas son geste. Elle enfila sa chemise de nuit et alla chercher son cahier d'anges sur la commode, afin de leur écrire un petit mot. Sous son dernier message, elle trouva un dessin représentant un jeune homme au visage tourmenté qui remettait une petite fille à une femme assise dans une embarcation.

Derrière lui, un volcan entrait en éruption et mettait le feu à toute la ville.

– C'est Alexei... prononça l'adolescente d'une voix étranglée.

Il lui avait raconté qu'il avait sauvé ses sœurs, tandis que sa princesse était en train de mourir dans la tour où son père l'avait enfermée. Dans le salon, Alexei ressentit son angoisse. Il éteignit le téléviseur, lança la télécommande sur le canapé et s'empressa de grimper à l'étage.

– Qu'est-ce que tu as ? demanda-t-il en entrant dans sa chambre.

Le visage inondé de larmes, Alexanne lui montra le dessin.

– C'est toi, n'est-ce pas ?

– Oui, et la petite fille, c'est toi. L'île s'appelait Alt. Ses habitants étaient devenus égoïstes et méchants, et ils ont été détruits par le feu. Nous sommes tous morts, sauf ceux qui se trouvaient sur les bateaux. Tu as été sauvée, mais je ne sais pas ce qui t'est arrivé après.

Abattu, Alexei alla s'enfermer dans sa chambre. Tous les événements tragiques remontant à cette incarnation, dix mille ans plus tôt, revenaient à sa mémoire un par un.

– Irisi... murmura-t-il.

Puisqu'il vivait en solitaire depuis sa naissance, il s'était cru enfin libéré de cet amour déchirant. Il s'approcha de la fenêtre et posa sa main droite sur la vitre. Il ferma les yeux, et le bout de ses doigts s'illumina.

Chapitre 15
Le procureur

Assise sur le canapé de son petit appartement du centre-ville de Montréal, Danielle grignotait un sandwich en feuilletant un dossier. Elle eut soudain l'étrange sentiment qu'on l'épiait. Elle releva la tête et regarda autour d'elle. Rien. Elle poursuivit son travail, mais continua à sentir une présence alors qu'elle était tout à fait seule.

Le lendemain, elle se rendit au bureau central des services sociaux et eut du mal à se concentrer sur son travail, car elle avait toujours l'impression que quelqu'un se tenait debout derrière elle. Sa secrétaire, Chloé Bernier, une petite rouquine d'une vingtaine d'années plutôt espiègle, s'appuya contre le cadre de la porte de son bureau.

– Sais-tu quelle heure il est ? demanda-t-elle.

Danielle fouilla dans tous ses papiers pour retrouver sa montre. Chloé s'approcha et lui montra le cadran de la sienne.

– Monsieur Desjardins vient d'appeler. Je lui ai dit que tu étais débordée et j'ai remis votre déjeuner à demain.

– Merci, Chloé, je te revaudrai ça.

– C'est ton nouveau dossier qui te passionne au point d'oublier tes rendez-vous galants ? s'enquit l'adjointe en s'asseyant sur la chaise qui faisait face au bureau.

– Le dossier Kalinovsky est plutôt inhabituel. J'ai

retrouvé le certificat de naissance et le certificat de décès d'Alexei, mais rien d'autre. Pas de relevés de notes ou de diplômes, pas de rapports d'impôts, pas de dossiers de crédit ni aucun dossier criminel. Si je n'avais pas rencontré physiquement cet homme, je serais portée à croire qu'Alexei Kalinovsky n'a jamais existé.

Chloé voulut évidemment en savoir plus, alors Danielle lui expliqua que ce jeune trentenaire avait été séquestré par une secte dans les Laurentides et qu'il avait fini par s'en échapper.

– Est-ce son appartenance à la secte ou le beau Russe qui t'obsède au point de ne pas voir le temps passer ?

Danielle comprit que c'était l'homme. Alexei n'avait jamais quitté la région où il était né et pourtant, elle avait l'impression de le connaître depuis toujours.

– Allez, au travail, fit-elle pour retrouver la tranquillité de son bureau.

Après avoir pris le temps de chasser ses pensées obsédantes, Danielle prit rendez-vous avec un juge de Saint-Jérôme et demanda à Frédéric Desjardins, le substitut du procureur général qu'elle fréquentait depuis quelques mois, de l'accompagner à la cour pour obtenir son opinion juridique sur la situation de son nouveau client.

* * *

Déjà très nerveux à l'idée de monter dans une voiture et de passer la matinée dans une ville tout en béton, Alexei paniqua lorsqu'il ressentit que Danielle n'était pas seule. Alexanne dut s'accrocher fermement à sa main pour qu'il ne prenne pas la fuite dans les bois, tandis que sa tante allait accueillir leurs visiteurs dans l'entrée.

– Bonjour, madame Kalinovsky. Voici Frédéric Desjardins, procureur de la Couronne. Il pourra nous dire si

Alexei possède suffisamment de preuves pour porter des accusations contre la secte.

Alexanne poussa son oncle vers le vestibule.

– Et voici Alexei, le présenta la jeune fille.

L'avocat se contenta de le saluer de la tête, tandis que Danielle lui offrit un sourire chaleureux.

– Alexei, voici Frédéric Desjardins. Il s'occupe de cas comme le tien pour la Couronne.

– La couronne de qui ?

– De la reine, évidemment, répondit l'avocat. Je suis à votre service, monsieur Kalinovsky.

– Je m'appelle Alexei.

– Frédéric a accepté de nous accompagner pour en apprendre davantage sur la secte et les actes criminels qui y ont été commis.

Un peu plus rassuré, Alexei accepta de s'asseoir sur la banquette arrière de la voiture, qui quitta la propriété.

– Ça va compliquer tes plans, déclara la guérisseuse en entourant les épaules d'Alexanne d'un bras amical.

– Comment ?

– Monsieur Desjardins est amoureux de madame Léger.

Alexanne baissa misérablement la tête, comprenant qu'elle allait briser le cœur de son âme jumelle sans le vouloir.

Chapitre 16
Le palais de justice

Le trajet jusqu'à Saint-Jérôme fut plutôt désagréable pour Alexei, qui n'avait pas l'habitude de monter en voiture. Il regardait dehors, les mains accrochées comme des serres dans les coussins de la banquette. Son visage était couvert de sueur. Pour l'aider à se détendre, Frédéric s'était mis à lui parler. Il l'avait d'abord informé que la Sûreté du Québec n'avait rien à reprocher à la secte de la montagne, et qu'elle n'avait jamais reçu de plaintes de membres s'en étant échappés ou de voisins lésés. De plus, elle payait religieusement tous ses impôts.

– En conclusion, il sera difficile de porter des accusations sérieuses contre cette organisation.

– Personne n'habite cette région en dehors de la secte. Comment des voisins pourraient-ils se plaindre ? se fâcha Alexei. Le Jaguar empêche ses disciples de partir, alors ils ne peuvent pas dénoncer les mauvais traitements qu'ils ont reçus.

– Ce Jaguar accepterait-il de nous laisser parler à ses disciples, à votre avis ?

– Il ne laisse personne franchir les palissades, à moins que ce ne soit une brebis perdue. Je peux seulement parler de ce qui m'est arrivé à moi.

– C'est un bon début.

– On m'a tiré dessus quand je me suis enfui. Est-ce que ça compte ?

– Il est étonnant que vous soyez encore en vie.

– Ma sœur est guérisseuse. C'est elle qui m'a sauvé la vie.

Tandis qu'elle garait la voiture devant le palais de justice, Danielle nota mentalement qu'une visite chez un médecin pour vérifier que des projectiles avaient été extraits de sa chair s'imposait. Dès qu'elle ouvrit la portière arrière, Alexei bondit du véhicule, soulagé de remettre ses pieds sur le sol. Voyant qu'il tremblait, la travailleuse sociale lui prit la main. Sous le regard réprobateur de Desjardins, elle tira l'homme-loup à l'intérieur de l'immeuble et le laissa aller à la salle de bains, avant de l'emmener chez le juge.

– Le traumatisme qu'a subi Kalinovsky n'est pas suffisant pour faire condamner un homme à la prison, lui fit savoir l'avocat. Il ne possède aucune preuve solide de ce qu'il avance, Danielle. Tu lui rendrais davantage service en le conduisant chez un psychiatre.

– Je suis désolée, mais je travaille depuis assez longtemps avec des hommes et des femmes qui ont été maltraités pour savoir que le cas d'Alexei est sérieux.

– Alors, bonne chance devant le juge. On se revoit au restaurant.

Desjardins la quitta pour aller rendre visite à un ancien collègue d'université qui travaillait à Saint-Jérôme. Alexei sortit de la salle de bains au moment où Frédéric embrassait la jeune femme sur les lèvres, avant de s'éloigner. L'homme-loup suivit l'avocat des yeux jusqu'à ce qu'il atteigne les portes de l'immeuble. Il ne connaissait pas cet avocat, mais il le sentait hostile envers lui.

Avec un sourire irrésistible, Danielle emmena son client dans l'antichambre du bureau du juge, où ils attendirent pendant quelques minutes, le temps que ce dernier termine un appel téléphonique. Alexei avait arrêté de trembler et regardait partout comme un enfant, enregistrant tous les petits détails de cette pièce richement décorée.

– C'est quoi, un procureur général ? demanda-t-il soudain.

– C'est un avocat qui travaille pour le compte du gouvernement, expliqua Danielle. C'est lui qui porte les accusations contre les criminels.

– Et un avocat, qu'est-ce que c'est ?

– C'est quelqu'un qui a étudié le droit et qui a appris comment plaider une cause devant un juge.

– Un juge, c'est aussi un procureur ?

– Un juge est un avocat qui a pratiqué pendant de longues années et qui accepte de servir la justice en tranchant les conflits.

– Tous ces gens sont très instruits, alors ?

– Je dirais que oui.

On leur demanda d'entrer dans le bureau du juge Perron. C'était un homme dans la cinquantaine avancée, les cheveux grisonnants et les traits tirés.

– Votre requête m'a tout de suite intéressé, madame Léger, avoua-t-il, car je surveille moi-même les faits et gestes de cette secte depuis longtemps. Ma propre fille y est entrée il y a plusieurs années, et toutes mes tentatives pour la faire sortir de là ont échoué. Connaissez-vous ma fille Isabelle, monsieur Kalinovsky ?

– Peut-être, mais personne ne porte son vrai nom là-bas.

Le juge lui montra la photographie encadrée de sa fille qu'il conservait sur son pupitre.

– C'est Cassiopée, la deuxième épouse du Jaguar, affirma aussitôt Alexei en la reconnaissant.

Le juge se sentit défaillir en apprenant que sa fille était liée à cette crapule par le mariage. Alexei capta son malaise.

– Toutes les femmes sont obligées de l'épouser à leur arrivée dans la secte, expliqua-t-il. Il la traite bien, elle et ses garçons.

– Ce Jaguar est-il le père de ses enfants ?

– Il est le seul à pouvoir procréer.

Le juge Perron demeura silencieux pendant un moment. Alexei sentit que son chagrin était profond, mais que sa colère était encore plus grande. Désireux de voir le chef de la secte passer le reste de ses jours en prison, l'homme de loi prit les papiers que lui tendait Danielle et les signa sans même les lire. Alexei le regarda tracer les lettres avec beaucoup d'intérêt. À part voir pendre le Jaguar au bout d'une corde, son plus grand rêve était de manier la plume aussi habilement que lui.

Au moment de les laisser partir, le juge tendit la main à Alexei, qui la serra en sondant son âme. Le vieil homme ne broncha pas et lui sourit avec beaucoup d'affection. L'homme-loup lâcha sa main, surpris de rencontrer un humain dont l'énergie ressemblait étrangement à celle des fées…

Chapitre 17

L'hôpital

En quittant le palais de justice, Danielle annonça à Alexei qu'elle voulait faire évaluer par un spécialiste de l'hôpital de Saint-Jérôme les traumatismes physiques qu'il avait subis dans la secte. Elle lui expliqua que les médecins aidaient souvent les travailleurs sociaux en dressant des rapports détaillés que ces derniers pouvaient ensuite utiliser en cour.

– C'est pour l'avocat ? voulut savoir Alexei.

– La loi semble exercer une réelle fascination sur toi, le taquina Danielle.

– J'essaie juste de comprendre ton monde.

Danielle se rendit à l'accueil des urgences et demanda à rencontrer un médecin habitué à collaborer avec son service. Alexei en profita pour regarder autour de lui, étonné de voir autant de gens malades dans un même endroit.

– Bonjour, monsieur Kalinovsky. Je suis le docteur Mercier. Si vous voulez bien me suivre dans la salle d'examen.

Alexei s'immobilisa dans le cadre de la porte en apercevant les étagères chargées de fournitures médicales.

– Madame Léger peut vous accompagner, si vous le voulez, proposa le médecin en constatant sa nervosité.

La travailleuse sociale n'attendit pas qu'il réponde et l'incita à entrer dans la petite pièce. Alexei accepta d'enlever sa chemise à contrecœur, car il n'aimait pas montrer ses cicatrices. Danielle s'attrista de voir autant de vieilles blessures sur son dos, mais s'efforça de conserver une attitude neutre. Le médecin nota toutes les marques sur sa peau, et s'étonna d'en trouver des plus récentes sur son cou, ses épaules et ses bras.

– Je suis tombé dans des ronces, expliqua Alexei, qui n'allait certainement pas lui raconter que les habitants de Saint-Juillet l'avaient pris en chasse alors qu'il s'était changé en loup.

– Quand avez-vous subi les blessures plus anciennes ?

– Les coups de fouet remontent à mon arrivée à la secte. Les balles, ça fait une dizaine d'années.

– Qui les a extraites de votre dos ?

– Ma sœur. Elle est guérisseuse.

– Avez-vous d'autres marques ailleurs ?

Alexei lui montra ses poignets, qui avaient été de nombreuses fois écorchés par des menottes. Le médecin prit des photographies de toutes ses cicatrices et laissa finalement son patient se rhabiller.

– Pourrais-tu m'attendre dans le couloir pendant que je parle au médecin ? lui demanda gentiment Danielle.

Il quitta le bureau en silence.

– Je n'arrive tout simplement pas à comprendre comment cet homme a pu survivre à ses blessures, avoua Mercier à la travailleuse sociale, puisque d'après leur orientation, les balles ont atteint ses organes vitaux.

– Je ne peux malheureusement pas vous aider, car c'est un tout nouveau dossier que je viens d'accepter.

– Je vous enverrai un rapport détaillé sous peu.

Danielle le quitta, mais ne vit Alexei nulle part. Après avoir parcouru de nombreux corridors bondés de patients, elle le trouva à l'autre bout de l'hôpital, la main posée sur l'estomac d'un bambin presque inconscient qui reposait dans les bras de son père.

– Il a avalé quelque chose qui bloque l'entrée de son estomac, déclara l'homme-loup.

En passant près de lui, un médecin entendit son commentaire et comprit que s'il disait vrai, l'enfant pourrait mourir avant la fin des formalités de l'accueil, et il dirigea tout de suite le père dans une salle d'examen. Danielle posa un regard étonné sur son client.

– Pourquoi lui as-tu dit ça ? Comment peux-tu deviner ce dont souffre cet enfant ? Vois-tu à travers le corps des gens ?

Se rappelant l'avertissement d'Alexanne au sujet de ses pouvoirs, Alexei préféra garder le silence.

– Je t'en prie, réponds-moi.

– Je ne peux pas en parler.

Danielle n'insista pas. Elle emmena plutôt Alexei au restaurant, où Desjardins les attendait, assis à une petite table dans un coin. Il parlait à quelqu'un via son téléphone portable. Mystérieusement, la communication se coupa dès que la travailleuse sociale et son client s'installèrent près de lui.

– Ces maudites piles ne durent jamais assez longtemps, maugréa l'avocat.

– C'est un objet très dangereux, l'informa Alexei.

– Tu as étudié la téléphonie au milieu des bois, je suppose ?

– Frédéric, tu n'as aucune raison de l'insulter, lui reprocha Danielle.

– Son énergie tue ton cerveau à petit feu, poursuivit l'homme-loup.

– Et il est sorcier, en plus ?

– Assez, tous les deux !

– Moi, j'en ai marre de cette petite mise en scène, alors je vais rentrer avec un collègue qui doit plaider demain à Montréal. Bon appétit !

Desjardins posa sur l'homme-loup un regard hautain, se leva et les quitta sans plus de façon.

– Je suis vraiment désolée, Alexei. Il supporte très mal la chaleur.

– C'est moi qu'il ne supporte pas. Il n'aime pas que tu t'occupes de mon dossier.

– Mais c'est absurde. Il sait que tu es mon client et…

– Rien d'autre.

– Notre relation est strictement professionnelle, Alexei.

– Ce n'est pas à moi qu'il faut le dire.

Consternée, car elle savait que Frédéric était particulièrement possessif, Danielle cessa de parler de lui. Le retour en voiture fut moins difficile pour Alexei, puisqu'il était assis à l'avant, mais il demeura néanmoins tendu. « Un enfant sauvage », pensa la travailleuse sociale en l'observant discrètement.

Lorsqu'elle reçut le rapport du médecin quelques jours plus tard, Danielle le lut attentivement. Elle étudia les photographies en essayant de comprendre ce qui était arrivé à Alexei Kalinovsky. Elle consulta son encyclopédie médicale et comprit pourquoi le médecin s'étonnait que son client soit toujours en vie. Les balles avaient atteint des organes aussi importants que les poumons, le foie, l'estomac et les reins !

Chloé déposa un café sur son bureau et jeta un coup d'œil aux photographies.

– Ce pauvre type doit détester toute la race humaine, lâcha la secrétaire.

– Il donne difficilement sa confiance aux autres, en effet.

– Fais attention à toi, Danielle, surtout s'il est beau.

– Tu sais bien que je ne m'attache jamais à mes clients, Chloé. Je veux juste que justice lui soit rendue, comme tous les autres.

– C'est ce que disent toutes les travailleuses sociales…

– Allez, ouste !

Chloé lui adressa un regard amusé et referma la porte de son bureau.

Chapitre 18

Les policiers

Alexanne ne revit son oncle que le lendemain de son entretien avec le juge, car en rentrant, il s'était retiré au bord de la rivière. Il était assis à la table du patio et noircissait des feuilles de mots qu'il copiait d'un livre d'exercices pour enfants. L'adolescente bondit dans la cour et alla s'asseoir près de lui, mais il ne se préoccupa pas d'elle et continua à tracer des lettres avec application.

– Est-ce que tu comprends ce que tu écris ? voulut savoir Alexanne.

– Un peu.

– Alex, ça ne te sert à rien d'écrire tous ces mots si tu ne connais pas leur signification.

– J'essaie juste de m'instruire.

– Dans ce cas, tu t'y prends à l'envers. Pour pouvoir étudier, il faut d'abord savoir lire.

Alexei se tourna vers elle, ses yeux pâles voilés de tristesse.

– La connaissance se trouve dans les livres, poursuivit sa nièce.

L'homme-loup semblait l'écouter, lorsque soudain quelque chose l'inquiéta. Il tendit l'oreille, immobile. Alexanne eut beau faire la même chose, elle n'entendit rien.

– C'est le journaliste Sylvain Paré, mais il n'est pas seul… s'alarma Alexei.

– Je t'en prie, ne t'enfuis pas. Tu sais aussi bien que moi que Sylvain te veut du bien.

– Je ne connais pas ceux qui sont avec lui.

– S'il les a emmenés jusqu'ici, c'est qu'ils sont certainement ses amis.

Tatiana ouvrit la porte aux policiers de la Sûreté du Québec et au journaliste qu'elle connaissait bien. Se servant discrètement de ses pouvoirs de fée, elle les sonda et découvrit qu'ils n'étaient pas là pour arrêter son frère. Au contraire, ils désiraient l'aider à se débarrasser d'un vieux démon qui le hantait. Après les avoir salués, elle les dirigea vers le jardin.

Alexanne glissa ses doigts entre ceux d'Alexei pour qu'il reste assis. Elle sentait son cœur battre la chamade, tandis que les étrangers approchaient.

– Bonjour Alex, le salua Sylvain. Je te présente Christian Pelletier et Mélissa Dalpé. Ils sont inspecteurs pour la Sûreté du Québec. Ce sont aussi de bons amis à moi. Ils ont accepté de t'aider à faire jeter le Jaguar en prison. Je leur ai raconté ce que tu m'as dit sur la secte, qu'ils surveillent depuis longtemps.

– La secte a peur de la police... murmura Alexei.

– Pour quelle raison ? demanda l'inspecteur Dalpé.

– Elle ne veut pas qu'on sache ce qui se passe entre ses murs...

– Nous avons déjà des doutes sur la légalité des activités qui se déroulent à l'intérieur des palissades, même si de l'extérieur, tout paraît en ordre, ajouta l'inspecteur Pelletier.

La voix calme et assurée de Christian apaisa aussitôt Alexei. Celui-ci examina le visage jovial du policier aux cheveux bruns très courts et aux yeux gris acier, et sentit qu'il pouvait lui faire confiance. Sa collègue portait ses cheveux blonds aussi courts que lui. Dans ses yeux bruns profonds se dissimulaient ses intentions.

– Quand Sylvain nous a annoncé qu'il connaissait un disciple qui avait réussi à s'échapper, nous avons tout de suite su que nous tenions notre chance de vérifier toutes les rumeurs qui circulent à son sujet.

– Acceptes-tu de répondre à leurs questions, Alexei ? s'enquit Sylvain.

– Pouvez-vous vraiment faire punir le Jaguar pour ses crimes ?

– Nous pouvons l'arrêter et le jeter derrière les barreaux, mais c'est le système judiciaire qui le punira, expliqua Christian.

– Je vous en prie, asseyez-vous, les convia Alexanne.

– Y a-t-il des enfants à l'intérieur des palissades ? voulut d'abord savoir Mélissa.

– Oui, affirma Alexei.

– Ces enfants ont-ils été enlevés ?

– Non. Il y en a qui sont arrivés avec leurs parents. Les autres sont nés dans la communauté.

– Et vous ?

– Je n'aime pas qu'on me dise « vous ».

– Et toi, se reprit Mélissa, as-tu été enlevé ?

– Non. Je me suis enfui de chez moi quand j'étais petit, au début de l'hiver. J'avais froid et j'avais faim, alors je me suis approché des palissades et on m'a laissé entrer.

– Mais on ne t'a plus laissé repartir, comprit Christian.

Alexei secoua négativement la tête.

– Les enfants sont-ils maltraités dans la secte ? poursuivit Mélissa.

– Ils sont soumis aux mêmes règlements que les adultes. Lorsqu'ils désobéissent, les plus jeunes sont sermonnés et les plus vieux sont punis. On leur enlève quelque chose qu'ils aiment ou on les prive de repas.

– Et les adultes ?

Alexei se mit à pâlir sous leurs yeux, car les images de son terrible passé venaient de ressurgir dans son esprit.

– Les adultes font des travaux forcés ou ils vont au cachot, murmura-t-il, ébranlé.

– Sont-ils brutalisés ?

– Parfois…

– As-tu été toi-même victime de brutalité ? s'enquit Christian.

– Oui, mais je l'ai déjà dit au médecin de Saint-Jérôme et à Danielle.

– Comment s'appelle ce médecin ? voulut savoir Mélissa.

– Je ne m'en souviens pas, mais Danielle le sait.

– Et qui est Danielle ?

– Une travailleuse sociale qui s'occupe de mon dossier.

Mélissa le nota dans un petit calepin avec l'intention de les questionner.

– D'autres disciples ont-ils subi les mêmes traitements que toi ? poursuivit Christian.

– Oui. Surtout le fouet.

– Raconte-nous ce que tu as vu, Alexei. C'est uniquement grâce à ces arguments que tu pourras témoigner.

– C'est quoi, témoigner ?

– C'est dire ce que tu sais à un juge. Il faut que ce soient des événements dont tu as personnellement eu connaissance, sinon c'est du ouï-dire et ce n'est pas admis comme preuve.

– Es-tu prêt à aller jusque-là ? l'encouragea Sylvain.

Alexei hocha affirmativement la tête. Le système judiciaire des hommes libres semblait très compliqué, mais ces gens instruits l'aideraient certainement à s'y retrouver.

– Il faut aussi que ce soient des choses très graves, des crimes, spécifia Christian.

– J'ai vu des femmes traînées de force chez le Jaguar parce qu'elles ne voulaient pas s'accoupler avec lui, et des hommes se faire battre jusqu'au sang parce qu'ils étaient en retard pour les prières.

– Viols et voies de fait, nota Mélissa. C'est un bon début.

– Y a-t-il de la drogue et de l'alcool dans la secte ? demanda Christian.

– Non, jamais d'alcool, mais je ne sais pas ce que veut dire « drogue ».

– Ce sont des substances qui provoquent des hallucinations ou des états altérés de conscience.

– La secte fait pousser des plantes qui font perdre la raison, affirma Alexei.

Les deux policiers échangèrent un regard intéressé. Si les membres de la secte fabriquaient des drogues, il y avait de fortes chances qu'ils en fassent aussi le commerce afin de subvenir à leurs besoins.

– La secte possède-t-elle des armes ?

– Oui, des fusils pour tuer ceux qui ne croient plus aux pouvoirs du Jaguar.

Les deux policiers demeurèrent impassibles devant cette déclaration, comme s'ils s'y attendaient, mais elle ébranla le journaliste.

– As-tu été témoin de ces meurtres ? poursuivit Christian.

Les horribles exécutions que le Jaguar avait publiquement tenues pour asseoir son pouvoir sur ses disciples refirent surface dans la mémoire de l'homme-loup. Brusquement, il se défit des mains d'Alexanne et prit la fuite en direction de la forêt.

– Je suis vraiment désolée, se chagrina l'adolescente. Je pense que vous avez touché une corde sensible.

– S'il a assisté à des atrocités, il est normal qu'il réagisse ainsi, affirma Christian. Mais il faudra qu'il arrive à raconter ce qu'il a vu à un juge, sinon le Jaguar demeurera en liberté.

– Il finira par y arriver. Il faut juste lui donner un peu de temps.

Christian remit sa carte à Alexanne en lui demandant de l'appeler dès que son oncle se sentirait prêt à leur raconter la suite de l'histoire. Elle les remercia de s'être déplacés et les reconduisit à leur voiture.

Chapitre 19

Le petit garçon

Danielle Léger parvint à mettre le dossier Kalinovsky de côté pendant une semaine, afin de s'occuper d'enfants abandonnés par leurs parents et qui devaient être placés dans de bons foyers d'accueil. Au retour d'une dure journée de travail, assise sur le canapé du salon de son petit appartement, elle alluma le téléviseur pour écouter les nouvelles tout en mangeant.

Elle sursauta en reconnaissant l'homme auquel Alexei s'était intéressé à l'hôpital de Saint-Jérôme. Elle fouilla aussitôt parmi les coussins, trouva la télécommande et haussa le volume. Le journaliste racontait que le père, qui gardait l'enfant ce matin-là, avait constaté que le petit Jacob était soudainement devenu pâle et léthargique. Il l'avait aussitôt transporté à l'hôpital, où il s'était mis dans la file à l'accueil, lorsqu'un étranger avait placé sa main sur le ventre de l'enfant.

– J'ai d'abord pensé que c'était un médecin, mais il portait des vêtements civils, raconta le père à l'écran. Il m'a dit qu'un objet était coincé dans l'estomac de mon fils. Je vous assure que c'était impossible à deviner, même au toucher. Un médecin l'a entendu et il nous a tout de suite fait entrer dans une salle d'examen. Il a fait des radiographies et il a opéré mon fils de toute urgence. Il m'a dit que si nous avions attendu notre tour dans la file, Jacob serait mort dans mes bras. J'aimerais retrouver l'inconnu qui lui a sauvé la vie. J'ai questionné tout le monde, mais personne ne le connaît. Il doit avoir environ trente ans, il a des cheveux noirs et des yeux bleus très perçants. Je veux le remercier en personne et lui dire que je lui serai reconnaissant jusqu'à la fin de mes jours d'avoir sauvé mon bébé.

– C'est Alexei... murmura Danielle en déposant son repas sur la table basse.

Mais qui était donc cet homme sauvage qui refusait de vivre en société, mais qui pouvait diagnostiquer un problème médical avec la même précision qu'une radiographie ? Et pourquoi était-il entré dans sa vie ? Pourquoi avait-elle ressenti des émotions étranges en serrant sa main pour la première fois ?

* * *

Les oiseaux chantaient leurs dernières ritournelles et regagnaient leurs nids avant la nuit, lorsque Alexei revint à la maison, beaucoup plus calme. En le voyant s'asseoir sur la balancelle au fond du jardin, Alexanne s'empressa de le rejoindre.

– Est-ce que ça va ?

– Mes souvenirs se sont enfin dissipés... soupira-t-il avec soulagement.

– Il faudra que tu arrives à raconter ce que tu as vu au juge et au procureur général, sinon le Jaguar n'ira pas en prison.

– Le procureur ne m'aime pas. Il est comme le Jaguar, il ne veut pas que Danielle regarde d'autres hommes.

– Il est jaloux de toi ?

– Il ne fait pas confiance à Danielle.

– Mais maître Desjardins est un professionnel. Même s'il ne t'aime pas, il va être obligé d'enregistrer ta plainte et de faire arrêter le Jaguar. C'est son travail.

La mine de son oncle se rembrunit, et Alexanne comprit qu'il valait mieux changer de sujet.

– Est-ce que tu veux continuer à apprendre à lire, ce soir ?

– Non. Je voudrais parler à Danielle et lui dire que les policiers sont venus me voir.

– Viens, nous allons l'appeler immédiatement.

Elle emmena son oncle dans la chambre de Tatiana, dans laquelle se trouvait l'unique téléphone de la maison, et expliqua à Alexei que c'était un appareil dont on se servait pour communiquer avec des gens partout à travers le monde.

– Si les gens apprenaient à se servir de leurs pouvoirs, ils n'en auraient pas besoin, souligna Alexei.

– Je suis d'accord avec toi, mais on n'en est pas encore là.

Elle composa lentement le numéro de Danielle devant lui, pour qu'il puisse le faire lui-même par la suite.

– Une fois que tu as réussi à établir la communication, tu entends une sonnerie comme celle-ci, poursuivit-elle en posant le cornet sur l'oreille d'Alexei.

Il haussa les sourcils. Sa nièce reprit le cornet et approcha le deuxième de sa bouche pour parler.

– Bonsoir Danielle, c'est Alexanne. Je vous appelle pour vous dire que des policiers sont venus rencontrer Alexei.

– Connais-tu leurs noms ?

– Christian Pelletier et Mélissa Dalpé.

– Je vais les contacter demain. Ton oncle est-il dans les parages ?

– Il est juste à côté de moi. Je vous le passe, mais soyez patiente. C'est la première fois qu'il se sert d'un téléphone.

Alexanne tendit le cornet à Alexei. Il l'appuya sur son oreille comme sa nièce l'avait fait. De l'autre main, il saisit le tube qui était attaché au cadran.

– Danielle, est-ce que tu m'entends ?

– Oui, Alexei, la réception est parfaite. Comment ça s'est passé avec les policiers ?

– Je n'ai pas aimé leurs questions.

– Pourtant, elles sont nécessaires. Moi, ce qui me tracasse, ce soir, c'est ce que je viens de voir à la télévision.

– Tu regardes les baleines ? se réjouit-il.

– Les quoi ? Non, Alexei, j'écoutais les nouvelles. Te souviens-tu du petit garçon à l'hôpital ? Celui qui était en train de mourir dans les bras de son père ?

– Oui, je m'en souviens.

– Eh bien, son père te cherche pour te remercier, parce que tu lui as sauvé la vie en alertant les médecins concernant la source de son malaise.

– Il n'a pas besoin de me remercier pour ça.

– C'est très noble de ta part, mais j'aimerais comprendre comment tu as fait.

– C'est compliqué à expliquer…

– Et si je te rencontrais chez toi demain, est-ce que tu accepterais de m'en parler ?

– Oui, mais je ne veux pas passer d'autres examens.

– Je te donne ma parole que ce sera une visite purement amicale.

Ils parlèrent encore un peu, puis Alexei raccrocha et rendit l'appareil à sa nièce.

– J'espère qu'elle avait fini de parler, au moins ? s'inquiéta Alexanne.

– Oui, c'était fini. Montre-moi comment écrire.

Alexanne remit le téléphone sur la commode en se demandant si elle préférait son oncle quand il était inquiet ou quand il se prenait pour un despote.

Chapitre 20
Les points lumineux

Danielle ne voulait pas se l'avouer, mais l'idée de passer une autre journée avec Alexei la remplissait de joie. Elle se plaisait en compagnie de cet homme qui ne ressemblait à aucun autre. Elle allait avaler une autre bouchée de son dîner qui commençait à refroidir, lorsqu'on frappa à sa porte. Décidément, elle n'arriverait jamais à terminer cette assiette. Elle ouvrit et trouva Frédéric devant elle, un bouquet de roses dans les bras et un large sourire sur le visage.

– Mais ce n'est pas mon anniversaire, protesta Danielle.

Tenant les fleurs d'une main, il utilisa l'autre pour attirer la jeune femme dans ses bras et l'embrasser sur les lèvres.

– C'est seulement pour te dire que je t'aime.

– Tu es vraiment fou, s'émut Danielle.

Elle le fit entrer, referma la porte, prit les fleurs et alla les déposer dans un grand vase. Frédéric s'installa sur le canapé, et elle vint se blottir dans ses bras.

– Tu ne devineras jamais ce que j'ai vu à la télé tout à l'heure.

Elle lui raconta ce qu'Alexei avait fait à l'hôpital.

– Je ne suis pas venu ici pour t'entendre parler de ton homme des cavernes.

– Ne l'insulte pas. Il a sauvé la vie d'un enfant.

– Donc, en plus de s'être miraculeusement échappé d'une secte dont personne ne peut sortir, il est aussi guérisseur ?

– Je ne sais pas ce qu'il est en réalité, Frédéric, mais il n'est pas comme toi et moi.

– Il a seulement fait ça pour t'impressionner.

– Il ne savait même pas que je l'observais !

– Danielle, je ne veux pas discuter de lui ou de tes autres clients. Je veux coucher ici ce soir et j'ai fait des réservations pour nous deux au club de golf demain matin.

– Tu aurais dû m'en parler avant, parce que j'ai un rendez-vous demain.

– Est-ce que je peux au moins rester cette nuit ?

Elle le fréquentait depuis quelques mois, et pourtant, jamais il n'avait été question que leur relation devienne sérieuse. Frédéric avait été très clair avec elle. Il voulait uniquement l'amour d'une femme sans mariage ni enfants. Parce qu'elle était seule depuis son divorce et qu'elle avait besoin de bras pour la serrer de temps en temps, Danielle avait accepté ce marché, qui ne satisfaisait pourtant pas ses véritables besoins. Mais elle savait, de par son métier, que personne n'était entièrement heureux sur Terre.

* * *

Cette nuit-là, Alexei n'arriva pas à trouver le sommeil. Allongé sur son lit, il n'arrêtait pas de penser à Danielle et à la femme qu'elle avait été dans ses vies précédentes. Il avait hâte de la revoir et de baigner dans son énergie, même s'il craignait que leur relation ne se solde encore par un échec. Comment lui faire comprendre ce qu'il ressentait pour elle ? Il marcha jusqu'à la fenêtre de sa chambre, appuya sa main droite sur la vitre, les doigts écartés, et ferma les yeux en pensant à elle. Une douce lumière apparut au bout de ses doigts.

* * *

Collée contre le dos du procureur, Danielle commençait à peine à s'assoupir lorsqu'elle vit apparaître cinq petits points lumineux sur la fenêtre. Intriguée, elle quitta le lit et s'en approcha. Il n'y avait dans sa chambre aucune source de lumière qui aurait pu causer ce phénomène. En examinant ces petites étoiles brillantes et la distance qui les séparait, la jeune femme finit par constater qu'elles ressemblaient aux doigts d'une main. Elle écarta les siens et les déposa sur les points lumineux. Aussitôt, un immense bonheur s'empara d'elle. Transportée de joie, elle ferma les yeux. L'espace d'un instant, elle eut l'impression d'être blottie dans les bras d'un homme qui l'aimait plus que tout au monde.

À des kilomètres d'elle, sa main lumineuse appuyée sur la vitre de sa propre fenêtre, Alexei avait souri, car sa princesse venait de le reconnaître.

* * *

Au matin, Alexanne trouva son oncle dans le fauteuil à bascule de la cuisine, captivé par un livre pour enfants. Elle s'approcha de lui et l'embrassa sur la joue.

– J'ai lu toute la première page et je la comprends ! s'exclama-t-il fièrement.

– Je savais que tu finirais par y arriver. Tu es un champion, Alex.

Elle prépara le petit déjeuner et lui demanda s'il avait l'intention de lire toute la journée. Il répondit que non, puisque Danielle devait lui rendre visite.

– Tu la trouves à ton goût ? se risqua Alexanne.

– Elle est aussi belle à l'intérieur qu'à l'extérieur.

– Est-ce que tu aimerais qu'elle devienne un jour ta compagne ?

– Moi ? Mais je ne suis pas assez bien pour elle.

– Pourquoi dis-tu ça ? s'attrista Alexanne.

– Parce que je n'ai pas d'instruction et que je ne connais rien.

– Alex, ta famille possédait un château en Russie ! Tes ancêtres étaient des aristocrates et des guérisseurs ! Et tu connais un tas de choses dont personne d'autre n'a conscience !

– Danielle travaille en ville, tandis que moi, je crée des plantes à la campagne. Nous n'avons rien en commun.

– Mais ton cœur, lui, qu'est-ce qu'il te dit ?

Embarrassé, Alexei détourna le regard vers la grande fenêtre.

– Tu l'aimes, n'est-ce pas ?

– Je n'ai pas le droit de gâcher sa vie.

– Alex…

– Et je te défends de t'en mêler.

Elle aurait aimé lui dire qu'elle ne voulait que son bonheur, mais maintenant qu'elle le connaissait bien, elle savait qu'il était préférable de lui obéir. Elle se retourna donc vers le plan de travail en espérant qu'il finisse par avoir une meilleure estime de sa personne.

Chapitre 21

La visite de Danielle

Danielle se leva de bonne heure en se rappelant l'euphorie que lui avaient procurée les points lumineux au cours de la nuit. Elle servit le petit déjeuner et s'assit devant Frédéric, mais ne toucha pas à sa nourriture. Elle sirota son café, le regard absent.

– Quel est ton programme aujourd'hui ? voulut savoir le procureur.

– Tu m'as demandé de ne pas te parler de mes dossiers.

– Ne me dis pas que tu t'occupes encore de Kalinovsky ? maugréa-t-il. Tu as fait tout ce que tu pouvais pour ce pauvre homme, Danielle. C'est au tour de la police et de la justice de le prendre en charge.

– Mais la justice, c'est toi, non ?

– C'est un malade ! Un déséquilibré !

– Il a beaucoup souffert mentalement, c'est vrai, mais il n'est pas dangereux. Son premier réflexe, lorsqu'il se sent menacé, ce n'est pas l'agression, mais la fuite. Il me fait confiance, et je ne représente pas une menace pour lui. Toi, par contre…

– J'ai seulement peur pour toi ! Ce n'est pourtant pas difficile à comprendre !

– Je ne risque rien.

– Appelle-le et dis-lui que tu ne peux pas le voir aujourd'hui. Passe la journée avec moi, tu veux bien ?

– Je n'irai certainement pas jouer au golf, alors qu'un de mes clients a besoin de moi.

Frédéric étouffa un juron, sortit de table et quitta l'appartement en claquant la porte. Danielle prit une profonde inspiration en comptant jusqu'à dix pour ne pas se fâcher, et décida que ni lui ni personne ne l'empêcheraient de revoir Alexei.

Elle se rendit dans les Laurentides et, maintenant qu'elle connaissait bien la propriété des Kalinovsky, se dirigea tout droit vers le jardin. Alexei était accroupi parmi ses plantes, les cheveux attachés sur la nuque. Inexplicablement, elle eut l'impression d'avoir déjà vécu cette même scène... Alexei perçut son énergie et tourna la tête. Danielle était aussi belle que jadis, lorsqu'elle se promenait dans les grands jardins de son père, sur une île qui reposait maintenant au fond de la mer. Il se redressa en s'essuyant les mains sur son pantalon.

La lumière qui émanait du cœur de Danielle était pure et blanche comme celle de Tatiana. La travailleuse sociale le trouva plutôt mignon avec sa coiffure de collégien.

– Mignon ? s'amusa-t-il.

– Comment le sais-tu ? Je n'ai rien dit.

– C'est dans tes yeux.

– Tu as un excellent sens de l'observation, dis donc. Est-ce qu'on pourrait marcher un peu ? C'est si beau, ici.

Alexei l'emmena sur le sentier qui débutait au fond du terrain de la propriété de Tatiana et s'enfonçait dans la forêt, jusqu'à la rivière. Il faisait chaud, et les arbres leur procuraient de la fraîcheur. Danielle ne ressentait aucune crainte en sa présence. Au contraire, elle se sentait en sécurité. Comment Frédéric avait-il osé dire du mal de cet homme ?

– De quoi tu veux me parler en premier ? fit Alexei. Des policiers ou de l'enfant ?

– Ma foi, on dirait que tu es capable de lire mes pensées. Parle-moi tout d'abord de l'enfant. Dis-moi comment tu as su qu'il y avait un objet dans son estomac. Son père a dit à la télé qu'il était impossible de le deviner au toucher. Est-ce que tu as une vision aussi puissante que des rayons X ?

– C'est quoi, des rayons X ?

– C'est une fréquence de lumière qui permet de voir à travers les choses et les gens.

Alexei demeura silencieux pendant un moment, essayant d'assimiler cette nouvelle notion.

– Je dois avoir des rayons X dans les yeux parce que je vois en effet des choses cachées.

– Comme quoi ?

– Je vois des ombres sur les gens et les animaux lorsqu'ils sont malades.

– Es-tu guérisseur ?

– Je sais comment produire des plantes qui peuvent guérir les gens et je suis capable de voir les maladies dans le corps, mais je ne sais pas comment les soigner. J'ai vu un objet noir dans le ventre de l'enfant, mais je n'aurais pas su comment l'extraire, alors je ne l'ai pas vraiment sauvé.

Étonnée, Danielle se contenta de le fixer dans les yeux sans dire un mot.

– C'est la vérité, affirma-t-il.

Comme elle hésitait encore, Alexei recula de quelques pas et étudia son corps pour lui prouver qu'il ne mentait pas.

– Je vois quelque chose dans ton foie.

– J'ai parfois des douleurs, mais ce n'est rien de sérieux.

– Ça pourrait le devenir. Ma sœur te donnera quelque chose à boire pour que tu ne deviennes pas très malade.

– Vous êtes une famille plutôt spéciale, dis donc.

– Nos parents sont arrivés de Russie.

– Ce n'est pas ce que je voulais dire. Ta sœur est guérisseuse et tu vois les maladies dans le corps des gens. Ce ne sont pas des choses que tout le monde peut faire. Est-ce que tu avais ces dons quand tu étais dans la secte ?

– Oui, mais je ne comprenais pas ce que je voyais. C'est Tatiana qui me l'a expliqué plus tard.

Ils marchèrent pendant quelques minutes en silence.

– Alex, est-ce qu'il t'arrive de te mettre en colère ?

– Oui, mais beaucoup moins souvent qu'avant. Est-ce que tu veux me demander quelque chose qui va me mettre en colère ?

– Non, j'essaie seulement d'apprendre à mieux te connaître.

Ils atteignirent la rivière, au bord de laquelle ils s'assirent sur des pierres plates. Le regard de la jeune femme blonde se perdit dans les petites vagues qui frissonnaient à la surface de l'eau. L'homme-loup en profita pour scruter ses pensées. Il ressentit aussitôt la peine que lui avait faite le procureur par ses paroles blessantes.

– Je ne sais pas ce que c'est, un homme des cavernes…

– Tu n'es pas censé le savoir, s'étonna-t-elle.

– Pourquoi le procureur t'a fait de la peine ?

– Mais comment le sais-tu ?

– C'est dans ta lumière.

– Quelle lumière ?

– Celle qui t'entoure. Elle contient tout ce qu'on pense et tout ce qu'on ressent. Je vois ta peine, mais tu hésites à m'en parler même si elle me concerne. Pourquoi ?

– La vie t'a déjà suffisamment fait souffrir, Alexei.

– Ça m'est égal que le procureur dise que je suis dangereux. Moi, je sais qui je suis.

Prise de court par ces déclarations étonnantes au sujet d'une conversation qu'il ne pouvait pas avoir entendue, Danielle demeura bouche bée.

– Il ne m'aime pas, alors il dit n'importe quoi, poursuivit Alexei. Ça ne devrait pas te tourmenter.

– Mais comment…

– Je te l'ai dit : je sais interpréter la lumière des gens. Pour le reste, je suis plutôt ignorant.

– Pourtant, moi, je te trouve fascinant. Si, comme toi, j'étais capable de deviner les émotions des autres, mon travail serait bien plus facile.

– Et moi, je pense que tu fais déjà du bon travail.

– C'est gentil.

Alexei n'osa pas lui avouer qu'il était mort de peur à l'idée de vivre avec elle une autre expérience désastreuse. Leur karma était si lourd, si lourd !

Ils marchèrent pendant plus d'une heure, puis retournèrent à la maison. Tatiana, qui avait capté la présence de la jeune femme en compagnie de son frère, avait préparé un déjeuner léger pour quatre. Même si elle ne désirait pour rien au monde déranger leur vie de famille, Danielle accepta de manger avec les Kalinovsky.

– Maintenant que les policiers ont rencontré Alexei, dit Tatiana à la jeune femme, et que vous l'avez fait examiner par un médecin, allez-vous bientôt faire appréhender le Jaguar ?

– Il faut que votre frère porte officiellement plainte contre lui à la police. C'est à ce moment-là que le procureur général se saisira de l'affaire. Et puisque Alexei n'aime pas la ville, j'ai décidé de faire venir la ville à lui. Les policiers viendront recueillir sa plainte ici, quand il sera prêt.

– Je suis prêt, affirma Alexei.

Le visage d'Alexanne s'illumina de joie. Il était enfin temps que disparaisse un autre vil manipulateur qui profitait de la naïveté des gens pour les dépouiller de leur fortune et de leur volonté !

Chapitre 22

La plainte

Assis l'un en face de l'autre sur la balancelle, Danielle et Alexei ne virent pas le temps passer. L'homme-loup ne cessait de contempler les yeux couleur d'océan et les cheveux blonds de la jeune femme qui volaient au vent… comme jadis.

– Parle-moi de ton adolescence, fit soudain Danielle. Tu étais dans la secte à ce moment-là, n'est-ce pas ?

– J'avais dix ans quand je suis arrivé dans la forteresse. On m'a confié à Solaris, la matriarche. Elle m'a enseigné les règlements et elle a essayé de me faire parler.

– Tu refusais de parler ?

– Je ne voulais pas répondre aux questions des adultes. C'est le Jaguar qui m'a finalement délié la langue. Il a commencé par me promettre tout ce que je voulais, puis il m'a fait des menaces…

– Qu'il a mises à exécution ?

Alexei acquiesça.

– Tu n'es pas le premier à qui on a fait subir des mauvais traitements dans une secte, tu sais. Certains adultes n'ont aucun respect pour les enfants.

– J'ai finalement accepté de parler pour qu'il arrête de me toucher.

– Est-ce à ce moment-là qu'il a rédigé ton acte de décès ?

– Je pense que oui. Il disait que si je refusais de changer de nom, il me jetterait dans la neige par-dessus les palissades. Aujourd'hui, cette menace ne me ferait pas peur, mais à cette époque, j'en ai fait des cauchemars.

– Le Jaguar a-t-il continué à te maltraiter après que tu as accepté de parler ?

– Ne me pose plus de questions sur la secte…

– Le juge le fera, lui, et si tu ne lui réponds pas, il ne pourra pas punir cet homme.

Alexei savait bien que Danielle ne l'interrogeait pas pour le tourmenter.

– Il a dit que le ciel m'avait confié à lui et que je devais lui en être reconnaissant. Puisque j'allais lui succéder un jour, il fallait qu'il me prépare. Mais je l'ai frappé, et il m'a enfermé dans le cachot pour la première fois.

– Quel âge avais-tu ?

– L'âge d'Alexanne.

Alexei ressentit que des policiers arrivaient devant la maison, en plus grand nombre cette fois.

– Christian Pelletier est là.

Danielle étira le cou, mais ne vit personne dans la cour. Alexei insista tout de même pour rentrer. Stupéfaite, la jeune femme trouva effectivement des policiers dans le salon avec Tatiana. Il y en avait quatre, mais ce fut surtout Christian qui s'adressa à Alexei.

– Madame Léger m'a expliqué que tu n'aimais pas la ville, commença l'inspecteur. C'est pour cette raison que nous avons décidé de te rencontrer ici. Alors, voilà : Alexei Kalinovsky, désires-tu porter formellement plainte contre la secte de la montagne, qui a inscrit illégalement ton décès dans les registres de la province ?

– Oui, c'est ce que je veux.

– Tu n'as qu'à signer ce document, et le procureur général s'occupera de ton dossier.

– Mais je veux aussi porter plainte contre le Jaguar, parce qu'il a essayé de me tuer.

Content qu'il vide enfin son sac, Christian inscrivit également cette plainte sur le formulaire et déclara qu'elle leur permettrait d'effectuer une descente. Alexei se félicita d'avoir appris à écrire son nom lorsque Christian lui tendit son stylo.

– Le Jaguar sera accusé des crimes qu'il a commis par le procureur général, qui t'expliquera aussi la procédure de mise en accusation, la sélection du jury et la date du procès. Merci, Alexei, d'avoir servi la justice.

Tatiana raccompagna les policiers à la porte et Danielle se retrouva seule avec l'homme-loup.

– Est-ce que ça va ? s'inquiéta-t-elle en apercevant son regard absent.

– C'est quoi, un jury ?

– Ce sont des hommes et des femmes qui décideront de la culpabilité du Jaguar.

– Ce n'est pas le juge ? s'étonna-t-il.

– Il est là pour les guider. Mais je ne suis pas avocate, alors je vais laisser le procureur t'expliquer tout ça lui-même. Tu devras tout lui raconter, Alexei. C'est très important, si tu veux que le Jaguar passe le reste de sa vie en prison.

– Je préférerais qu'il soit exécuté.

– Il t'expliquera aussi pourquoi la peine de mort a été abolie dans ce pays.

Danielle passa avec lui encore quelques heures, pendant lesquelles ils parlèrent de plantes médicinales et de guérison, puis la travailleuse sociale le quitta à regret vers la fin de l'après-midi. Avant de monter dans sa voiture, elle l'embrassa sur la joue, mais ce baiser innocent sema la confusion dans le cœur d'Alexei, qui voyait lentement se refermer sur lui le piège de ses vies antérieures. Il recula, désorienté, et regarda la voiture disparaître au bout de la rue.

Chapitre 23

Un cœur qui souffre

Fatiguée, mais satisfaite de sa journée, Danielle arriva chez elle en début de soirée. En sortant de l'ascenseur, elle vit Frédéric assis par terre dans le couloir, le dos appuyé contre le mur de son appartement. Depuis qu'elle le fréquentait, il lui arrivait d'agir de façon inexplicable, parfois même inquiétante, mais c'était la première fois qu'il campait devant sa porte. Il était en costume, donc il arrivait tout droit du bureau.

– Mais qu'est-ce que tu fais là ?

– Je t'attendais, évidemment, soupira-t-il d'un ton accusateur.

– Est-ce que tu as bu ?

– Non, mais j'y ai pensé.

Il se leva pendant qu'elle déverrouillait la porte.

– Qu'aurais-tu fait si je n'étais rentrée qu'à minuit ?

– Je me serais rendu chez Kalinovsky et je lui aurais cassé la gueule.

– Frédéric, écoute-moi. Alexei Kalinovsky est mon client. Tant et aussi longtemps qu'il n'aura pas obtenu justice pour tous les mauvais traitements qu'il a subis dans la secte, je continuerai à m'occuper de lui.

– Mais ce procès pourrait durer des mois !

– Si tu n'as plus confiance en moi, tu sais ce qu'il te reste à faire.

– Je t'aime, Danielle.

– Moi aussi, Frédéric, mais ça ne durera pas longtemps si tu continues ainsi.

– Viens manger avec moi…

Même si elle n'en avait pas envie, elle enfila une robe de soirée et l'accompagna au restaurant pour calmer ses angoisses.

* * *

Alexanne rejoignit son oncle, qui se berçait sur la grande galerie de la maison.

– Vous feriez un si beau couple… souligna l'adolescente, émue.

– Danielle a déjà un compagnon et, de toute façon, je ne l'intéresse pas. Mêle-toi de tes affaires, Alexanne. Danielle est venue ici pour m'aider à affronter le juge, rien de plus.

– Je n'ai pas encore la faculté de ressentir, mais je vois bien les sentiments que tu as pour elle.

– Je viens de te demander de te mêler de tes affaires.

– Je veux juste que tu sois enfin heureux.

– Alors, cesse de faire des manigances. Tu sais que je déteste ça.

Il se leva de la balancelle et se dirigea vers la forêt, son refuge habituel.

– Tu es tellement meurtri que tu ne reconnais même plus l'amour quand tu l'as devant les yeux, déplora Alexanne.

Alexei s'arrêta net et se retourna très lentement vers elle en faisant de gros efforts pour ne pas redevenir le disciple rebelle qu'il avait été jadis. Ses yeux étincelaient.

– Si je m'éloigne de toi, c'est parce que tu n'as pas de respect pour ma vie privée.

Il pivota sur ses talons et poursuivit son chemin. Pourtant, tout ce qu'Alexanne voulait, c'était son bonheur. Elle rentra à la maison et alla se détendre dans un bain moussant. La petite fée blonde se posa alors au bord de la baignoire et plaça ses poings sur ses hanches.

– Je te l'avais bien dit, que les mâles ne font que des sottises, déclara Coquelicot.

– Cette fois, j'ai bien peur que tout soit ma faute. Je lui ai trouvé une compagne, et il ne veut même pas faire l'effort de lui plaire.

– Il devrait plutôt te remercier parce que, avec son caractère, il n'en trouvera jamais une tout seul.

– Son véritable problème, Coquelicot, c'est qu'il ne s'aime pas lui-même. On lui a trop souvent dit des méchancetés quand il était enfant. Il ne se croit pas assez bien pour Danielle, ce qui est tout à fait faux. Ils sont attirés l'un par l'autre et ils refusent de l'admettre. C'est un véritable gâchis…

– Fais quand même attention à ne pas le mettre en colère. On ne sait pas ce qu'il est encore capable de faire.

La petite créature avait raison. Il y avait encore de la rage dans le cœur de l'homme-loup. Tatiana n'arrêtait pas de lui rappeler qu'il était imprévisible. « Le monde des adultes est vraiment compliqué, songea-t-elle. Peut-être devrais-je me raccrocher à mon adolescence. » Elle ferma les yeux, persuadée que les anges lui diraient quoi faire.

* * *

Alexei marcha jusqu'à la rivière et s'assit au bord de l'eau. Lui qui avait passé toute sa vie en marge de la société, il se sentait désespérément seul, tout à coup. Peut-être était-il temps pour lui de partager la vie d'une femme… Même les loups fondaient des familles. Mais allait-il rendre Danielle malheureuse encore une fois ?

Il leva une main devant ses yeux, et le bout de ses doigts s'illumina. En pensant intensément à sa princesse, il plongea la main dans l'eau.

* * *

Au restaurant, le cœur en pièces, Danielle avait baissé les yeux sur son potage sans se décider à y plonger sa cuillère. Assis devant elle, Frédéric parlait de son travail et de la confiance que son patron lui manifestait de plus en plus, sans s'apercevoir que Danielle ne l'écoutait plus. Elle pensait à Alexei et à ses magnifiques yeux bleus, à ce qu'il avait dû endurer dans la secte... Cinq petits points lumineux apparurent alors à la surface de sa soupe ! Ils ressemblaient à ceux qu'elle avait aperçus sur la vitre de la fenêtre de sa chambre. Se rappelant le réconfort qu'elle avait éprouvé à leur contact, Danielle oublia qu'elle était au restaurant et trempa le bout de ses doigts dans son potage.

* * *

Penché au-dessus de la rivière, Alexei sentit aussitôt tout son être se détendre. Il avait besoin de l'énergie de Danielle, si différente de la sienne. Il ferma les yeux et se laissa transporter par l'amour de sa princesse.

* * *

Au restaurant, Danielle éprouvait exactement la même chose que lui, jusqu'à ce que Frédéric lui saisisse vivement le poignet et lui retire la main du potage.

– Mais qu'est-ce que tu fais là ? s'exclama-t-il. Les gens nous regardent !

Frédéric appela le serveur pour qu'il les débarrasse de la soupe et essuya les doigts de Danielle avec sa serviette de table. La jeune femme retira vivement sa main. Tout à coup, elle n'avait plus du tout envie d'être là. Tout ce qu'elle désirait, c'était de se retrouver dans les bras de celui qui faisait apparaître ces points lumineux. Elle ne se doutait pas encore qu'il s'agissait d'Alexei.

– Je ne me sens vraiment pas bien, gémit-elle. Je veux rentrer chez moi.

Maussade, Frédéric la reconduisit à son appartement et resta à coucher. Danielle n'avait pas vraiment envie de lui, mais elle avait besoin de bras pour la rassurer jusqu'à ce qu'elle puisse fermer l'œil.

Chapitre 24
La rafle

De bonne humeur, Alexanne aida ses aînés à prendre soin de leurs jardins respectifs. Après avoir désherbé les allées, elle alla remplir l'arrosoir et l'apporta à Alexei, qui s'occupait de ses plantes.

– Je n'ai pas besoin d'aide, maugréa son oncle en la voyant approcher.

– Mais moi, j'ai besoin de tendresse et d'amour pour m'épanouir comme les fleurs, rétorqua-t-elle, le cœur serré. Je t'ai déjà promis de ne plus poser de questions et d'arrêter de pousser Danielle dans tes bras. Que veux-tu de plus ?

– Arrose celles de la première rangée, fit-il sans façon.

Il continua à examiner les feuilles comme si Alexanne n'était pas là. Découragée, l'adolescente s'exécuta. Alexei se redressa brusquement, comme si une abeille l'avait piqué, et regarda au loin. Alexanne se demanda s'il avait entendu un animal sauvage, car sa tante s'était tournée dans la même direction.

– Que se passe-t-il ? cria l'adolescente, effrayée.

– Des policiers se dirigent vers la forteresse de la secte, répondit Tatiana. Ils sont très nombreux.

– Ils vont tous se faire tuer, maugréa Alexei.

* * *

Lorsque les policiers commencèrent à s'approcher des grandes portes de la forteresse, les sentinelles, au sommet des palissades, ouvrirent le feu sur eux. L'équipe d'assaut se replia aussitôt derrière les voitures blindées, et Mélissa se retrouva accroupie aux côtés de Christian. Les balles de fusils s'enfonçaient dans la tôle des voitures et dans l'écorce des arbres.

– Qu'est-ce qu'on fait, maintenant ? demanda Mélissa en risquant un œil en direction de son capitaine.

Christian ordonna à ses hommes de remonter dans les voitures, dès que les membres de la secte arrêteraient de tirer, et de les garer plus loin sur la route.

* * *

Immobiles et attentifs au milieu du jardin, Tatiana et Alexei n'avaient rien manqué de ce qui se passait à la forteresse, même si elle se situait à des kilomètres de la maison de la guérisseuse, grâce à leur faculté de localiser les gens.

– Personne n'a été blessé, déclara Tatiana, avec soulagement. J'imagine qu'ils vont aller chercher des renforts.

– Ça n'y changera rien. Moi, je pourrais faire ouvrir ces portes.

– Il n'en est pas question, Alexei. C'est beaucoup trop dangereux.

– La plupart des disciples ne croient plus aux paroles du Jaguar. Ils mourront s'il continue à tenir tête aux policiers.

– Je ne peux pas te laisser risquer ta vie ainsi.

– Tu ne peux pas m'en empêcher non plus.

Sentant enfin arriver l'heure de sa vengeance, Alexei se tourna vers Alexanne qui, le teint livide, assistait silencieusement à leur échange.

– Tu connais le numéro de téléphone des policiers, alors tu vas les appeler pour moi, ordonna-t-il.

– Non, Alexei. Ne me demande pas ça.

Ne désirant pas discuter avec cette adolescente aussi têtue que lui, il lui saisit brutalement le bras et l'entraîna vers la maison.

– Alex, ne lui fais pas de mal ! l'avertit Tatiana en les suivant.

Il traîna l'adolescente jusqu'à l'unique téléphone de la maison, dans la chambre de la guérisseuse, et la força à s'asseoir sur le lit. Il déposa brutalement l'appareil dans les mains d'Alexanne, son regard de fauve planté dans le sien. Tatiana s'arrêta à la porte, et Alexanne la supplia des yeux.

– Je vais les appeler pour toi, Alex, offrit Tatiana. Cette enfant est morte de peur.

– Non ! rugit-il. Elle passe son temps à me dire qu'elle est prête à tout pour que j'aie enfin une vie normale ! Qu'elle le prouve maintenant !

Prise à son propre piège, Alexanne composa le 911 et fut mise en communication avec la Sûreté du Québec.

– Bonjour, monsieur, fit-elle d'une voix mal assurée. Je m'appelle Alexanne Kalinovsky et j'ai des renseignements importants pour votre équipe qui effectue en ce moment une perquisition dans une secte près de chez moi.

– Un instant, je vous prie.

On passa aussitôt l'appel à un enquêteur, et Alexanne lui répéta la même chose.

– Êtes-vous à l'intérieur de la forteresse, mademoiselle ?

– Non, mais je sais ce qui se passe là-bas. Je dois absolument parler à Christian Pelletier.

– Je vais voir ce que je peux faire. Restez en ligne.

L'attente lui sembla durer une éternité, mais Alexanne reconnut tout de suite la voix du policier.

– Alexanne, ce n'est vraiment pas le moment, maugréa Christian. Nous avons de gros ennuis en ce moment.

– Oui, je sais. C'est pour ça que je vous appelle.

– Dis-lui que j'arrive, fit alors Alexei.

Il quitta la chambre avant que Tatiana puisse l'arrêter.

* * *

Les voitures et l'autobus qui devait servir à ramener les disciples étaient maintenant stationnés plus bas sur la route qui sillonnait la montagne. Appuyé contre la portière d'un des véhicules, Christian ne savait plus quoi dire pour qu'Alexanne raccroche.

– Mon oncle Alexei vient de se mettre en route pour la forteresse ! s'angoissa l'adolescente.

– Non, non, non, ce n'est pas une bonne idée ! protesta le policier. Ces gens-là sont armés.

– Ni ma tante ni moi ne pouvions l'empêcher de partir ! Je vous en prie, protégez-le ! Quand il est en colère, il faut s'attendre au pire !

– Je m'occupe d'Alexei. Surtout, reste chez toi.

Christian raccrocha, remit le petit appareil dans la poche de sa veste et se tourna vers Mélissa.

– Alexei Kalinovsky a décidé de venir à notre rencontre, lui apprit-il. Nous devons l'intercepter.

* * *

Alexanne raccrocha en tremblant et se jeta dans les bras de sa tante. Tatiana la serra en pensant qu'elle était bien trop jeune pour vivre des événements aussi traumatisants.

– Je ne veux pas qu'on lui fasse de mal, bafouilla la jeune fée en pleurant.

– Moi non plus, ma chérie. Malheureusement, ton oncle n'écoute plus rien quand il est furieux.

– Il y a quelqu'un qui saurait lui faire entendre raison : Danielle Léger !

Alexanne communiqua aussitôt avec la travailleuse sociale, qui était déjà au travail. Elle lui expliqua la situation en quelques mots et la supplia d'intervenir. Prise au dépourvu, la jeune femme lui rappela qu'elle se trouvait tout de même à plus de deux heures de la montagne.

– L'inspecteur Pelletier va l'intercepter, mais il ne voudra pas lui obéir, insista Alexanne. Vous, il vous écoutera.

– D'accord, je pars tout de suite. Je trouverai l'adresse de la secte et je l'entrerai dans mon GPS.

Dès qu'Alexanne raccrocha, Tatiana voulut la ramener dehors, mais la jeune fille préféra rester près du téléphone, juste au cas où les policiers auraient besoin de lui parler.

Chapitre 25

Une décision difficile

Dans la pièce principale de sa forteresse, le Jaguar, maître incontesté des lieux, méditait en silence devant une affiche géante le représentant accrochée à un mur drapé de rouge. Hugues Robin avait depuis longtemps renié la société pour fonder une colonie d'âmes pures qui lui vouaient le respect qu'il méritait. Il approchait de la soixantaine. Son crâne rasé lui donnait une allure de moine tibétain. Il aimait son image et son emprise sur ses enfants. Tout était absolument parfait dans son paradis privé, comme il l'avait prédit en plantant le premier piquet de la palissade.

Deneb, un de ses disciples, entra alors derrière lui, troublé de devoir déranger le maître à un moment aussi important de sa journée. Il s'approcha sans faire de bruit, cherchant une façon d'attirer son attention sans provoquer sa colère.

– Qu'y a-t-il ? demanda le Jaguar, sans se retourner.

– Maître, des policiers nous ont demandé d'ouvrir les portes, et nous les avons chassés, mais nous avons peur qu'ils reviennent.

– Cessez de vous inquiéter. Ce ne sont que des moustiques qui ne peuvent pas nous faire de mal. Nous sommes protégés par mon énergie divine. Je t'en prie, va le dire aux autres.

– Tout de suite, maître.

Deneb recula jusqu'à la porte en baissant les yeux. Le Jaguar avait toujours raison. Passant la main sur la peau de son crâne lisse, Robin poursuivit sa méditation sans la moindre inquiétude. Sa forteresse était imprenable et il le savait.

* * *

Une heure plus tard, haletant et trempé de sueur, Alexei émergea de la forêt devant les véhicules stationnés en bordure de la route qui menait à la secte. Ne sachant pas s'ils avaient affaire à un de leurs membres, les policiers braquèrent leurs fusils sur lui. L'homme-loup s'arrêta brusquement en levant les bras.

– Baissez vos armes, ordonna l'inspecteur Pelletier. C'est un ami.

La plupart des hommes lui obéirent, mais les plus expérimentés gardèrent la main sur la crosse de leur revolver, une fois remis dans sa gaine.

– Alex, tu ne pourras pas être présent lors de l'arrestation, l'informa Christian, s'efforçant d'adopter un ton amical pour ne pas le mettre sur la défensive.

– Quelle arrestation ? Qui avez-vous arrêté ?

– Personne pour l'instant. Nous attendons des renforts.

– Vous ne prendrez pas le Jaguar vivant sans moi. Laissez-moi vous ouvrir les portes.

– Je ne risquerai certainement pas ta vie, alors que nous aurons bientôt un bélier capable de défoncer l'entrée.

– Les disciples vont tirer sur vous, et des innocents seront tués des deux côtés de la palissade. Le Jaguar va se cacher derrière les femmes et les enfants, et vous serez obligés de les abattre pour le capturer.

– Nous ne tirons jamais sur les femmes et les enfants, s'indigna Mélissa.

– Il vous manipulera comme il le fait avec tout le monde. Vous ne vous rendrez compte de ce que vous aurez fait que lorsqu'il sera trop tard.

« Cet homme connaît le chef de la secte mieux que quiconque », se rappela Christian. Respecté dans son service pour son intelligence et sa rapidité d'exécution, ce dernier avait effectué des centaines de perquisitions depuis le début de sa carrière, avec très peu de pertes de vie.

– Que ferais-tu pour éviter ce massacre ?

– Je te servirais d'appât, affirma Alexei.

– Le chef ne l'autorisera jamais, protesta Mélissa.

– C'est la seule façon de les empêcher de tirer, persista Alexei.

– Comment t'y prendrais-tu, exactement ? s'enquit Pelletier.

– Christian, tu n'y penses pas ! objecta Mélissa.

– Je veux seulement évaluer son plan. Alex, dis-moi à quoi tu as pensé.

– Cache tes hommes dans les buissons de chaque côté de la voie. Fais-les passer par la forêt pour que les sentinelles ne les voient pas. Je dois être absolument seul sur la route.

– Ils savent déjà que nous sommes là, souligna Mélissa. Ils n'hésiteront pas à t'abattre.

– Le Jaguar préférera me prendre vivant. Je suis certain que tous ses disciples le savent. Quand ils ouvriront les portes, vous pourrez foncer.

– Non, c'est trop dangereux.

– On pourrait lui faire porter un gilet pare-balles et nous assurer que nos meilleurs tireurs le couvrent, suggéra Christian.

– Il est notre seul témoin des atrocités qui ont eu lieu à l'intérieur de ces murs ! Si nous le perdons, nous n'avons plus de charges !

– Il n'y en aura pas non plus sans le Jaguar, s'entêta Alexei.

– Il a raison, Mélissa, trancha Christian. En forçant les portes, nous risquons de blesser des innocents.

– Dans ce cas, c'est à toi de faire avaler ça à Prud'homme.

Christian s'éloigna en sortant son téléphone de sa poche.

– C'est qui, Prud'homme ? voulut savoir Alexei.

– C'est le grand manitou, le chef des opérations. Nous ne pourrons rien faire s'il n'est pas d'accord.

– Il va vous dire que j'ai raison.

– Moi, je pense qu'il va plutôt penser à ta sauvegarde. Nous ne pourrons pas faire condamner ce monstre si tu te fais tuer.

– Mais je n'ai pas l'intention de mourir… pas aujourd'hui.

* * *

Danielle suivit les directions indiquées par son GPS, essayant de trouver le chemin le plus rapide pour se rendre jusqu'à la secte de la montagne. Elle avait déposé son téléphone portable sur le siège du passager, au cas où quelqu'un tenterait de la contacter, mais celui qui l'appela tandis qu'elle violait toutes les limites de vitesse n'était pas celui à qui elle aurait aimé parler. Elle activa aussitôt son petit écouteur.

– Danielle, c'est Frédéric. Où diable te trouves-tu ?

– Je suis sur l'autoroute, en direction des Laurentides, l'informa Danielle, qui ne pouvait plus éviter l'orage.

– Nous avions rendez-vous pour le déjeuner !

– Je suis vraiment désolée, Frédéric. C'est une urgence.

– Une urgence qui s'appelle Kalinovsky ?

– Je t'en prie, ne recommence pas à me faire des reproches.

– Mets-toi un peu à ma place !

– Alexei est mon client et il a besoin de moi. Je fais seulement mon travail.

– Ne comprends-tu pas qu'il fait exprès d'avoir besoin de toi pour que tu te précipites chez lui ?

– Frédéric, je n'ai pas le temps de t'expliquer ce qui se passe là-bas. Je te rappellerai plus tard.

Danielle désactiva le téléphone. Frédéric, qui avait un tempérament colérique, allait faire un mauvais parti à tous ceux qui se trouvaient sur sa route, mais elle n'y pouvait plus rien.

* * *

Assis sur le capot d'une voiture, Alexei attendait sagement le verdict du grand patron des policiers. En scrutant les émotions de Christian, qui lui parlait sur son petit téléphone, il sut qu'il avait gagné la partie.

Mélissa rejoignit son collègue au moment où il mettait fin à sa conversation avec le chef. Ce qu'il lui proposait était risqué, mais pour éviter un bain de sang, Prud'homme lui avait accordé sa bénédiction, à condition toutefois qu'Alexei Kalinovsky soit aussi bien protégé que le pape lorsqu'il se déplaçait à l'extérieur du Vatican. Christian répéta donc ses recommandations à son lieutenant féminin, qui n'eut d'autre choix que de les accepter.

– Le chef est d'accord, indiqua Christian en revenant vers Alexei, mais à condition que tu enfiles un gilet pare-balles et que tu ne marches en direction des portes que lorsque tous mes hommes seront en place.

– C'est quoi, un gilet pare-balles ?

Christian fit signe à un policier de s'approcher avec le

lourd vêtement. Alexei le toucha du bout des doigts afin de l'étudier à sa façon. Il fronça aussitôt les sourcils, car ses pouvoirs ne pouvaient pas le pénétrer.

– On le porte sous sa chemise ou sous son veston, expliqua Mélissa. Les balles ne peuvent pas le traverser. Nous en portons tous.

– Je n'en veux pas, décida Alexei. C'est trop lourd et ça bloque mon énergie.

– Le patron a dit que si tu refusais de le porter, nous devrions attendre les renforts et défoncer les portes, l'avertit Christian. C'est toi qui décides, mon homme.

Alexei hésita en étudiant le gilet, qui ne lui disait rien de bon. Puis, il leva les yeux en direction de la forteresse, tout en haut de la montagne, en songeant à l'enjeu de cette opération. Depuis plusieurs années, il ne pensait qu'à punir le Jaguar pour tous les châtiments qu'il avait injustement imposés à ses disciples.

– D'accord, je vais le porter, céda-t-il.

Christian l'assura qu'il n'était pas obligé de le mettre tout de suite, et qu'il pourrait le faire lorsqu'il serait rendu au dernier tournant qui menait aux grandes portes. Il rassembla ensuite ses hommes et les divisa en deux groupes qui marcheraient dans la forêt en couvrant le téméraire Kalinovsky.

– Mélissa, reste avec Alexei et attends mon signal, termina-t-il.

Christian s'enfonça alors entre les arbres avec sa troupe. Dès que les policiers furent en position, Christian indiqua à Mélissa que c'était à son tour de jouer. La jeune femme fit enfiler le gilet pare-balles à Alexei et exigea qu'il reboutonne complètement sa chemise en denim pour qu'on ne puisse pas le voir. Avec un sourire inquiétant, l'homme-loup se mit à marcher au milieu de la route, remontant vers la secte. Mélissa pénétra à son tour dans la forêt et le suivit en demeurant sous le couvert des branches.

Sur la passerelle située au sommet de la palissade, les sentinelles étaient plutôt nerveuses depuis la première intervention de la police. Elles marchaient de long en large en gardant l'œil sur la route en gravier qui menait jusqu'à l'entrée de leur paradis. L'une d'entre elles sursauta en voyant un homme qui s'approchait seul.

– C'est incroyable, murmura-t-il en le reconnaissant dans ses jumelles. C'est Mikal.

Les guetteurs utilisèrent tous leurs lunettes d'approche pour s'en assurer. L'homme qui venait vers eux était bel et bien le rebelle qu'ils avaient criblé de balles plusieurs années auparavant.

– Il ne peut pas être encore vivant...

– Pourquoi arrive-t-il ici en même temps que la police ?

– Est-ce qu'il est seul ?

Les sentinelles scrutèrent les alentours, mais ne virent pas l'armée de policiers accroupis entre les arbres et les buissons. Ils armèrent aussitôt leurs carabines et mirent Alexei en joue.

– Ne tirez pas, ordonna leur chef. Il est peut-être venu pour demander pardon au maître.

– Foutaises ! s'écria un disciple. Il n'a jamais voulu le faire quand il vivait parmi nous, alors pourquoi le ferait-il maintenant ?

– On ne sait jamais avec Mikal... mais le maître nous punira sévèrement s'il apprend que nous lui avons tiré dessus sans l'avoir d'abord informé de sa venue.

– Attendons de voir ce qu'il veut.

Alexei s'arrêta au pied de la haute clôture en affichant l'air rebelle dont ils se souvenaient tous très bien.

– Que veux-tu, Mikal ?

– Je veux que tu dises au Jaguar que je ne suis pas mort.

– Qu'est-ce qui te fait penser que ça l'intéresse de l'apprendre ?

Alexei croisa ses bras sur sa poitrine sans répondre. Les guetteurs commencèrent par hésiter, inquiets, car ils se rappelaient que ce détestable récalcitrant possédait des pouvoirs étranges. Il avait déjà fait tomber la foudre sur le bâtiment principal et il avait même fait trembler la terre lorsque le maître l'avait battu jusqu'au sang. L'un d'entre eux dévala donc l'escalier en bois pour aller prévenir le Jaguar.

Robin se trouvait toujours dans le bâtiment principal, en train d'exécuter des mouvements semblables à ceux du tai chi. La sentinelle entra en se prosternant.

– Maître, je ne désire pour rien au monde troubler votre divine sérénité, mais nous avons un visiteur.

– Je vous ai déjà dit ce qu'il fallait faire avec les policiers.

– C'est Mikal, maître.

Le Jaguar arrêta net son geste. Au lieu de se mettre en colère, il sembla plutôt ravi d'apprendre que son indomptable successeur n'avait pas péri après son évasion.

– Est-il seul ?

– Oui, maître.

– Faites-le entrer et, surtout, assurez-vous qu'il n'est pas armé. Menottez-le et amenez-le-moi.

Le disciple recula jusqu'à la porte et s'esquiva prestement. Le Jaguar ne put s'empêcher de savourer cette victoire à l'avance. Mikal, le fils auquel il avait donné tout son amour, l'enfant aux mains magiques et aux yeux de cristal. Il avait tout tenté pour le réformer, mais son enfance malheureuse l'avait empêché de le mettre à sa botte. Comment avait-il pu survivre à la fusillade ?

Le Jaguar marcha jusqu'au mur et en décrocha la belle épée dorée dont il se servait pour les rituels. Mikal avait signé son propre arrêt de mort en revenant à la forteresse.

Chapitre 26
La forteresse

Le disciple grimpa prestement sur la passerelle et répéta les ordres du maître à toutes les sentinelles. Elles échangèrent un regard inquiet, car elles se rappelaient les tourments que Mikal leur avait causés par le passé. Toutefois, elles ne pouvaient désobéir au Jaguar sans s'exposer à ses foudres. La moitié des guetteurs descendirent donc de leur poste d'observation et soulevèrent l'énorme barre en acier qui bloquait les portes.

Au même moment, Danielle venait d'arriver près des véhicules de police. Les deux hommes qui les surveillaient se placèrent aussitôt au milieu de la route. L'un d'entre eux s'approcha de sa portière, tandis que l'autre la mettait en joue avec son fusil.

– Faites-vous partie de la secte de la montagne ?

– Ciel, non ! Je m'appelle Danielle Léger et je travaille pour les services sociaux. Je m'occupe du dossier d'Alexei Kalinovsky. Sa famille m'a demandé de m'assurer que ses droits soient respectés.

Le policier lui demanda de sortir de la voiture et de laisser ses mains bien en vue. Effrayée, Danielle lui obéit. Il lui demanda ensuite de lui fournir une pièce d'identité, ce que Danielle fit aussitôt. L'homme jeta un coup d'œil à ses papiers, puis fit signe à son collègue d'abaisser son arme.

– Madame Léger, vous êtes au beau milieu d'une opération policière. Il faudra que vous attendiez monsieur Kalinovsky ici, l'informa-t-il en lui rendant ses papiers.

L'autre policier reçut alors un message de Christian sur la petite radio qu'il portait sur le col de sa veste.

– Pelletier veut l'autobus et une voiture, déclara-t-il à son collègue.

– Pour votre sécurité, madame Léger, je vous demanderais de rester ici.

– Mais je ne suis pas armée ! Que vais-je faire si des disciples vous échappent et arrivent jusqu'ici ? Je n'ai pas du tout envie de devenir un otage !

Les policiers décidèrent de la faire monter dans l'autobus, où elle serait en sécurité. Soulagée de ne pas être laissée seule sur la route, Danielle les suivit au pas de course.

* * *

Les portes de la forteresse s'ouvrirent en grinçant. Au lieu d'avancer vers les sentinelles armées, Alexei recula de quelques pas. Craignant une ruse de sa part, les disciples s'avancèrent très lentement. L'un d'eux fit balancer les menottes qu'il tenait à la main, pour que Mikal les voie.

– Je suis certain que tu les reconnais, démon.

Avant qu'ils n'aient pu se rendre jusqu'au traître, Pelletier et ses hommes surgirent de la forêt comme des fauves. Les policiers désarmèrent les sentinelles sans qu'aucun coup de feu ne soit échangé et les écrasèrent face contre terre pour leur lier les poignets. Pendant que certains policiers dirigeaient l'autobus à l'intérieur des palissades, les autres foncèrent vers les bâtiments derrière Christian. En les apercevant, les femmes rassemblèrent les enfants en hurlant, et ce fut bientôt le chaos dans la grande enceinte.

– Où est Alexei ? s'alarma Mélissa.

– Merde ! s'exclama Pelletier en tournant sur lui-même. Il est parti à la recherche du Jaguar !

– Et il a l'avantage de connaître les lieux.

– Reste avec ceux qui font monter les suspects dans l'autobus. Que les autres fouillent partout. Il faut trouver le Jaguar avant Alexei.

Mélissa se précipita vers les policiers pour leur transmettre ces ordres, tandis que Christian continuait à avancer vers les bâtiments en espérant que son intuition ne lui ferait pas faux bond.

Le gros autobus venait tout juste d'ouvrir ses portes. Très inquiète de n'apercevoir son client nulle part, Danielle échappa à la surveillance de son conducteur et courut derrière Christian.

– Ne me suivez pas ! l'avertit l'inspecteur. Nous ne savons pas ce que nous allons trouver là-dedans !

– Alexei va essayer de tuer le chef de la secte ! riposta Danielle. Je suis la seule qui puisse l'empêcher de commettre ce meurtre ! Je vous en prie, faites-moi confiance !

Christian n'avait pas le temps de discuter avec elle. Peut-être était-il temps que cette travailleuse sociale apprenne que la chasse aux disciples n'était pas un sport.

– Restez derrière moi tout le temps, ordonna-t-il, tandis qu'ils entraient dans le plus gros des bâtiments.

Le policier tenait son revolver pointé devant lui.

– Et s'il vous arrive quelque chose, ne blâmez pas la police, ajouta-t-il en s'engageant dans un étroit couloir.

Tout ce que voulait Danielle, c'était retrouver Alexei et l'empêcher de passer le reste de sa vie en prison.

* * *

Dès que les policiers avaient foncé sur les disciples, Alexei en avait profité pour se faufiler dans la cohue. Il avait couru vers le temple, car il savait qu'il y trouverait son bourreau. En courant dans le couloir, il s'était débarrassé de son gilet pare-balles et avait remis sa chemise en denim sans prendre le temps de la rattacher. L'horaire de la secte étant immuable, il savait qu'à cette heure de la journée, le maître faisait de l'exercice pour, disait-il, conserver sa relation intime avec le Ciel.

En arrivant à la porte du temple, Alexei ralentit le pas et jeta un coup d'œil dans la pièce où il avait si souvent ressenti les morsures du fouet sous les regards rancuniers du reste de la communauté. Le Jaguar était debout près de l'autel, appuyé sur la poignée de sa longue épée de rituel. Il avait vieilli, mais son regard était toujours aussi cruel et arrogant.

– Tu es donc revenu pour semer la zizanie, Mikal.

L'homme-loup s'avança prudemment vers lui en observant les longs rideaux rouges qui partaient du plafond et descendaient jusqu'au plancher. Des agresseurs auraient pu s'y dissimuler. Il se méfiait de cet homme qui se prenait pour un dieu, mais qui se cachait derrière les carabines de ses disciples.

– Je suis seul, affirma le Jaguar.

Emportant l'épée avec lui, le chef de la secte commença à marcher vers son ancien disciple, qui s'était immobilisé.

– J'ai toujours su que tu avais survécu. Je le sentais au fond de mes os.

Même après toutes ces années, cet homme continuait à semer de la terreur dans le cœur d'Alexei.

– Mets-toi à genoux devant moi, mon fils.

– Je ne suis pas ton fils et je ne me mettrai plus jamais à genoux devant qui que ce soit !

– Tu te trompes, Mikal. Tu vas m'obéir parce que je suis ton maître et que tu me dois la vie.

– La vie ? Tu leur as dit de me tuer !

– Je voulais surtout qu'ils t'empêchent de fuir. Tu m'appartiens, mon petit, que cela te plaise ou non. Si tu me demandes pardon, je te reprendrai à mes côtés.

– Jamais ! Aujourd'hui, je vais m'assurer que tu ne fasses plus jamais souffrir personne !

– Ne laisse pas la colère embrouiller ton esprit. As-tu oublié tout ce que je t'ai enseigné ?

Pour ne pas succomber à sa voix hypnotique, Alexei se mit à avancer. Le Jaguar empoigna l'épée à deux mains et la releva devant lui.

– Si tu refuses de m'obéir, tu mourras, Mikal.

Les yeux d'Alexei étincelèrent de colère, tandis que le loup refaisait surface en lui. Le Jaguar frappa. Alexei eut juste le temps de saisir une chaise pour s'en servir comme bouclier. La lame fendit le bois. Le choc fit basculer l'ancien disciple vers l'arrière et son dos heurta violemment le plancher. Très agile pour un homme de son âge, Robin releva l'épée et attaqua de nouveau. Alexei vit l'arme fondre sur lui et roula sur le côté. L'épée frappa durement le plancher.

– Je t'ai dit de te mettre à genoux ! hurla le chef de la secte.

Il chargea comme un taureau enragé. Alexei se releva en toute hâte et recula entre les rangées de chaises, jusqu'au grand mur drapé de rouge. Il ne pouvait pas aller plus loin. La lame fendit l'air. Au grand étonnement du gourou, l'homme-loup l'attrapa de ses mains nues. Le métal aiguisé s'enfonça dans ses paumes, faisant gicler son sang.

Danielle et Christian venaient juste d'arriver à l'entrée de la pièce. Ils furent sidérés de voir le Jaguar tenter de dégager son épée des mains ensanglantées d'Alexei.

– Ce n'est pas moi, mais toi qui mourras aujourd'hui ! hurla l'homme-loup.

Le rebelle enfonça brutalement son genou dans l'estomac du Jaguar, lui faisant perdre sa prise de l'épée. Le souffle coupé, ce dernier chancela et tomba à la renverse. Alexei bondit alors sur lui en levant l'épée au-dessus de la poitrine de cet homme qu'il détestait plus que tout au monde.

– Alex, non ! cria Danielle en s'élançant vers lui.

L'ancien disciple immobilisa le bout de la lame à un centimètre du cœur du Jaguar et se mit à trembler violemment, car il combattait son instinct de bête sauvage. Danielle se planta aux pieds de Robin, l'air suppliant. Incertain de l'emprise que la jeune femme exerçait sur Alexei, Christian s'approcha pas à pas en pointant son arme sur lui.

– Si tu tues cet homme, ce ne sera pas lui qui sera jugé, mais toi, lui rappela Danielle, au bord des larmes.

– Mais il aura au moins payé pour ses crimes ! hurla Alexei, qui maintenait la pointe de l'épée juste au-dessus des côtes du chef de la secte.

– Je te jure qu'il recevra le châtiment qu'il mérite. Je t'en conjure, Alex, ne fais pas ça. Je ne veux pas te voir passer le reste de ta vie en prison. J'ai besoin que tu sois libre.

Le regard de l'homme-loup se radoucit lorsqu'il constata la sincérité de la jeune femme. Il se redressa et jeta l'épée plus loin sur le plancher, au grand soulagement de Christian, qui s'empressa de prendre la relève. Il retourna Hugues Robin sur le ventre et le menotta en lui récitant ses droits.

Alexei s'éloigna d'eux en laissant une traînée de sang derrière lui.

Chapitre 27
Des mains lumineuses

Danielle poursuivit Alexei dans les couloirs du bâtiment et le rattrapa avant qu'il n'atteigne la sortie. Elle l'agrippa par la manche et le fit pivoter vers elle. Le sang continuait à couler des profondes entailles dans ses paumes et souillait ses vêtements. Danielle vit la boîte de premiers soins accrochée au mur. Elle l'ouvrit et en retira de la gaze, avec laquelle elle enveloppa les mains d'Alexei, qui pâlissait à vue d'œil.

– Je t'emmène à l'hôpital.

– Non, résista-t-il. Je ne veux pas y aller.

– C'est trop profond, Alex. Je t'en prie, ne fais pas la mauvaise tête.

Elle le tira jusque dans la cour, où le calme était enfin revenu. Tous les disciples étaient assis dans le gros autobus de la police et observaient le rebelle avec mépris.

– Ils sont comme moi quand je suis sorti d'ici, murmura Alexei. Ils ont peur.

– Je vais demander à un policier de nous conduire à Saint-Jérôme, l'informa Danielle.

– Je n'irai pas là-bas.

– Veux-tu perdre l'usage de tes mains ?

Il se défit d'elle et marcha en direction des palissades. « Il est encore plus têtu que Frédéric », ragea intérieurement Danielle. Elle arriva derrière lui, tandis qu'il prenait appui contre les planches pour ne pas perdre l'équilibre. Il ferma les yeux, et une lumière éclatante s'échappa de ses pansements pendant une fraction de seconde.

– Alex, qu'est-ce qui vient de se passer ? dit Danielle d'un ton qui trahissait son étonnement.

– J'ai arrêté le sang, répondit-il en ouvrant les yeux. Je n'aime pas souffrir.

– On aurait dit que tes mains étaient en feu…

Alarmée, Danielle défit les bandages de sa main droite. La plaie avait complètement disparu !

– Arrêter le sang, tu dis ? Il n'y a même plus d'entailles !

Elle retira la gaze sur la main gauche et constata le même phénomène. Incrédule, elle planta son regard dans les yeux pâles d'Alexei.

– Mais qui es-tu vraiment ?

– Je suis le fils d'un paysan russe qui est venu s'installer au Canada.

– Est-ce que tous les fils de paysans russes sont capables de faire disparaître leurs blessures quand ils en ont assez de souffrir ?

– Non…

– Est-ce que tu viens d'une autre planète ?

– On ne sait même pas s'il y a de la vie ailleurs.

– Es-tu un chaman, un sorcier ? Est-ce que tu possèdes des pouvoirs magiques ?

Alexei contempla ses paumes pendant un instant en cherchant une façon de lui dire la vérité sans la terroriser.

– Si j'en avais, est-ce que tu aurais peur de moi ?

– Non. Je sais que tu es un homme bon qui a beaucoup souffert.

Il sonda son cœur pour s'assurer de ses sentiments, puis releva sa main droite devant ses yeux. Le bout de ses doigts se mit aussitôt à briller.

– C'était toi… s'émut Danielle.

Elle avança une main tremblante vers la sienne. Leurs paumes et leurs doigts se touchèrent, et ils fermèrent les yeux, partageant leurs émotions les plus secrètes.

– Je voulais juste que tu saches que je suis toujours avec toi, peu importe où tu es, avoua le jeune homme lorsque la lumière se fut estompée.

– Est-ce que tu es amoureux de moi, Alexei Kalinovsky ?

– Je l'ai déjà été… dans une autre vie.

Christian s'approcha, mettant fin à leur intimité. Alexei recula pour ne pas mettre la travailleuse sociale dans l'embarras.

– Nous les avons tous sortis de là, annonça fièrement l'inspecteur. Maintenant, je vais pouvoir te conduire à l'hôpital pour faire soigner tes mains.

Alexei lui montra ses paumes intactes.

– Mais c'est impossible ! s'exclama Christian en les saisissant pour les examiner de plus près. J'ai vu couler ton sang quand tu tenais la lame à deux mains !

Christian les retourna dans tous les sens pour voir si elles n'avaient pas été coupées ailleurs. Alexei se laissa faire, car il savait que Christian était un homme de confiance.

– Ce n'est pas possible…

– Il faut que je rentre chez moi, maintenant, l'implora Alexei, chancelant. Je t'en prie, occupe-toi de Danielle.

Christian fit signe à un de ses hommes de le ramener chez Tatiana. Danielle le regarda partir, incapable de comprendre ce qu'elle ressentait pour lui.

* * *

Alexei était si faible lorsqu'il arriva chez sa sœur, qu'elle dut l'aider à gravir l'escalier jusqu'à sa chambre. Elle le coucha dans son lit et le déshabilla, cherchant la provenance du sang qui souillait ses vêtements.

– Mes mains, souffla-t-il.

La guérisseuse les examina et fut étonnée de sentir une blessure fraîchement refermée dans ses paumes.

– Qui les a soignées ?

– C'est moi… je ne sais pas comment… Je voulais juste arrêter le sang…

– On dirait qu'il n'y a aucune limite à ce que tu peux faire, Alex. La police a-t-elle appréhendé le Jaguar, au moins ?

– Oui…

Alexanne apparut à la porte, alertée par Coquelicot, qui avait vu arriver les policiers.

– Il s'est écorché les mains, l'informa Tatiana, mais ce n'est rien de grave.

– Je l'avais à ma merci et je ne l'ai pas tué, déplora Alexei.

– Tu n'es pas un assassin, lui rappela Tatiana. Laisse la justice le punir pour toi.

– C'est à son tour d'aller au cachot.

– Si tu veux que je rétablisse ta force vitale, il va falloir que tu chasses maintenant ces idées de vengeance.

Les mains de Tatiana devinrent lumineuses. Elle les posa sur le plexus solaire de son petit frère, qui exprima son soulagement en gémissant. Alexanne observa la scène avec émerveillement, se demandant si elle pourrait un jour opérer ce genre de miracles. La guérisseuse mit fin au traitement énergétique et exigea qu'Alexei reste couché, pendant qu'elle irait lui préparer une potion.

– Tu te sens mieux ? demanda Alexanne à son oncle.

– Je suis désolé de t'avoir bousculée.

– Je te pardonne pour cette fois, mais ne recommence jamais.

Alexei avait passé toute sa vie à se protéger, mais maintenant que le gourou qui l'avait si longtemps maltraité était derrière les barreaux, il allait devoir faire de sérieux efforts pour maîtriser sa colère.

– Si tu avais tué le Jaguar, la police t'aurait emprisonné pour le reste de tes jours, Alexei.

– Si j'avais réussi à le tuer, je me serais ôté la vie tout de suite après.

– Qu'est-ce qui t'en a empêché ?

– Je ne veux pas en parler…

– D'accord, je respecte ta volonté, mais quand tu sentiras le besoin de te confier, fais-moi signe, d'accord ?

Elle embrassa Alexei sur la joue et quitta la chambre en silence.

Chapitre 28

Un peu de répit

Dans une salle du palais de justice de Saint-Jérôme, les policiers questionnaient les membres de la secte et prenaient leurs empreintes digitales, lorsque le juge Perron se présenta à l'entrée, accompagné d'un officier de la Cour. Il observa ces pauvres gens qui ne comprenaient pas ce qui leur arrivait et repéra sa fille qu'il n'avait pas vue depuis une quinzaine d'années. Flanquée de deux adolescents, elle restait dans son coin et les serrait contre elle en leur murmurant des paroles apaisantes. Elle avait vieilli. Ses cheveux avaient grisonné, mais son père reconnut ses yeux rieurs, de la même couleur que ceux de sa mère.

Isabelle Perron se leva lentement en reconnaissant son père. Toutefois, elle ne savait pas comment réagir. Ils s'étaient querellés lorsqu'elle avait quitté la maison, et elle n'avait pas du tout envie d'essuyer à nouveau des reproches.

– Isabelle, je suis tellement heureux de te retrouver, fit le vieil homme d'une voix étranglée, des larmes plein les yeux.

Il la serra dans ses bras en pleurant. Les deux adolescents les observaient en se demandant qui pouvait bien être cet étranger aux cheveux blancs.

– Ton frère et moi, nous n'avons jamais arrêté de prier pour ton retour, sanglota l'homme de loi en desserrant son étreinte.

– Je suis tellement navrée, papa... J'ai voulu redonner un sens à ma vie, mais je me suis perdue en chemin. Une fois dans la secte, on ne pouvait plus en sortir.

– Ça n'a plus d'importance, mon ange. Ce qui compte, c'est que tu sois saine et sauve. Tu vas revenir habiter à la maison le temps de reprendre ta vie en main, n'est-ce pas ?

– Mais j'ai deux grands enfants, maintenant. Geoffroy, Guillaume, voici mon père, votre grand-père.

– Un ancien membre de la secte, qui a réussi à s'en enfuir, m'a dit que tu avais des fils. C'est d'ailleurs grâce à lui que vous êtes enfin libres aujourd'hui.

– Mikal ? s'étonna-t-elle. Tu le connais mal si tu crois qu'il a fait ça pour autre chose que son propre intérêt.

– Moi, je le connais sous le nom d'Alexei Kalinovsky, un homme doux et timide qui voulait vous délivrer d'un tyran.

– Doux et timide ? Nous ne parlons certainement pas de la même personne. Mikal est un sans cœur qui ne croit en rien et qui adore défier l'autorité. Une véritable menace pour toute la communauté. À cause de lui, nous avons souvent dû subir la colère du Jaguar.

– Mais tout ça, c'est fini, maintenant, Isabelle. Nous allons reprendre notre vie de famille là où nous l'avons laissée, et je vais avoir le plaisir d'apprendre à connaître mes petits-enfants.

Le juge Perron attira une fois de plus sa fille dans ses bras.

* * *

Danielle rentra chez elle, épuisée. Elle avait l'habitude de traiter des dossiers difficiles, mais celui de Kalinovsky la mettait à rude épreuve, tant physiquement qu'émotionnellement. Elle s'allongea sur le canapé et tenta de remettre ses idées en ordre. Rien à faire. Le visage d'Alexei continuait à apparaître dans ses pensées. Le téléphone sonna, mais elle était trop lasse pour répondre. Le répondeur se mit aussitôt en marche. *Bonjour, vous avez bien joint Danielle, mais je ne peux pas vous répondre en ce moment. Laissez-moi votre nom et votre numéro de téléphone, et je vous rappelle.*

– Danielle, c'est Frédéric. Je suis sur le plus haut pylône du pont Jacques-Cartier, et si tu ne décroches pas, je me jette en bas !

Bien qu'incrédule, la jeune femme étira tout de même le bras et décrocha le récepteur.

– Frédéric, ne saute pas. C'est l'heure de pointe, et tu vas empêcher les pauvres travailleurs de rentrer chez eux.

– J'ai essayé de t'appeler toute la journée ! explosa-t-il.

– J'ai oublié mon téléphone dans ma voiture, je suis désolée. Pourquoi es-tu sur le pont Jacques-Cartier ?

– Mon patron vient de me remettre l'affaire du Jaguar. Je vais être obligé de m'occuper de la plainte de ton emmerdeur de Kalinovsky !

– Tu vas changer d'avis quand tu le connaîtras mieux, Frédéric. Il est franchement surprenant.

– Si j'arrive à descendre d'ici, est-ce que je pourrai aller pleurer dans tes bras ?

– Tu sais bien que oui.

On frappa à la porte, et elle alla ouvrir en conservant le combiné sur son oreille. Frédéric se tenait devant elle, son téléphone à la main. Elle poussa un cri de frustration, laissa tomber son sans-fil sur le tapis et frappa Frédéric de ses poings. L'avocat lui saisit les poignets en éclatant de rire, la poussa à l'intérieur et referma la porte derrière lui avec son pied. Il continua à la faire reculer ainsi jusqu'au canapé, où il la fit tomber sur le dos et l'embrassa passionnément. Danielle aurait préféré que ce soit Alexei qui la couvre ainsi de baisers, mais elle serra tout de même Frédéric dans ses bras pour se réconforter.

* * *

Tatiana emmena Alexanne s'asseoir dans le salon une fois qu'Alexei se fut endormi.

– Ce qui lui arrive est tellement injuste, s'indigna l'adolescente. Je sais qu'il aime Danielle. C'est écrit dans ses yeux. Pourquoi refuse-t-il de l'admettre ? Il se coupe de ses propres sentiments en prétendant ne pas être assez bien pour elle.

– Il a beaucoup de choses à régler avant de pouvoir donner son cœur à qui que ce soit, ma chérie.

– Oui je sais, mais...

– Tout ce que tu récolteras, si tu continues à te mêler de ses affaires sentimentales, ce seront ses foudres.

Alexanne savait que sa tante avait raison, mais elle désirait si fort que son oncle soit enfin heureux. Elle ne voulait pas qu'il commence la quarantaine sans compagne pour le réchauffer la nuit, le seconder dans ses projets, voyager à travers le monde avec lui, lui enseigner tout ce qu'il n'avait jamais eu l'occasion d'apprendre.

L'orpheline ne revit Alexei que le lendemain matin et fut très surprise de le voir s'occuper de ses plantes médicinales comme si rien ne s'était passé la veille. Elle lui proposa son aide et constata qu'il était de très mauvaise humeur. Sans même lui jeter un regard, Alexei lui demanda de lui apporter de l'eau, puis d'aller jouer ailleurs. Peinée par son attitude, Alexanne alla remplir l'arrosoir au puits. Coquelicot voltigea autour de sa tête et se posa sur la margelle.

– L'homme-loup agit de façon très étrange depuis le lever du soleil, lui fit savoir la petite créature.

– Il a traversé une grosse épreuve hier, Coquelicot. Ne le juge pas trop vite.

– Tu oublies de quoi il est capable.

Alexanne vit Matthieu qui arrivait sur le côté de la maison. Elle porta l'arrosoir à Alexei et courut à la rencontre de son jeune ami. Ils s'embrassèrent pendant un petit moment, heureux de se retrouver.

– Joyeux anniversaire ! lui souhaita Matthieu.

Enjoué, le jeune homme prit sa main et l'emmena dans l'entrée en lui disant que son père était venu avec lui pour l'aider à installer son cadeau.

– L'installer ? Mais qu'est-ce que tu m'as acheté ?

– Je voulais t'offrir un téléphone portable, mais vue l'aversion de ton oncle pour cette technologie, je crois qu'il n'hésiterait pas à le lancer dans la rivière. Alors, j'ai décidé d'installer des prises de téléphone supplémentaires chez toi, pour que tu ne déranges pas ta tante chaque fois que tu as envie de me parler. Je t'ai acheté trois téléphones sans fil, un pour ta chambre, un pour le salon et un pour la cuisine. Tu pourras même les emporter dehors quand tu t'occupes des fleurs, mais il faudra bien expliquer à Alexei que ce ne sont pas des téléphones portables. Ce sont des appareils avec le standard CT + 1, qui émettent des ondes à haute fréquence, mais sans pulsations, uniquement durant le temps d'appel. Pour ne pas mettre sa vie en danger, il est important de lire les spécifications d'un produit de téléphonie sur sa boîte avant de l'acheter.

Alexanne, qui n'avait rien compris à son explication, parsema son visage de baisers en pensant qu'il était tout à fait injuste qu'elle soit aussi heureuse, tandis que son oncle était si malheureux.

Chapitre 29

Manque de preuves

Les jours qui suivirent l'intervention des policiers, Frédéric Desjardins accepta bien malgré lui de s'occuper de l'affaire Kalinovsky. Ce dernier avait officiellement porté plainte contre le Jaguar pour falsification de documents officiels, tentative de meurtre sur sa personne et meurtre au premier degré de plusieurs disciples de la secte de la montagne. Le procureur examina le dossier sous tous les angles, lut les dépositions et en vint à la conclusion que ses preuves étaient minces, puisque le seul membre de la communauté qui acceptait de témoigner était l'homme des cavernes.

– Nous avons réussi à identifier tous les membres de la secte et nous avons découvert que le dépôt de certificats de décès semble être le sport préféré de Hugues Robin, aussi connu sous le pseudonyme du Jaguar, raconta l'avocat à Danielle tandis qu'ils déjeunaient ensemble.

– Il a été assez bête pour déposer lui-même ces certificats ? s'étonna la jeune femme.

– Je ne sais pas si c'est de l'imprudence ou de l'arrogance. Il ne s'attendait probablement pas à ce qu'une de ses brebis réussisse à s'enfuir.

– Tu peux donc le faire condamner pour falsification de documents, mais as-tu autre chose contre lui ?

– Des coups de feu ont été tirés sur les policiers pendant la descente, mais personne n'a été blessé. On a bien trouvé des fusils à la forteresse, mais en très petite quantité. Monsieur Robin prétend qu'ils s'en servaient pour chasser le gibier en automne. Il jure n'avoir tué personne et ne comprend pas comment Kalinovsky a pu se retrouver avec autant de trous dans la peau. Les policiers ont aussi saisi sur place des plantes exotiques que le laboratoire essaie d'identifier.

– Alexei dit qu'ils créaient des plantes médicinales, se rappela Danielle. Il a lui-même été initié à cette science dans la secte.

– N'importe qui peut en posséder, sauf si elles sont hallucinogènes, et encore là, il faut le prouver.

– Et les viols ?

– Toutes les femmes de la secte ont nié avoir été prises de force par le Jaguar.

– Elles ont probablement peur d'éventuelles représailles, devina Danielle.

– Cet homme a en effet beaucoup d'emprise sur ses disciples. Je suis surpris qu'il n'ait pas réussi à mater Kalinovsky. Toutefois, toutes ces personnes sans exception prétendent que ton client était l'homme le plus violent de leur communauté. S'il avait réussi à succéder au Jaguar, nous aurions eu un véritable terroriste sur les bras, aujourd'hui.

– Tu dis ça parce que tu ne le connais pas. Alexei n'a rien d'un terroriste.

– J'ai pourtant une centaine de dépositions qui racontent ses désastreux accès de colère.

– La défense pourrait-elle s'en servir contre lui ? s'inquiéta Danielle.

– À leur place, je les utiliserais pour démontrer que Kalinovsky est un homme profondément troublé depuis son enfance et qu'il a imaginé tous les mauvais traitements dont il accuse le Jaguar, en qui il voit un autre représentant de l'autorité parentale.

Le manque de preuves découragea la travailleuse sociale, mais Frédéric lui promit de tenter l'impossible pour faire jeter le Jaguar en prison, même si ce n'était que pour falsification de documents. Il avait aussi donné rendez-vous à Alexei à son bureau de Montréal, quelques jours plus tard, afin de lui expliquer la situation et de voir si ce dernier pourrait lui fournir des pièces à conviction.

– Tu veux le faire venir à Montréal ? Mais je t'ai déjà dit qu'il détestait les grandes villes. Pourquoi ne vas-tu pas le rencontrer chez lui ?

– Ce procès n'aura certainement pas lieu dans une enceinte de pierres au milieu des bois juste pour lui faire plaisir. Il va falloir que ton homme des cavernes fasse un petit effort s'il veut arriver à ses fins.

– Tu te rends au moins compte que si tu l'obliges à te rencontrer en ville, je vais devoir m'occuper de lui du matin au soir ? Alexei aura besoin de soutien moral et psychologique pour surmonter cette épreuve. Alors, si tu tiens mordicus à l'interroger ici, je ne veux pas que tu me fasses des crises de jalousie à répétition.

– Es-tu en train de me forcer à le rencontrer dans les Laurentides ?

– Non, Frédéric. Alexei n'a mis les pieds à l'extérieur de Saint-Juillet qu'une seule fois, et c'était pour aller rencontrer le juge à Saint-Jérôme. Il faudra donc que quelqu'un le guide à Montréal, lui trouve une chambre d'hôtel... à moins que tu ne préfères que je l'héberge chez moi.

– Tu peux t'occuper de lui comme tu le voudras, mais il n'est pas question qu'il couche chez toi. Nous lui défraierons sa note d'hôtel. Et je te conseille de le garder en laisse.

Danielle accepta ces conditions, même si elle savait que Frédéric lui ferait la vie dure tout au long du séjour de son client en ville. Tout ce qu'elle voulait, c'était revoir Alexei.

* * *

L'homme-loup était silencieux depuis la descente de la police à la forteresse. Il passait presque tout son temps à s'occuper de ses plantes ou à s'isoler au bord de la rivière. Alexanne commença par respecter son besoin de solitude, puis ressentit le désir de lui venir en aide. Alors, un matin, elle alla s'asseoir près de lui dans son jardin.

– Ton adolescence a-t-elle été difficile ? demanda-t-elle, allongée sur le dos dans l'herbe.

– Pas pour moi.

– À qui donnais-tu le plus de fil à retordre ?

– À tous les adultes. Assez parlé de moi. Je vais te montrer comment soigner mes plantes, mais il ne faudra pas me demander leurs noms parce que je n'ai jamais voulu le savoir.

– Moi aussi, j'ai de la difficulté à retenir les noms savants, alors tant mieux si je n'ai pas besoin de les apprendre.

Alexei avait divisé son jardin en trois sections. À une extrémité, il avait placé les plantes qui guérissaient le corps, au centre, celles qui guérissaient l'esprit et à l'autre bout, celles qui avaient le pouvoir d'anesthésier ou d'endormir. Il lui expliqua que ces dernières étaient les plus dangereuses. Instinctivement, les animaux n'y touchaient jamais, mais les humains ne possédaient pas leur sixième sens. Il exigea donc que sa nièce ne s'en approche pas avant d'avoir appris à bien distinguer celles qui étaient mortelles au toucher. Effrayée, Alexanne hocha vivement la tête pour montrer qu'elle avait compris le message. Elle n'avait pas du tout l'intention de trouver la mort d'une façon aussi bête.

Son oncle lui assigna le soin des plantes de la première catégorie, soit celles qui servaient à soigner l'estomac, le cœur, le sang et les maladies des voies respiratoires. Alexanne devrait s'assurer que les insectes n'y pondent pas leurs œufs ou qu'ils ne les infestent pas.

– Je te montrerai ce qu'il faut mettre dans l'eau pour les protéger, et de quelle façon remuer la terre pour les rendre plus fortes. À partir de maintenant, c'est ta responsabilité.

– Merci de me faire confiance, Alex. Vas-tu aussi me montrer comment leur donner de la lumière avec mes mains ?

– On leur en donne seulement quand on les transplante ou quand elles sont en train de mourir.

– Est-ce qu'on peut faire la même chose avec les animaux ?

– On ne transplante pas les animaux.

– Très drôle.

– On peut guérir les créatures en train de mourir, mais il faut savoir comment refaire sa propre énergie ensuite. Je ne veux pas que tu fasses d'expériences avec mes plantes, compris ? Je ne veux pas être responsable de ta mort.

– Promis. Est-ce que tu m'apprendras aussi comment extraire les médicaments des plantes ?

– Je ne sais pas comment on fait ça. C'est le talent de Tatiana.

Sentant soudain qu'une voiture s'arrêtait devant la maison, Alexei se tut.

– C'est Danielle…

– Je vais aller la chercher pour toi.

Alexanne gambada en direction de l'entrée, passant par le côté de la maison. Danielle descendait justement du véhicule. La jeune fille l'accompagna jusque dans le jardin, en la prévenant que son oncle n'était pas de très bonne humeur.

– Bonjour Alex, le salua Danielle, tandis qu'Alexanne se dirigeait vers la maison.

– Tu veux m'emmener à Montréal ? dit-il craintivement.

– Tu lis vraiment en moi comme dans un livre ouvert !

– Je te l'ai déjà dit : tout est dans ta lumière.

– Je sais que tu as peur de la ville, mais je resterai avec toi.

– J'ai bien plus peur de toi que de Montréal, avoua-t-il.

– De moi ?

– Ta lumière m'attire, mais je sais qu'elle va me brûler.

– La dernière chose que je désire, c'est de te faire du mal. Surtout, n'aie pas peur de moi. Je suis de ton côté depuis le début de cette affaire.

– Je le sais et je t'en remercie. Il n'y a pas beaucoup de gens qui sont de mon côté.

– Et moi, je te remercie de ta franchise. Elle me fait le plus grand bien.

– Pourquoi dois-je aller à Montréal ? demanda l'homme-loup en changeant de sujet.

– Le substitut du procureur général y travaille et il veut te poser des questions. J'ai bien essayé de le convaincre de venir te parler ici, mais il n'a rien voulu entendre.

– C'est ton ami avocat ?

– Oui, c'est Frédéric, et ça ne lui plaît pas vraiment de s'occuper de ton cas, mais son patron ne lui a pas donné le choix. Ne t'inquiète pas, il aboie fort, mais il ne mord pas. Il est seulement nerveux lorsque mes clients sont des hommes séduisants.

– Tu me trouves séduisant ? s'étonna-t-il en rougissant.

– Je suis sûre que tu feras sensation à Montréal.

– Moi, je juge les autres par la lumière qu'ils dégagent, pas sur leur apparence.

– Malheureusement, nous n'avons pas tous ta faculté de voir les âmes, déplora-t-elle.

– Les gens seraient beaucoup plus heureux s'ils n'étaient pas tous aussi superficiels.

– Peut-être que ton destin, c'est de les aider à regarder au bon endroit.

– J'en doute beaucoup, car je ne peux même pas te convaincre, toi, que tu perds ton temps avec ton procureur.

– Ça, c'est mon combat personnel, Alexei.

– Tu veux m'aider à gagner le mien, mais tu ne veux pas que je fasse la même chose pour toi ? C'est parce que les gens ont sans cesse des comportements contradictoires que je ne veux pas faire partie de la société. Les animaux, eux, sont vrais et les arbres aussi. Ils ne font pas de fausses promesses et ils n'essaient pas de se faire passer pour ce qu'ils ne sont pas.

« Alexanne a raison : il n'est vraiment pas dans son assiette, aujourd'hui », remarqua Danielle.

– Si tu le veux, nous en parlerons plus longuement à Montréal, répliqua-t-elle.

– Quand devrai-je y aller ?

– Cet après-midi.

Il baissa la tête, indécis.

Chapitre 30
Un départ inquiétant

Alexanne observait Danielle et son oncle par la fenêtre de la cuisine en se demandant ce qu'ils pouvaient bien se dire, lorsque Tatiana la surprit à les espionner. La guérisseuse lui proposa plutôt de s'asseoir à table, car elle venait d'y déposer une boîte remplie de vieilles photographies.

– C'est ta mère qui les a prises jadis, expliqua Tatiana. Il y en a de ton père, de toi et de ta sœur jumelle. La raison pour laquelle tu n'as jamais vu de photos d'Anne et de toi quand vous étiez bébés, c'est parce qu'elles étaient toutes restées ici. Il y a même des photos d'Alexei quand il avait neuf ou dix ans.

– Ma mère a donc eu le temps de le connaître ? se réjouit Alexanne en fouillant dans la boîte.

– Elle a commencé à sortir avec ton père l'année où Alex s'est sauvé de la maison. J'habitais déjà avec madame Carmichael à cette époque.

Alexanne retira les photographies du coffre aux trésors et observa tous les visages qu'elle aurait aimé connaître, surtout celui de sa jumelle. Qu'aurait été sa vie si celle-ci avait survécu ? Danielle et Alexei entrèrent dans la maison à ce moment-là.

– Danielle doit m'emmener à Montréal, annonça l'homme-loup.

– Je vous le ramène dans deux jours et j'en prendrai bien soin, dit la travailleuse sociale d'une voix rassurante.

– Dans ce cas, je vais aller lui préparer une valise, fit la guérisseuse en se levant.

Tatiana quitta la cuisine, et Alexei la suivit aussitôt. Danielle s'installa près d'Alexanne, qui lui montra des photographies de son oncle lorsqu'il avait neuf ans.

– Il a de si beaux yeux, se pâma l'orpheline.

– Tu l'aimes beaucoup, n'est-ce pas ?

– Je l'adore.

– Tu ne sais pas à quel point je suis contente de constater que tu es bien traitée, ici.

– Ma tante et mon oncle sont merveilleux. Je dirais même que mes parents me manquent de moins en moins.

Pendant que la travailleuse sociale bavardait avec sa nièce, Tatiana plaçait des vêtements dans une vieille valise en cuir ouverte sur le lit d'Alexei. Il s'agissait surtout de vieux habits qui avaient appartenu à son père ou à son frère Vladimir et qu'elle avait conservés précieusement. Alexei ne s'en plaignit pas, car il ne s'intéressait pas à la mode. Mort d'inquiétude, il tournait en rond devant la fenêtre.

– Elle ne laissera rien t'arriver, Alex, tenta de l'apaiser Tatiana.

– Il y a des milliers de personnes à Montréal. C'est toi qui me l'as dit.

– Elles ne se préoccuperont pas de toi.

– Je ne sais pas comment neutraliser mon pouvoir de ressentir. Elles vont me rendre fou.

– Lorsque tu te sentiras surchargé, demande à Danielle de t'emmener dans un parc, où tu pourras recouvrer tes forces. C'est un sacrifice que tu dois faire si tu veux que le Jaguar soit incarcéré à jamais.

– Il ne mérite même pas de vivre.

Bien que découragée par son manque d'indulgence envers le reste de la race humaine, Tatiana le prit dans ses bras et le serra avec affection.

– J'ai bien hâte que tu découvres la puissance de l'amour, petit frère.

Elle redescendit avec lui, le laissant porter sa valise. Alexei monta dans la voiture de Danielle sans faire d'histoires, mais se crispa dès que le moteur se mit en marche. Tatiana et Alexanne étaient restées sous le porche et les saluèrent de la main lorsqu'ils finirent par partir.

– Que voyez-vous dans le futur immédiat d'Alex ? demanda l'adolescente à sa tante.

– Il va faire d'importantes découvertes sur les hommes.

– Bonnes ou mauvaises ?

– Les deux.

Au bout d'un certain temps, sur l'autoroute, Danielle s'aperçut qu'Alexei était de plus en plus livide.

– Est-ce que tu vas t'évanouir ? demanda-t-elle en ouvrant davantage les fenêtres pour lui donner de l'air.

– Je n'en sais rien...

– Tu n'aimes décidément pas voyager en automobile, toi.

– C'est terrifiant de ne plus sentir le pouls de la Terre.

– Le pouls de la Terre ?

– On peut entendre les battements de son cœur quand on se donne la peine d'écouter.

Il se recroquevilla sur le siège comme un petit chien qu'on aurait conduit chez le vétérinaire. Danielle ne savait plus quoi lui dire pour le rassurer. Ils ne devaient rencontrer Frédéric que le lendemain matin, mais elle avait décidé d'habituer d'abord Alexei à l'atmosphère de la ville avant cette entrevue qui risquait d'être difficile pour lui.

Ils arrivèrent au centre-ville en début d'après-midi. Alexei contempla les gratte-ciel et les immeubles en verre avec intérêt et reprit des couleurs.

– Est-ce que ce sont des pyramides ?

– Non, répondit Danielle en riant.

– Est-ce que des gens vivent là-dedans ?

– Dans certains d'entre eux. Les autres sont des tours de bureaux où ils vont travailler.

Elle arrêta la voiture à un feu de circulation.

– Il y a beaucoup trop de monde en ville, ronchonna Alexei.

– Le centre-ville est l'endroit le plus peuplé. Ce n'est pas comme ça partout.

Quelques minutes plus tard, ils arrivèrent finalement à l'hôtel. Danielle descendit de la voiture avec l'intention d'aller ouvrir la portière d'Alexei, mais il avait déjà bondi sur le trottoir comme un fauve libéré de sa cage. Elle prit sa valise, remit ses clés au préposé de l'entrée et fit quelques pas en direction de l'immeuble, pour finalement s'apercevoir que son protégé ne la suivait pas. Elle revint vers lui, lui prit doucement le bras et le tira vers les portes automatiques, qui s'ouvrirent brusquement devant eux.

– C'est toi qui as fait ça ? s'émerveilla Alexei.

– Non, répondit-elle en riant. Ce sont des portes automatiques. Elles s'ouvrent toutes seules quand on s'en approche et elles se referment quand on s'en éloigne.

Ils se présentèrent au comptoir de l'accueil, où la travailleuse sociale prit possession des cartes électroniques de deux chambres d'hôtel. Alexei regardait partout avec étonnement. « Est-il en train de lire l'énergie de tous ceux qui passent près de lui ? » se demanda Danielle. Elle l'entraîna vers l'ascenseur et pressa un bouton sur le mur.

– Pourquoi ces portes ne s'ouvrent-elles pas ?

– Elles ne le font que lorsque l'ascenseur arrive à notre étage.

– Quel étage ? Je ne comprends pas.

– Nos chambres sont au troisième. C'est deux étages plus haut que celles de la maison de Tatiana. Pour y accéder plus rapidement, il faut monter dans une cage en métal tirée par des câbles.

Les portes de l'ascenseur s'ouvrirent, et des clients de l'hôtel en sortirent. Danielle voulut y faire entrer Alexei, mais il demeura immobile.

– Je n'entrerai pas dans une cage.

Il recula jusqu'au mur opposé, entraînant Danielle avec lui.

– Je me suis mal exprimée, Alex, je suis désolée. L'ascenseur n'est pas vraiment une cage, c'est plutôt une plateforme, un plancher qui monte et qui descend entre les étages. Tu n'as absolument rien à craindre. Il n'y a ni barreaux ni cadenas, je te le jure.

Elle serra sa main moite dans la sienne et le tira vers l'ascenseur. Alexei commença par résister, mais Danielle réussit finalement à l'y faire entrer. Lorsque les portes s'ouvrirent au troisième étage, Alexei se précipita dans le couloir. Déjà découragée, et ce n'était que le premier jour, Danielle prit les devants avec la valise.

– En fin de compte, ce n'est qu'un mode de transport comme l'automobile, sauf que l'ascenseur ne circule que de haut en bas ou de bas en haut à l'intérieur d'un édifice.

Elle glissa la carte magnétique dans la fente de la poignée et ouvrit la porte.

– Voici ta chambre.

Alexei étira le cou pour regarder à l'intérieur. Afin de lui redonner confiance, Danielle y entra et alla poser sa valise sur la commode.

– Est-ce que les autres portes sont des chambres ? voulut savoir l'homme-loup.

– Oui, et elles ressemblent toutes à celle-ci.

– Il n'y a donc que des chambres dans cette maison ?

– Un hôtel est un endroit où les voyageurs s'arrêtent pour dormir moyennant une certaine somme d'argent. Nous ne serons ici que pendant deux nuits.

– Où est ta chambre ?

– De l'autre côté du couloir. Tu peux frapper à ma porte à n'importe quelle heure de la nuit, mais d'ici là, nous avons encore le temps de faire plusieurs choses. As-tu faim ?

– Pas vraiment.

– Si on allait marcher un peu ? Il y a un parc au bout de la rue.

– Oui, c'est là que je veux aller. Les arbres purifient l'air.

– Je sais, mais il semble que bien des gens ne l'ont pas encore compris.

– Lorsqu'on coupe les arbres, on tue les hommes.

Danielle lui tendit la main.

– Faut-il encore prendre l'ascenseur ?

– C'est un mal nécessaire dans une grande ville.

En retenant son souffle, Alexei y suivit la travailleuse sociale.

Chapitre 31
Besoin d'air

En marchant sur les trottoirs du centre-ville, Alexei observait tout ce qui se trouvait autour de lui : les vitrines, les bornes-fontaines, les gens qui circulaient en sens inverse. Les voitures le frôlaient, leur radio crachait de la musique qui lui déchirait les tympans. D'autres klaxonnaient. L'odeur des tuyaux d'échappement commençait à lui donner mal à la tête.

– Il est impossible de sentir le pouls de la Terre, ici, se désola Alexei.

– Probablement à cause du béton, lui expliqua Danielle, mais nous sommes presque arrivés au parc.

– Est-ce que ta maison est en ville ?

– J'ai un appartement là-bas, au pied de la montagne.

– Comment fais-tu pour respirer cet air tous les jours ?

– Peut-être que j'ai besoin de moins d'oxygène que toi.

Ils arrivèrent sur la vaste pelouse de l'université McGill. Danielle remarqua tout de suite que les chiens se retournaient sur leur passage. Alexei s'arrêta près d'un gros arbre et posa les mains sur son tronc en fermant les yeux.

– Que fais-tu ? s'étonna la travailleuse sociale.

Tous les chiens commencèrent à se débattre en même temps au bout de leurs laisses. Ceux qui jouaient à la balle avec leurs maîtres cessèrent leur jeu pour se diriger vers le nouveau venu. Alexei se mit à genoux au milieu des animaux qui réclamaient son attention. Leurs maîtres stupéfaits arrivèrent en courant pour les rattraper.

– Je suis vraiment désolé, s'excusa l'un d'entre eux. Nantes est pourtant dressé. Je ne sais pas ce qui lui a pris.

– Il aime les gens, mais il dit que vous l'empêchez de les flairer, lui révéla Alexei.

– Vous parlez aux animaux ?

– Je les comprends, affirma-t-il en caressant tous les chiens.

– Et le mien, qu'est-ce qu'il vous dit ? demanda un autre propriétaire de chien, d'un air moqueur.

– C'est lequel ?

– C'est le berger allemand.

Alexei lui gratta les oreilles.

– Il n'aime pas le nouveau chat et il adore que vous preniez le temps de le sortir de la maison pendant votre heure de dîner.

– C'est vrai qu'il est bizarre depuis que nous avons acheté le chat.

– Le mien, c'est le petit Lassa Apso tout blanc, fit une jeune femme. Il me tient tête depuis une semaine.

Alexei regarda l'animal dans les yeux.

– Il déteste sa nouvelle nourriture et il va se remettre à abîmer vos meubles si vous ne lui redonnez pas ce qu'il mangeait avant.

– Mais comment savez-vous tout ça ?

Alexei haussa les épaules et continua à câliner les bêtes enjouées sous les yeux surpris de leur propriétaire, ainsi que des passants. Pour sa part, Danielle l'observait avec admiration. Lorsque les maîtres décidèrent de ramener leur chien à la maison, elle laissa son protégé profiter encore un peu de cette oasis de verdure, puis le ramena à l'hôtel, où elle avait donné rendez-vous à Sylvain Paré. Ils retrouvèrent le journaliste au restaurant de l'établissement. Sylvain serra aussitôt la main d'Alexei, content de le revoir.

Le téléphone de Danielle se mit à sonner dans son sac à main et elle l'en retira sous le regard désapprobateur d'Alexei. Avant qu'il ne lui arrache l'appareil des mains, Sylvain emmena ce dernier au buffet pour lui laisser choisir sa nourriture. L'homme-loup se composa une salade avec des légumes frais.

– Je vais devoir m'absenter ce soir, Alex, annonça Danielle sur un ton résigné, lorsque celui-ci revint s'asseoir à table. Sylvain va s'occuper de toi, d'accord ?

– C'est le procureur qui t'a contrariée ? demanda l'homme-loup.

– Ouais...

– Ça me fera plaisir de prendre la relève, Danielle, l'assura le journaliste.

Elle s'efforça de sourire avec gratitude, mais il était évident qu'elle était en colère. Elle toucha à peine à son repas, puis les quitta. Sylvain prit alors le temps d'observer Alexei et constata que celui-ci mangeait très lentement, savourant chaque bouchée de sa nourriture.

– Tu sembles fatigué, Alex.

– Je perds constamment de l'énergie dans cette ville.

– Sais-tu pourquoi ?

– Je ne sais pas comment neutraliser ma faculté de ressentir.

– Qu'est-ce que c'est ?

– C'est un pouvoir qui me permet de déchiffrer la lumière qui entoure les gens.

– L'aura, donc ?

– Je ne sais pas ce que veut dire ce mot.

– Si je te comprends bien, tu risques de te retrouver complètement à plat d'ici demain.

– Pour que ça n'arrive pas, il faudrait que je dorme dans la forêt.

– Ce n'est malheureusement pas une pratique courante à Montréal, d'autant plus que la police ne laisse pas les gens s'installer pour la nuit dans les parcs.

Alexei pencha la tête en essayant de comprendre pourquoi une activité aussi naturelle était défendue dans les villes.

– Mais je viens d'avoir une idée, ajouta Sylvain. J'habite la banlieue, où il y a beaucoup moins de ciment et bien plus d'arbres.

Alexei ne savait pas ce qu'était une banlieue, mais il accepta d'y suivre le journaliste en espérant que sa maison ressemble à celle de sa sœur plutôt qu'à un hôtel. Sylvain l'emmena donc chez lui, à Sainte-Julie, sur la rive sud de Montréal. En sortant de la voiture, Alexei avoua qu'il se sentait déjà mieux. Ils commencèrent par marcher dans une section boisée, puis entrèrent dans la demeure des Paré. Alexei examina avec curiosité les affiches laminées d'objets volants non identifiés, d'extraterrestres et de monstres étranges accrochées aux murs du salon.

– Aurais-tu une objection à ce que j'écrive un article sur les activités de la secte de la montagne ? s'enquit Sylvain en lui tendant un grand verre d'eau. J'aimerais que les lecteurs sachent à quoi s'attendre lorsqu'ils tombent entre de mauvaises mains. Mais pour pouvoir écrire un tel article, j'ai besoin de renseignements que toi seul peux me donner.

– Je te dirai tout ce que tu veux savoir. J'ai confiance en toi.

Maryse, l'épouse de Sylvain, enceinte de huit mois, se présenta alors à la porte du salon. Alexei ressentit aussitôt une grande tension dans sa lumière.

– Maryse, je te présente Alexei Kalinovsky, l'homme dont je ne cesse de te parler.

– L'homme de la secte ? s'effraya la jeune femme en posant ses mains sur son gros ventre.

– Il s'en est enfui depuis longtemps.

La jeune femme avait entendu des histoires d'horreur au sujet d'enfants sacrifiés par des cultes sataniques. Elle n'avait certainement pas l'intention de leur laisser prendre son bébé. Elle pivota sur ses talons et retourna dans le couloir.

– Elle a peur de moi, déclara Alexei.

– Pourtant, je ne lui ai rien dit de mal à ton sujet.

– Il y a des images de femmes éventrées et d'enfants étranglés dans sa tête.

– Doux Jésus !

Sylvain s'élança dans le corridor et trouva son épouse dans la cuisine, appuyée contre le plan de travail. Des larmes coulaient sur ses joues, tandis qu'elle essayait de composer un numéro de téléphone en tremblant. Sylvain la força à raccrocher et la saisit par les épaules.

– Mais qu'est-ce qui t'a pris d'emmener cet homme ici ? explosa-t-elle.

– Alexei n'est pas un meurtrier, Maryse. C'est un pauvre type qui a réussi à s'échapper d'une secte, où on le maltraitait. Je l'ai emmené ici pour qu'il m'aide à écrire un article. C'est tout.

– Sylvain, je me fiche de ton travail ! Moi, j'ai peur pour le bébé ! Des fous comme lui ont déjà tué des femmes pour prendre leurs enfants dans leur ventre et les utiliser pour leurs cérémonies diaboliques !

– Oui, c'est déjà arrivé, mais Alexei n'est pas un tel maniaque. D'ailleurs, il n'est ici que pour la soirée, et tu n'as pas besoin d'avoir de contacts avec lui.

– Je vais aller coucher chez ma mère.

– Moi, je veux que tu restes ici, où je peux veiller sur toi et sur notre enfant. Je vais aller travailler dans le jardin avec cet homme.

– Je veux qu'il reste dehors. Je ne veux plus qu'il entre dans la maison.

– Nous resterons dans le jardin, je te le promets.

Sylvain l'embrassa dans le cou et la reconduisit à leur chambre à coucher, où il la fit s'allonger pour qu'elle se calme. Il retourna ensuite dans le salon, prit son magnétophone et demanda à Alexei de le suivre. Il alluma les lumières du patio, puis laissa son invité passer devant lui.

Chapitre 32

La maison de Sylvain

En mettant les pieds dans le jardin des Paré, Alexei aperçut un gros chien noir attaché à sa niche au fond de la propriété. Pourtant, la cour était clôturée... Cet animal n'avait donc pas besoin d'être enchaîné. Sylvain expliqua à son invité que son chien agissait de façon bizarre depuis le début de l'été. Il avait même tenté de le mordre pendant qu'il le caressait. Alexei ne percevait pourtant aucune agressivité dans cet animal. Il s'en approcha malgré les avertissements du journaliste, et le chien remua lentement la queue. Alexei s'accroupit devant lui et lui laissa flairer sa main.

– Il est souffrant, Sylvain. Il a une patte cassée.

– Mais voyons donc, il est capable de marcher.

– Seulement quand il est obligé d'aller faire ses besoins. Il a très mal, je t'assure.

– As-tu hérité des dons de ta sœur ?

– Je ne sais pas d'où je tiens mes pouvoirs, car je les ai depuis ma naissance.

– Tu t'en servais dans la secte ?

– Parfois.

Alexei s'assit par terre et le chien se colla contre lui. Comprenant qu'il serait inutile de lui demander de l'accompagner sur le patio, le journaliste tira une chaise et s'assit près de la niche.

– Ces pouvoirs sont dans notre famille depuis des centaines d'années, poursuivit Alexei.

– Tous les membres de ta famille en ont hérité ?

– Seulement les femmes. Je suis le premier homme à les posséder, sauf que ça m'a pris du temps avant de comprendre comment m'en servir. Je voyais bien que mes mains étaient spéciales, mais je ne savais pas quoi en faire.

– Spéciales comment ? demanda Sylvain en mettant son magnétophone en marche.

Alexei illumina sa paume droite sous ses yeux, puis l'appuya sur la patte de l'animal.

– Je ne peux pas replacer ses os, précisa-t-il.

– Nous le conduirons chez le vétérinaire demain matin. Parle-moi plutôt de ce que je viens de voir. Comment fais-tu briller ta main ?

– Je n'ai qu'à le désirer.

– Fascinant… Quelles étaient tes tâches dans la secte ?

– Je soignais les plantes, mais je faisais attention que personne ne me voie les entourer de lumière.

– Est-ce que tout le monde avait un travail différent à exécuter ?

– Il y avait des corvées pour tout le monde. Solaris avait remarqué que j'aimais les plantes, alors elle m'a gardé auprès d'elle.

– Qui est Solaris ?

– La matriarche. Elle veillait sur les femmes et les enfants du Jaguar. C'est elle qui s'est occupée de moi à mon arrivée. Elle savait toujours ce qu'il fallait me dire pour me calmer quand j'étais fâché, comme Tatiana.

– Pourquoi te mettais-tu en colère, Alexei ?

– Je ne voulais pas obéir au Jaguar.

– Est-ce qu'il t'a violé ?

Alexei ne répondit pas et continua à caresser le chien.

– Je n'en parlerai pas dans l'article, le rassura le journaliste.

– Quand je l'ai avoué à Tatiana, elle m'a dit que c'était mal de faire ça à un enfant.

– Est-ce qu'il violait tous les autres ?

– Je n'en sais rien. Il ne voulait pas que les disciples parlent entre eux. Quand j'étais plus jeune, je résistais de mon mieux aux exigences du Jaguar… mais en vieillissant, j'ai commencé à me défendre et il me l'a fait payer très cher.

– Que voudrais-tu me voir écrire dans l'article ?

– Je voudrais que tu dises aux lecteurs qu'aucun homme n'est un dieu, maugréa Alexei. Il faut que ce soit bien clair pour eux. Moi, quand je suis entré dans cet endroit maudit, je ne faisais pas encore la différence entre le bien et le mal. La secte n'est pas un paradis, c'est une prison.

– Lorsque les policiers t'ont demandé si tu avais assisté à des meurtres dans la forteresse, tu n'as pas voulu répondre. Pourquoi ?

Alexei cessa de caresser le chien et ramena ses genoux contre sa poitrine.

– Est-ce que c'étaient des gens que tu aimais ? s'affligea Sylvain.

– Je n'aimais personne…

– Alors, pourquoi es-tu aussi bouleversé, en ce moment ?

– Ils ne méritaient pas de mourir même si je ne les aimais pas.

– Comment sont-ils morts ?

– On leur a tiré des balles dans la tête.

– Qu'a-t-on fait de leurs corps ?

Alexei se mit à pleurer en silence. Sylvain aurait aimé en apprendre davantage sur les atrocités commises par le chef de la secte, mais il ne voulait pas non plus aggraver le chagrin du pauvre homme. Il attendit donc qu'il se calme et lui parla plutôt de son travail de journaliste et des incidents bizarres sur lesquels il avait enquêté.

Chapitre 33
L'ascenseur

Lorsqu'elle ne trouva pas Alexei dans sa chambre d'hôtel le lendemain matin, Danielle fut prise de panique. Montréal était une ville immense, et si l'homme-loup avait décidé d'aller se balader, elle ne le retrouverait jamais à temps pour son rendez-vous chez le procureur ! Au moment où elle allait contacter la police, Sylvain Paré l'appela pour lui apprendre qu'il avait emmené Alexei passer la nuit chez lui, puisqu'il étouffait en ville.

– Nous rencontrons le substitut du procureur général à neuf heures !

– Je le ramènerai à temps, ne vous en faites pas !

Se rappelant que son invité était végétarien, Sylvain raccrocha et mit dans un grand bol tous les fruits qu'il trouva dans le réfrigérateur. Il l'apporta à Alexei, qui avait décidé de dormir dans le jardin. À son grand étonnement, le chien était couché avec lui dans le hamac ! Le journaliste déposa les fruits sur la table du patio et fit descendre la bête sur le sol en faisant bien attention à sa patte blessée.

– C'est toi qui l'as détaché ? s'inquiéta Sylvain.

– Il se sentait très seul. J'ai préféré coucher dans le hamac plutôt que dans la niche. Tu ne devrais pas l'enchaîner. C'est un bon chien.

– C'est Maryse qui y tient. Elle se sent constamment menacée depuis qu'elle est enceinte.

Alexei croqua dans un fruit et le dégusta en fermant les yeux.

– Tu ne consommes jamais de viande ? s'enquit Sylvain.

– Non. C'est de la nourriture morte. Je préfère les fruits, les céréales, les légumes et les pâtes.

– Aimerais-tu prendre une douche ou un bain avant que nous nous mettions en route ?

– Il y a une rivière par ici ?

– Non, et même si nous en avions une, je ne te conseillerais pas de t'y tremper le gros orteil. Même le fleuve est pollué.

– Qu'est-ce que ça veut dire, pollué ?

– Ça veut dire sale, dégradé, dangereux. Des générations entières ont rejeté leurs déchets dans les cours d'eau en pensant que la nature était suffisamment forte pour se nettoyer elle-même. Elles avaient tort.

– Mais si les hommes les ont salis, ils peuvent aussi les nettoyer, non ?

– Absolument, mais comme ça coûte très cher, ils ne le font pas.

– Même si, un jour, ils auront de nouveau besoin d'eau propre ?

– Les hommes attendent trop souvent d'être au pied du mur avant de faire quelque chose. Alors là, ils réagissent. Allez, viens. Nous allons conduire le chien chez le vétérinaire et rejoindre Danielle en ville.

Alexei se leva et aperçut le visage inquiet de Maryse dans la fenêtre de la cuisine. Il sonda son âme et sentit sa terreur.

– Il vaut mieux que je reste dehors, annonça-t-il à Sylvain. Je vais emmener le chien en avant en passant par le côté de la maison.

– Alex, je suis vraiment désolé…

Aucunement offensé par le comportement de Maryse, Alexei fit marcher le chien très lentement jusqu'à la voiture. Sylvain confia l'animal au vétérinaire, puis poursuivit sa route jusqu'à Montréal. Il gara sa voiture et emmena Alexei dans le hall de l'immeuble de Frédéric, où Danielle tournait en rond. Soulagée de voir arriver le journaliste et son client, elle alla serrer les mains de ce dernier dans les siennes.

– Comment te sens-tu, ce matin ?

– Je commence à m'habituer à l'automobile.

– Je suis contente de l'entendre. Nous accompagnez-vous ?

– Seulement si le procureur n'y voit pas d'inconvénients.

Le journaliste les suivit en remarquant les petites attentions que la jeune femme portait à Alexei. Certes, c'était un homme sauvage, mais quand même pas un enfant. Ils s'arrêtèrent devant les portes de l'ascenseur, dans lequel s'entassaient déjà des hommes et des femmes d'affaires, ainsi qu'un jeune coursier. Danielle tira légèrement sur le bras d'Alexei pour l'inciter à les suivre, mais il se raidit comme une barre de fer et refusa d'avancer.

– Tu sais pourtant que ce n'est pas dangereux, tenta de le rassurer Danielle.

– Celui-là est différent…

Les portes de l'ascenseur se refermèrent sous leur nez.

– Alexei, dis-moi ce que tu ressens, demanda Sylvain.

– La mort.

Des cris de terreur résonnèrent alors dans la cage d'ascenseur. Alexei appuya vivement ses mains contre les portes en métal pendant quelques secondes, avant que le plancher ne se mette à trembler sous leurs pieds.

– Qu'est-ce qui se passe ? s'alarma Danielle.

– Je pense que l'ascenseur vient de s'écraser dans le sous-sol, devina le journaliste. Il faut trouver de l'aide !

Sylvain pivota sur lui-même, mais ne vit ni gardien ni concierge. Danielle composa plutôt le 911 sur son portable.

– Il vient de se produire un terrible accident, expliqua la travailleuse sociale, tandis qu'Alexei étudiait la situation à l'aide de ses sens surnaturels. Des survivants ?

– Il y en a deux, répondit Alexei.

– Mais comment peux-tu le savoir ?

Sans répondre, il longea le mur jusqu'à ce qu'il trouve la porte qui menait au garage, puis s'engagea dans l'escalier.

– Alex ! le rappela Danielle.

Sylvain le prit en chasse, et la jeune femme les suivit de son mieux en continuant à donner des renseignements aux services d'urgence. Lorsqu'elle arriva au dernier étage du garage, Alexei essayait d'ouvrir les portes de l'ascenseur de ses mains nues.

– Il faut leur ouvrir ! cria l'homme-loup, qui ne parvenait pas à écarter les panneaux en métal.

Ne trouvant rien qui puisse l'aider à les forcer, Sylvain fonça en direction de l'escalier et faillit être percuté par une automobile qui se dirigeait vers la sortie.

– Mais faites attention ! s'écria le conducteur.

– Avez-vous un outil qui me permettrait d'ouvrir les portes de cet ascenseur ? demanda le journaliste. Il y a des gens coincés là-dedans.

L'automobiliste ouvrit son coffre arrière et le fouilla, jusqu'à ce qu'il trouve la barre de fer qu'il utilisait pour déboulonner les roues de sa voiture. Sylvain s'en empara, demanda à Alexei de s'écarter et se servit du levier pour forcer l'ouverture des portes. Les corps des victimes étaient empilés les uns par-dessus les autres. Alexei se précipita à l'intérieur pour passer les mains au-dessus des malheureux. Il souleva finalement une jeune femme et alla la déposer sur le plancher devant Sylvain. Danielle venait juste d'arriver sur les lieux.

– J'ai perdu le contact avec le 911, déclara-t-elle avec découragement.

– Les portables ne fonctionnent pas dans le garage, lui apprit l'automobiliste qui avait prêté l'outil à Sylvain.

Alexei retourna dans l'ascenseur et en retira le coursier. Jugeant que l'état de la jeune femme était plus critique, il s'en occupa d'abord en plaçant ses mains sur ses oreilles, puis en fermant les yeux. Ses paumes se mirent à briller d'une lumière blanche et éclatante. Le phénomène, qui ne dura qu'une fraction de seconde, stupéfia les trois témoins. Alexei prit une profonde inspiration et se déplaça auprès du jeune homme. Il posa ses mains sur son cœur. Un flash éclatant s'ensuivit et le corps du coursier fut secoué d'un spasme violent, comme s'il venait de l'électrocuter. Alexei retira ses mains éteintes et recula jusqu'au mur en béton, contre lequel il s'appuya pour reprendre son souffle.

– Les autres sont morts, annonça Alexei, épuisé.

– Tu en es bien certain ? s'inquiéta Sylvain.

Les ambulanciers dévalèrent bruyamment l'escalier qui menait au sous-sol de l'immeuble et se penchèrent sur les deux victimes qui gisaient sur le sol.

– Il y en a d'autres dans l'ascenseur, leur indiqua Danielle.

– As-tu besoin de leur aide ? demanda Sylvain à Alexei.

– Non, déclara-t-il en secouant la tête. Ils ne peuvent rien faire pour moi. Il faut que je touche la terre.

– Où y a-t-il de la terre par ici ? fit Sylvain en se tournant vers Danielle.

– J'en ai vu autour des arbres sur la rue.

Sylvain prit Alexei par le bras et l'entraîna au rez-de-chaussée. Danielle leur emboîta le pas. Ils sortirent de l'immeuble. L'homme-loup se jeta à genoux au pied d'un arbre qui poussait dans quelques pieds carrés de terre, au milieu du trottoir. Ils virent aussitôt son visage reprendre des couleurs.

– Est-ce suffisant ? voulut savoir Sylvain en se penchant vers lui.

– Oui, ça ira.

– Qu'as-tu fait à ces deux personnes, Alex ?

– J'ai arrêté l'hémorragie dans la tête de la femme et j'ai fait battre le cœur de l'homme parce qu'il s'était arrêté.

– Comment as-tu su ce que tu devais faire pour les sauver ?

– Les images apparaissent dans mon esprit. Je ne sais pas comment l'expliquer.

Alexei vit que Danielle l'observait avec des yeux emplis de respect et d'émerveillement.

– Tu as vu du sang dans la tête de la femme… essaya de comprendre Sylvain.

– Trop de sang, affirma Alexei en se levant.

– Mais comment es-tu certain que ces images qui se forment dans ton esprit sont une représentation de la réalité ?

– Je ne me pose jamais cette question. J'agis.

– Alex, préférerais-tu remettre à plus tard ton rendez-vous avec Frédéric ? lui demanda Danielle en jetant un coup d'œil à sa montre.

Il secoua négativement la tête, car il n'avait pas du tout envie de faire un deuxième voyage à Montréal. Ils retournèrent donc à l'intérieur de l'immeuble. Alexei refusant catégoriquement de monter dans le deuxième ascenseur, ils durent gravir à pied les dix étages dans l'escalier de secours.

Chapitre 34
Des preuves concrètes

Lorsqu'ils se présentèrent devant le bureau de la réceptionniste, Danielle et Sylvain étaient essoufflés, alors qu'Alexei avait repris des forces. Ces quelques étages d'escalier ne représentaient pas un gros effort pour un homme habitué à gravir des montagnes. La jeune femme fit savoir à la secrétaire de Frédéric que les clients de son patron étaient arrivés. Danielle vit alors le visage d'Alexei se rembrunir.

– Qu'y a-t-il, Alex ?

– Tu m'as dit qu'on rendait la justice, ici, mais je ressens seulement de la frustration.

– Même si le procureur général est censé faire condamner tous les criminels, expliqua Sylvain, il y a des fois où il n'y parvient pas parce qu'il manque de preuves ou parce que l'avocat du criminel a plus d'un tour dans son sac.

– Pourquoi les criminels ont-ils le droit d'avoir un avocat ? s'étonna Alexei. S'ils ont commis un crime, ils doivent payer, un point c'est tout.

– Ça ne se passe pas tout à fait comme ça devant les tribunaux, ajouta Danielle.

La secrétaire de Frédéric les emmena au bureau de son patron. Ce dernier ferma le dossier qu'il était en train de consulter, se leva et contourna sa table de travail comme un paon pour faire comprendre à Alexei qu'il se trouvait sur son territoire. L'homme-loup comprit très bien le message.

– Heureux de vous revoir, monsieur Kalinovsky, fit le procureur avec un enthousiasme qui sonnait faux.

– C'est Alexei, mon nom.

– Oui, bien sûr, et vous n'aimez pas être vouvoyé, je crois…

Avec ses cheveux blonds très clairs et ses yeux verts, de l'avis d'Alexei, Frédéric ressemblait à un elfe, mais il était enveloppé d'un curieux brouillard qui l'empêchait de lire son énergie. Danielle lui présenta Sylvain, en précisant qu'il était journaliste pour un magazine de phénomènes paranormaux. Desjardins serra la main de Sylvain avec un sourire amusé.

Danielle, qui ne désirait pas qu'il se moque de son client ou du journaliste, s'empressa d'ajouter que c'était Sylvain qui s'occupait d'Alexei lorsqu'elle n'était pas « disponible ». Ainsi, c'était grâce à lui qu'ils pouvaient passer du temps ensemble pendant que son client était à Montréal. Frédéric lui jeta un regard entendu, puis leur demanda de s'asseoir, tandis qu'il reprenait sa place de l'autre côté de son bureau.

– Tu as l'air souffrant, Alexei, remarqua l'avocat avec un brin de sarcasme. Est-ce la ville qui te rend si pâle ?

L'homme-loup n'arrivait pas à savoir qui était vraiment cet homme, mais le ton de sa voix l'avait déjà mis en garde.

– Il a de bonnes raisons de l'être, Frédéric, répondit Danielle à sa place. Je t'expliquerai tout ça plus tard. Nous sommes ici pour parler de son dossier.

Le procureur n'aimait pas qu'elle défende Kalinovsky, mais il ne le laissa pas paraître.

– J'ai étudié tous les rapports que j'ai reçus, y compris celui des policiers qui ont ratissé la propriété de monsieur Hugues Robin, commença-t-il.

– De qui ? s'étonna Alexei.

– C'est le véritable nom du Jaguar. Les policiers n'ont trouvé aucune preuve susceptible d'appuyer tes dires. Ils n'ont découvert que quelques fusils de chasse et des plantes exotiques. Pas d'armes illégales ni de cadavres. Nous n'avons aucune preuve de ce que tu avances, sauf ton témoignage.

– Mais tout le monde l'a vu exécuter des membres de la communauté !

– Mes propres enquêteurs ont questionné les disciples, même les enfants, et tous prétendent que leur maître était parfois impatient, mais que celui qui était violent, c'était toi.

– Ils mentent ! explosa l'homme-loup. Ils ont été témoins de ces meurtres !

– Il est tout à fait normal qu'Alexei se soit rebellé contre les mauvais traitements qu'il recevait, précisa Danielle. De toute façon, ce n'est pas de lui qu'il est question, ici.

– C'est sa parole contre la leur, répliqua froidement Frédéric.

– Il y a des marques dans sa chair qu'il n'a certainement pas pu s'infliger lui-même, protesta Danielle.

– Il est impossible de prouver qu'elles ont été causées par monsieur Robin. N'importe qui aurait pu le battre.

– C'est le Jaguar ! hurla l'homme-loup.

– Nous savons que tu dis la vérité, Alex, l'apaisa Danielle en posant la main sur son bras, mais malheureusement, il faut des preuves concrètes pour convaincre le juge et le jury.

– Quelle sorte de preuves ?

– Les balles pour qu'on puisse déterminer si elles ont été tirées par leurs fusils et surtout, les restes des victimes, répondit Desjardins. Actuellement, nous n'avons que de faux certificats de décès pour des personnes qui sont toujours vivantes.

Découragé par le manque de collaboration de l'avocat, Alexei se cala dans son fauteuil en réfléchissant. Peut-être pourrait-il parler à Solaris ou à d'autres membres de la secte qui avaient autant souffert que lui et les convaincre de dire ce qu'ils savaient.

– Les policiers ont-ils utilisé toutes les techniques possibles pour localiser des cadavres ? chercha à savoir Sylvain.

– Non, monsieur Paré, affirma Frédéric. Nous n'avons pas utilisé de médiums.

– Au point où vous en êtes dans cette enquête, vous n'auriez rien à perdre.

– Je suis désolé, mais nous sommes une organisation gouvernementale sérieuse.

– Sans ces preuves, fit Danielle, peux-tu quand même faire emprisonner le Jaguar ?

– Pour falsification de documents, peut-être pendant cinq ans.

– Cinq ans ? se révolta Alexei. Après tout ce qu'il a fait ?

– Je suis désolé, monsieur Kalinovsky. Je ne peux pas faire mieux sans preuves.

Alexei bondit sur ses pieds et quitta le bureau en faisant claquer la porte contre le mur. Sylvain s'élança aussitôt à sa poursuite.

– Et il accuse le Jaguar d'être violent ? ricana Frédéric.

– Mets-toi à sa place, répliqua Danielle. Il a été torturé par ce maniaque, et ses disciples ont tenté de le tuer ! Comment réagirais-tu si on te disait que ton bourreau ne peut pas être condamné pour ses crimes ?

– Je suis avocat, Danielle. Je connais les limites de la loi.

– Non, tu ne connais rien du tout.

Fâchée, elle quitta le bureau et trouva Alexei et Sylvain au bout du couloir. L'homme-loup faisait de gros efforts pour respirer profondément. Le journaliste lui parlait tout bas pour ne pas alerter tout le bureau.

– Alex, je suis désolée, s'excusa Danielle. Je ne savais pas qu'il te traiterait de cette façon.

– J'aurais dû tuer le Jaguar quand je l'avais au bout de l'épée.

– Ça n'aurait rien réglé, intervint Sylvain. Tu aurais été condamné pour meurtre et tu aurais fait de lui un martyr.

– Il nous faut des preuves concrètes, soupira Danielle.

– Emmène-moi à la forteresse, exigea Alexei.

– Maintenant ?

– Oui, maintenant. Je sais où en trouver.

– Les policiers l'ont déjà ratissée.

– S'il y a quelqu'un capable de déceler des indices qui ne sont pas évidents pour les yeux humains, c'est bien Alexei, soutint Sylvain.

– Je ne sais même pas si nous avons le droit de retourner là-bas, protesta-t-elle.

– À mon avis, il est préférable de ne pas demander cette permission, indiqua le journaliste.

Danielle hésita un instant, car elle savait qu'il était illégal de faire ses propres recherches sur un site fermé par la police, mais elle céda devant le regard insistant d'Alexei.

– Tu as raison, nous n'avons rien à perdre, décida-t-elle.

Ils se mirent en route pour les Laurentides.

Chapitre 35
Le cimetière

En l'absence d'Alexei, Alexanne s'était occupée de ses plantes médicinales. Comme il le faisait, elle avait inspecté toutes leurs feuilles, à la recherche de petits parasites, et les avait arrosées avec le mélange que son oncle lui avait appris à fabriquer pour éloigner les insectes sans les tuer. Tatiana lui apporta un grand verre de limonade un peu avant le repas de midi. L'adolescente accepta la boisson froide avec un sourire.

– On dirait que tu aimes ton nouveau travail.

– Quand je m'occupe de son jardin, c'est un peu comme si je m'occupais de lui, avoua Alexanne, qui s'ennuyait de son âme jumelle.

– Il reviendra, ne t'en fais pas.

Au même moment, Danielle Léger venait d'arrêter sa voiture devant l'entrée des palissades de la secte, à quelques kilomètres seulement de la maison de Tatiana. Alexei et Sylvain marchèrent vers la grande porte à deux battants que la police avait cadenassée.

– Est-ce la seule entrée ? demanda Sylvain.

Alexei hocha affirmativement la tête.

– Un homme comme le Jaguar a sûrement prévu une façon de s'échapper, laissa tomber Danielle.

– Il pense qu'il est un dieu et que rien ne peut lui arriver, grommela Alexei.

– Nous sommes donc venus jusqu'ici pour rien.

– Non.

Alexei mit la main sur le cadenas.

– Si tu l'endommages, la police pourrait t'arrêter, l'avertit Danielle.

La paume de l'homme-loup s'illumina, et le cadenas s'ouvrit comme par magie.

– Mais comment... s'étrangla la jeune femme.

Alexei décrocha les chaînes et les laissa tomber sur le sol, sous les yeux étonnés de ses amis. Il poussa les battants et entra dans la cour.

– Où veux-tu que nous commencions à chercher ? demanda Sylvain en le suivant.

– Vous ne pouvez pas faire comme moi, répliqua Alexei.

– Tu vas donc encore utiliser tes pouvoirs.

– Surtout, ne me touchez pas.

Alexei se plaça au milieu de l'enceinte et ralentit graduellement sa respiration. Faisant appel à sa faculté de voir le passé, il retourna instantanément dans le temps, à l'époque où il était adolescent. Il avait choisi de revivre la première exécution à laquelle il avait assisté. Puisque cette expérience l'avait traumatisé à un point tel qu'il avait fait des cauchemars pendant des années, son esprit l'avait occultée pour que sa souffrance cesse.

Lorsque sa transe fut suffisamment profonde, des images se mirent à affluer à sa mémoire. Il sursauta lorsque la porte de l'entrée claqua et qu'il vit sortir du grand bâtiment le Jaguar, suivi de ses hommes de main qui tenaient fermement Babylone par les bras. Les disciples s'empressèrent de former un cercle autour d'eux. Sur tous leurs visages, Alexei vit de l'effroi. Les hommes forcèrent ensuite Babylone à s'agenouiller devant le Jaguar, qui était furieux. « Que s'était-il passé exactement, ce matin-là ? » tenta désespérément de se rappeler Alexei. Le Jaguar avait pourtant déclamé haut et fort ce qu'il reprochait à son disciple. « Pourquoi suis-je incapable de m'en souvenir ? » se maudit Alexei. Le coup de feu sema une fois de plus la terreur dans son âme. Il vit le corps de Babylone, face contre terre, du sang s'échappant de sa tête. Le Jaguar tenait un pistolet dans sa main. Alexei eut tellement envie de vomir, qu'il retourna d'un seul coup dans le présent. Il se plia en deux, faisant de gros efforts pour reprendre la maîtrise de ses émotions.

– Alex, est-ce que ça va ? s'exclama vivement Danielle en s'approchant de lui.

D'un geste sec de la main, il lui indiqua de ne pas briser l'envoûtement. Au bout d'un moment, il se redressa et se remit en transe. Lorsqu'il ouvrit les yeux, les hommes du Jaguar avaient saisi le corps de Babylone par les bras et le traînaient en direction des grandes portes qu'on venait d'ouvrir. En tremblant, Alexei les suivit.

– Mais qu'est-ce qu'il fait ? s'étonna Danielle.

– Je n'en sais rien, mais nous ne devons intervenir sous aucun prétexte, expliqua Sylvain. Je suggère que nous restions derrière lui pour voir ce qu'il va faire.

Alexei quitta la forteresse et marcha le long de la palissade. Même s'il était dans un état second, il évitait habilement les obstacles sur sa route. Dans son esprit, l'homme-loup continuait à suivre les disciples qui traînaient le cadavre. Ils s'enfoncèrent dans la forêt, s'immobilisèrent en laissant tomber le corps de Babylone à terre, puis ceux qui les accompagnaient se mirent à creuser un trou avec des pelles.

Alexei remarqua qu'il y avait d'autres monticules autour de lui, et sa mémoire laissa enfin s'échapper tous les souvenirs qu'il avait si longtemps refoulés. Il pivota vers Sylvain et Danielle, incapable de cacher sa tristesse.

– Ils sont tous ici, déclara-t-il d'une voix étranglée.

– De qui parles-tu ? demanda Sylvain.

– De tous ceux que le Jaguar a lâchement exécutés.

Le journaliste et la travailleuse sociale étudièrent les lieux sans remarquer la moindre tombe, puisque la végétation avait recouvert la plupart d'entre elles.

– Il faut que tu en sois bien certain avant que j'appelle Christian, l'avertit Sylvain. On ne fait pas déplacer la police sans bonne raison.

– Je les ai vus ! fit durement Alexei. Ils ont enterré Babylone ici, et il y avait d'autres tombes tout autour.

– Que va-t-il se passer si la police vient creuser ici et qu'elle ne trouve rien ? s'inquiéta Danielle.

– Ils sont ici !

En poussant un rugissement de colère, Alexei se tourna vers la forêt et tendit les bras. Ses yeux déjà très pâles devinrent laiteux. Le ciel se couvrit d'un seul coup, comme si le plus terrible des orages allait leur tomber dessus, et la terre se mit à trembler. Effrayée, Danielle s'accrocha au bras de Sylvain. Un vent violent s'éleva entre les arbres, mais Alexei ne broncha pas.

Dans le jardin de plantes médicinales, Alexanne sentit le sol bouger sous ses genoux. Elle déposa ses instruments, enleva ses gants et recula en chancelant jusqu'à ce qu'elle soit sur la pelouse.

– On dirait un tremblement de terre, s'étonna-t-elle, car elle ne se rappelait pas en avoir vécu un depuis sa naissance.

Coquelicot arriva à tire-d'aile.

– C'est l'homme-loup ! cria-t-elle.

– Mais il est à Montréal ! protesta l'adolescente.

– Non, il est ici !

La petite fée fila vers le massif de fleurs près de la maison pour s'y réfugier.

– Mais pourquoi fait-il ça ? s'étonna Alexanne.

Sans se rendre compte qu'il était sur le point de porter un terrible coup à son âme jumelle, Alexei ramena ses bras tendus de chaque côté de son corps, adoptant une position de croix. Une lumière aveuglante s'échappa alors de son abdomen, et le sol remua encore plus violemment sous ses pieds. Sylvain s'accrocha à un arbre et serra Danielle contre lui, pour qu'ils ne soient pas projetés par terre.

Alexanne ressentit une cuisante douleur au milieu de son corps et poussa un cri de terreur. Tatiana, qui avait ressenti la colère de son frère, fit le tour de la maison en courant pour venir au secours de sa nièce.

– Aidez-moi ! cria l'orpheline en la voyant arriver. Je pense que je fais une crise cardiaque !

Tatiana saisit sa nièce par-derrière, passa ses bras autour de son corps et appuya ses mains sur son plexus solaire.

– Est-ce que je vais mourir ? geignit Alexanne.

– Non, ma chérie. C'est ton pouvoir de ressentir qui est en train de s'enclencher.

– Je n'en veux plus ! Ça fait trop mal !

Une éclatante lumière blanche fusa entre les mains de Tatiana, qui pria le ciel que cette épreuve ne dure pas trop longtemps, car Alexanne faiblissait rapidement.

Alexei sentit aussitôt la force de sa nièce, et cette dernière redoubla la sienne. Les bras toujours en croix, il s'écroula à genoux, décidé à prouver aux humains qu'il disait la vérité. Des ossements se mirent à sortir du sol autour de Sylvain et de Danielle qui assistaient, impuissants, à cette scène tirée tout droit d'un film d'horreur. La jeune femme était terrifiée, mais Sylvain, enquêteur de l'insolite, était sidéré par les pouvoirs que possédait Alexei Kalinovsky.

Puis, d'un seul coup, l'obscurité disparut et la terre cessa de frémir. Exténué, l'homme-loup pivota sur ses genoux en direction de ses amis.

– Je vous avais dit qu'ils étaient ici, haleta-t-il.

Il s'effondra sur le sol comme une poupée de chiffon. Danielle et Sylvain ne réagirent pas tout de suite, comme s'ils craignaient qu'une autre calamité ne s'abatte sur eux. Constatant que la forêt avait repris son aspect habituel, ils se précipitèrent en même temps vers Alexei qui gisait, inerte, au milieu de ce curieux cimetière. Le journaliste le retourna sur le dos et posa l'oreille sur sa poitrine.

– Il est vivant, annonça-t-il, soulagé.

– Mais comment a-t-il fait ça ? s'effraya Danielle, qui venait de remarquer un crâne à moitié enterré à quelques centimètres d'elle.

– C'est de la télékinésie, la faculté de faire bouger les objets en se servant uniquement de son esprit. Je n'en ai jamais vu une démonstration aussi frappante. Alexei a ordonné aux cadavres de refaire surface, et ils lui ont obéi.

– Est-il un démon ?

– Je n'en sais rien, Danielle, mais sa puissance est mille fois plus grande que celle des quelques hommes qui possèdent ce don.

Sylvain tapota doucement le visage d'Alexei, mais ne réussit pas à le ranimer.

– Te sens-tu capable d'appeler la police ?

Elle était tellement secouée que Sylvain sortit son propre téléphone de sa poche et le fit lui-même.

– Christian, c'est Sylvain. J'ai une surprise pour toi à la forteresse du Jaguar.

Une fois son appel terminé, Sylvain hissa Alexei sur ses épaules et le porta en évitant les ossements jusqu'à la voiture de Danielle. Seule Tatiana pouvait maintenant venir en aide à son frère.

Chapitre 36
Le pouvoir de ressentir

Tatiana tint Alexanne serrée contre sa poitrine jusqu'à ce que la lumière cesse de passer entre ses doigts. Le corps de la jeune fille s'était aussitôt détendu, mais elle était loin d'être au bout de ses peines. La guérisseuse l'aida à marcher jusqu'à la maison et la monta à sa chambre. Une fois qu'elle l'eut allongée sur son lit, Tatiana caressa les cheveux blonds de sa nièce avec affection.

– Quand je pense que j'avais hâte d'avoir ce pouvoir, murmura Alexanne, qui luttait pour ne pas sombrer dans l'inconscience.

– La première fois, c'est toujours un peu douloureux.

– Un peu ?

Tatiana n'osa pas lui avouer tout de suite que son oncle avait bien failli la tuer.

– Est-ce que ça me fera aussi mal chaque fois que je me servirai de ce pouvoir ? grimaça Alexanne.

– Non. Repose-toi pendant que je vais te chercher un petit remontant.

La guérisseuse l'embrassa sur le front et quitta la chambre. Alexanne vit alors, debout sur sa table de chevet, la fée Coquelicot, qui l'observait avec inquiétude. Ses petites ailes transparentes battaient doucement dans son dos.

– Pourquoi m'as-tu dit que c'était Alexei qui avait fait trembler la terre ? demanda l'adolescente.

– C'est le vent qui le raconte. L'homme-loup est dans la montagne, là où les hommes méchants ont construit une forteresse.

– À la secte ? Mais c'est impossible, Coquelicot. Mon oncle est à Montréal avec Danielle Léger pour rencontrer le procureur.

– Non, il est ici.

– Si c'est vrai, quelle raison aurait-il de faire trembler la terre ?

– Pour en faire sortir les morts.

– Tu dis des sottises, Coquelicot. Alex a des pouvoirs extraordinaires, mais je suis certaine qu'ils ne vont pas jusque-là.

L'orpheline tenta de s'asseoir, mais en contractant son plexus solaire, elle ressentit une vive douleur dans tout son corps et poussa une plainte sourde.

– Tu devrais rester tranquille, conseilla Coquelicot.

– Est-ce que les petites fées traversent la même épreuve ? geignit Alexanne.

– Oui, mais quand elles sont bébés. C'est moins douloureux.

Tatiana revint dans la chambre avec un verre rempli d'un liquide jaunâtre qui ne ressemblait pas du tout à celui qu'elle faisait boire à Alexei quand il était faible. Mais parce qu'elle lui faisait aveuglément confiance, Alexanne le but sans protester. Contrairement à ce qu'elle craignait, cette potion n'était pas du tout amère.

– Combien de temps vais-je devoir endurer ce mal ? demanda-t-elle en tendant le verre vide à sa tante.

– Demain, tu iras beaucoup mieux, la rassura sa tante.

– C'est donc fichu pour aujourd'hui.

– Si tu essaies de bouger, la douleur te clouera à ton lit.

– J'ai déjà essayé. Mais pourquoi mon pouvoir de ressentir s'est-il enclenché subitement, sans que je n'aie fait quoi que ce soit ? Et pourquoi Coquelicot dit-elle qu'Alex a quelque chose à voir là-dedans ?

Tatiana posa un regard désapprobateur sur la petite fée, qui devint rouge de honte et alla se cacher derrière la boîte de mouchoirs en papier. Décidément, ces petites pestes ne savaient pas tenir leur langue.

– Te souviens-tu de notre conversation sur les âmes jumelles ? demanda la guérisseuse en s'asseyant doucement près d'Alexanne.

– Vous m'avez dit que j'étais reliée à Alexei depuis la nuit des temps et qu'il ressentait toutes mes impressions.

– Eh bien, maintenant, tu vas aussi pouvoir ressentir les siennes.

– Est-ce lui qui a mis mon pouvoir en marche ?

– Oui, mais sans le faire exprès. Pour une raison que j'ignore, il a eu besoin d'une énorme quantité d'énergie et il est allé en chercher là où il pouvait en trouver.

– Dans mon corps à moi ? se fâcha Alexanne. Il a pris mon énergie ?

– Oui, ma soie, mais je doute que ce soit intentionnel.

– S'en est-il servi pour rester en vie, au moins ?

– Je crois plutôt qu'il l'a utilisée pour déplacer des objets.

– Il a vraiment du culot ! Où est-il, maintenant ?

– Je n'en sais rien. Il s'est vidé de son énergie, alors je ne peux pas le localiser. Maintenant, arrête de me poser des questions et repose-toi.

Tatiana l'embrassa sur le front, prit le verre vide et fit signe à Coquelicot de sortir de la chambre. La petite fée prit son envol sans répliquer et fonça dans le couloir. Tatiana referma doucement la porte derrière elle. Elle avait fait boire à sa nièce un savant mélange d'herbes énergétiques et anesthésiantes qui calmeraient sa douleur et la feraient dormir pendant plusieurs heures.

Elle descendit l'escalier et sentit tout de suite la présence de Danielle et de Sylvain dans l'entrée. Elle leur ouvrit avant même qu'ils n'aient appuyé sur la sonnette. Le journaliste portait Alexei dans ses bras. Tatiana lui demanda de le déposer sur le canapé du salon, puis passa les mains au-dessus du corps de son frère inconscient.

– Mais qu'est-ce qu'il a fait ? s'enquit-elle, contrariée.

– Si je vous le dis, vous ne me croirez pas, balbutia Danielle.

– Plus rien ne m'étonne, madame Léger.

– Par la seule force de son esprit, Alexei a fait sortir des ossements de la terre, dans la forêt, expliqua Sylvain.

– Des ossements ? s'étonna la guérisseuse. Pourquoi ?

– Le substitut du procureur lui a dit qu'il ne pouvait pas faire emprisonner le Jaguar pour meurtre, parce que les policiers n'avaient pas trouvé les restes de ses prétendues victimes. Alors, Alexei a insisté pour que nous le ramenions à la forteresse, et il a réussi à les retrouver.

– Il n'est pas en train de mourir, n'est-ce pas ? s'angoissa Danielle.

Tatiana lui expliqua que son frère avait abusé de ses forces, mais qu'il s'en remettrait. Elle leur expliqua que, pour l'aider, elle devait procéder à une imposition des mains.

– Si ce qu'il a fait tout à l'heure vous a effrayée, peut-être serait-il préférable que vous partiez.

Danielle hésita, car elle ne voulait pas quitter Alexei. Puisque Sylvain semblait lui aussi décidé à rester, elle s'appuya contre lui pour observer l'intervention de la fée.

Tatiana posa la main droite sur le thorax d'Alexei et sa main gauche sur son front. Ses deux mains s'illuminèrent en même temps, mais l'homme-loup ne réagit pas. La guérisseuse sembla tout de même satisfaite de son traitement.

– Il ne reste plus qu'à lui faire absorber une potion que je vais aller préparer.

– Mais comment faites-vous pour faire naître de la lumière dans vos mains ? voulut savoir Danielle. Alexei fait la même chose.

– C'est l'expression physique d'une énergie qui circule déjà dans notre corps, madame Léger. Les mains sont des antennes qui nous permettent de l'utiliser concrètement. Je vous expliquerai tout ça une autre fois. Pour l'instant, je dois ramener mon petit frère auprès de nous.

– Puis-je vous accompagner ? l'implora Sylvain.

– Mais bien sûr, monsieur Paré.

Sylvain suivit Tatiana pendant que Danielle s'asseyait sur le plancher, près du canapé, pour caresser le visage paisible d'Alexei. Cet homme était si différent de tous ceux qu'elle avait connus qu'elle ne savait plus quoi penser de lui. Il était beau, simple et captivant, mais aussi rebelle et terrifiant. Sa raison lui recommandait de le craindre, mais son cœur l'assurait qu'elle était en sécurité auprès de lui, qu'elle l'avait toujours été.

Sylvain suivit Tatiana dans la bibliothèque en se demandant ce qu'elle pouvait bien vouloir y chercher. La guérisseuse s'approcha d'un rayon et toucha quelque chose sur une des tablettes. Toute la section se déplaça alors sur le côté, révélant l'entrée d'une pièce secrète. Le journaliste suivit la fée en lui demandant si c'était son laboratoire.

– Je préfère l'appeler mon antre de fée. Je l'ai dissimulé parce que la moitié des substances avec lesquelles je travaille sont mortelles. Je ne voudrais pas qu'un visiteur trop curieux s'empoisonne en mon absence.

Le journaliste examina les tablettes chargées de petits bocaux, de poudres et d'autres produits qu'il ne pouvait pas identifier. Du plafond pendaient des herbes et des plantes en train de sécher. Tout en promenant son regard sur les outils en marbre et en pierre qui reposaient sur la table de travail, il demanda à Tatiana comment elle avait appris à différencier les substances mortelles de celles qui étaient inoffensives.

– Me questionnez-vous avec l'intention d'écrire un article, monsieur Paré ?

– Ce n'est pas impossible. Dites-moi comment vous avez appris votre art.

– Il m'a été transmis par une dame, qui l'avait elle-même appris d'un chaman, raconta Tatiana en réunissant plusieurs pots devant elle.

– C'est elle qui vous a montré comment rassembler votre énergie dans vos mains ?

– Non. Elle m'a seulement enseigné à me servir de la nature pour guérir les maladies et renforcer le corps. Elle était herboriste.

– Alors, qui vous a appris à faire briller vos paumes ?

– Ce sont mes tantes, en Russie. Mais je ne désire pas que cette information soit connue du grand public. Il y a eu suffisamment de chasses aux sorcières sur cette planète.

– Je vous donne ma parole que je n'écrirai jamais ce que vous me révélerez à ce sujet.

Sylvain s'approcha de la table en bois, sur laquelle Tatiana avait commencé à mélanger de petites quantités des poudres contenues dans les pots. Cet homme était aussi curieux qu'un reporter pouvait l'être, mais son cœur était sincère. S'il ne l'avait pas été, Tatiana ne l'aurait jamais laissé entrer dans son repaire.

– Alexei et vous êtes-vous les seuls à posséder de tels pouvoirs ? demanda Sylvain.

– Non, toutes les descendantes des fées peuvent en faire autant. Il y en a dans plusieurs pays, mais je ne connais que celles qui me sont reliées par le sang.

– Ces filles naissent-elles nécessairement toutes au sein d'une même famille ?

– Oui, monsieur Paré, et leurs dons se transmettent d'une génération à l'autre.

– Ce qui veut dire que si vous ou Alexei aviez des enfants, ils auraient des pouvoirs magiques, c'est bien ça ?

– Seulement les femmes. Alexanne, qui est la fille de notre frère Vladimir, est une jeune fée en formation. Quant à Alexei, c'est une exception. Il est le premier enfant mâle à être né avec les pouvoirs des fées et plus encore. Lui-même ignore l'étendue de ses facultés.

– Donc, il pourrait maintenant y avoir des garçons qui seraient aussi des fées ?

– La prophétie de nos ancêtres ne mentionne qu'un seul mâle. Alexei est cet enfant. Il a reçu le pouvoir de faire autant le bien que le mal, mais aussi celui d'anéantir toutes les fées.

– Est-ce parce qu'il possédait tous ces dons que le loup l'a choisi ?

– Je crois que mon frère a surtout été malchanceux. Il a vaillamment combattu les instincts meurtriers du loup tout au long de la métamorphose, car son cœur est foncièrement bon.

– Mais en théorie, il a encore le pouvoir de faire le mal, n'est-ce pas ?

– Malheureusement, oui. C'est pour cette raison que nous devons le garder à l'œil, Alexanne et moi. Il est impératif de toujours le ramener dans le droit chemin. Ce serait désastreux, s'il tombait entre de mauvaises mains.

– Comme celles du Jaguar…

– Cet homme l'a rendu si agressif... Je ne voudrais pas le voir s'associer à un autre illuminé du même genre. Je préfère de beaucoup qu'il passe du temps avec des gens aimables et bons comme Danielle et vous.

Lorsque Tatiana eut terminé le mélange, Sylvain voulut savoir ce qu'il contenait.

– Je ne révélerai mes secrets qu'à mon apprentie.

Ils retournèrent dans le salon, où Danielle céda sa place à Tatiana au chevet d'Alexei. La fée souleva doucement sa nuque et approcha le verre de ses lèvres. En lui parlant tout bas, elle réussit à lui faire boire lentement le contenu du verre sans le réveiller.

Elle reposa ensuite sa tête sur le coussin et l'embrassa sur le front, puis déclara aux amis d'Alexei qu'il reviendrait à lui sous peu. Elle les invita alors à déjeuner et demanda à Sylvain de l'aider à préparer le repas. Il accepta sans hésitation, persuadé qu'elle allait continuer à lui confier ses secrets de guérisseuse. Danielle se retrouva donc seule dans le salon avec l'homme-loup.

Chapitre 37
Un karma douloureux

Christian Pelletier et son équipe arrêtèrent leurs véhicules devant les portes de la forteresse, que Sylvain avait pris le soin de cadenasser de nouveau. Afin de suivre les instructions du journaliste, l'inspecteur longea la palissade vers le nord et s'immobilisa en apercevant tous les ossements qui sortaient du sol. Il avait vu beaucoup de scènes de crime depuis le début de sa carrière, mais jamais rien de semblable. En arrivant derrière lui, les policiers demeurèrent bouche bée. Reprenant son sang-froid, Christian les secoua en s'aventurant lui-même au milieu des restes humains.

– Commencez par prendre des photographies, ordonna-t-il, puis creusez. Essayez de garder ensemble les os qui vous semblent appartenir à un même squelette.

Il retira ensuite son téléphone de sa poche de veston et appela son ami journaliste.

– Sylvain, je suis arrivé à la forteresse, et on dirait qu'une meute de loups s'est amusée à déterrer des cadavres.

– Ce n'est pas très joli, mais je pense que vous y trouverez tout ce que vous cherchez.

– Pourquoi êtes-vous retournés près de la forteresse, même si vous saviez que nous en étions revenus bredouilles ?

Comme il ne voulait pas lui parler tout de suite des pouvoirs d'Alexei, Sylvain lui raconta qu'il avait amené l'ancien disciple sur la montagne, afin de raviver sa mémoire quant à l'endroit où les victimes du Jaguar étaient enterrées. Alexei s'était instinctivement dirigé dans la forêt en longeant les palissades, lorsqu'un violent tremblement de terre avait secoué la région.

– Ce qui a fait remonter les os à la surface, comprit Christian.

Semblant se contenter de cette explication, le policier promit à Sylvain de le rappeler dès que des tests auraient été effectués sur ces restes. Il raccrocha en fronçant les sourcils, car les tremblements de terre au Québec n'avaient jamais fait remonter de cimetière entier à la surface.

***

Dans le salon, chez les Kalinovsky, Danielle était assise sur le plancher et observait toujours le visage d'Alexei. Encore inconscient, il reposait sur le canapé. Plus elle passait de temps avec l'homme-loup, plus elle était amoureuse de lui. Contrairement à Frédéric, Alexei était d'une franchise désarmante. Il avait une attitude inquisitrice devant la vie. Même s'il ne savait pas comment se comporter en société, au moins cette dernière ne l'avait-elle pas encore corrompu. Alexei se mit alors à battre des paupières en cherchant à s'orienter. Danielle prit doucement sa main.

– Où suis-je ?

– Nous t'avons ramené chez ta sœur.

Il chercha à se souvenir des événements qui avaient précédé sa perte de conscience. L'image des tombes dans la forêt apparut dans son esprit. Il avait trouvé l'endroit où les victimes du Jaguar avaient été enterrées. Le procureur serait maintenant obligé de l'écouter.

Danielle continua de caresser son visage en se laissant séduire par ses yeux bleu azur.

– J'ai vraiment eu peur pour toi, Alex.

– Pour moi ? Mais je n'ai jamais été en danger.

– Tu as dépensé tellement d'énergie que j'ai cru que tu allais mourir.

– Je suis bien plus résistant que ça, affirma-t-il avec un sourire moqueur.

Danielle effleura ses lèvres d'un baiser.

– Pourquoi ? demanda-t-il en s'esquivant.

– Parce que je crois que je t'aime...

– Après ce que tu viens de me voir faire dans la forêt ?

– Tu as utilisé ton pouvoir de télékinésie pour faire remonter les restes des victimes du Jaguar à la surface de la terre. Sylvain dit que tu n'es pas la seule personne à faire bouger des objets en n'utilisant que la force de ton esprit.

– Alors, tu n'as pas peur de moi ?

– Non, même si je ne comprends pas comment tu fais briller tes mains. En fait, les petits points lumineux m'ont beaucoup manqué ces derniers jours.

Alexei baissa les yeux, embarrassé. Danielle voulut l'embrasser une seconde fois, mais il se déroba en pensant au karma qui l'attendait s'il cédait à ses désirs. Il avait beaucoup trop souffert à cause d'elle dans ses autres vies.

– Je croyais que tu partageais mes sentiments, Alex.

– Je t'aime beaucoup moi aussi, mais nous ne sommes pas de la même caste, s'affligea-t-il. Nous ne l'avons jamais été.

– Qu'est-ce que c'est que cette histoire de caste ?

– Je n'ai jamais été assez bien pour toi, même dans mes autres vies.

– Je t'en prie, ne dis pas ça.

– Je ne comprends pas pourquoi il en est toujours ainsi. Peut-être que c'est une punition. Tu ne sais pas à quel point je souffre de toujours être séparé de toi.

– Alex...

– C'est comme si je vivais dans une bulle d'où je peux te regarder, mais jamais te toucher.

Se rendant compte qu'il lui en avait dit plus long qu'il n'aurait dû le faire, Alexei voulut libérer sa main, mais Danielle la serra davantage dans la sienne.

– C'est juste une impression, avança-t-elle pour le rassurer.

– Tu vis en ville avec des gens instruits, alors que moi...

Elle mit sa main sur sa bouche pour le faire taire.

– Je ne te laisserai pas te rabaisser, parce que tu es l'homme le plus merveilleux au monde.

« Elle ne se souvient donc de rien », comprit Alexei. Il ôta la douce main de Danielle posée sur ses lèvres.

– Et toi, tu es la personne la plus lumineuse que je connaisse...

Danielle se faufila entre ses bras et le serra contre elle en silence, jusqu'à ce que Tatiana convie ses invités à table. Contente de trouver son frère conscient, elle l'aida à se lever et évalua le niveau de sa force vitale.

– Je vais bien, grommela Alexei en se défaisant d'elle.

Il se dirigea vers le corridor sous le regard découragé de Danielle.

– Soyez patiente, lui chuchota Tatiana. Il ne connaît pas son propre cœur.

Sylvain fut surpris de voir Alexei entrer dans la cuisine et s'asseoir à table.

– Je suis parfaitement remis, affirma ce dernier.

« Vraiment fascinant, ce fils de fée », pensa Sylvain en posant les bols à salade sur la table.

Danielle et Tatiana rejoignirent les hommes quelques secondes plus tard. Ils mangèrent d'abord en silence, puis Sylvain demanda à Danielle si elle rentrait à Montréal après le repas.

– Je veux y aller aussi, leur fit savoir Alexei.

– Il serait préférable que tu te reposes, conseilla le journaliste.

– Mais j'ai des preuves, maintenant. Je veux revoir le procureur.

Danielle tenta de lui expliquer que Frédéric avait un horaire chargé et qu'il ne pouvait pas recevoir quelqu'un à l'improviste. Alexei insista cependant pour qu'elle l'appelle sur-le-champ et lui dise qu'il voulait terminer sa rencontre avec lui. Évidemment, elle fut incapable de lui résister.

Lorsque Danielle fut prête à partir, Tatiana lui remit un petit sac en plastique contenant huit balles de fusil, ainsi qu'un pot contenant un liquide étrange.

– Ce sont les projectiles que j'ai extraits du dos d'Alexei et un remède naturel pour votre foie. Buvez-en un verre tous les matins.

Danielle embrassa la guérisseuse sur la joue avec gratitude et lui jura de veiller sur son frère. Mais elle n'avait pas besoin de lui faire cette promesse. Tatiana connaissait déjà ses sentiments pour Alexei.

Chapitre 38
Babylone

Sylvain s'installa au volant de la voiture de Danielle, qui se sentait trop lasse pour conduire. Ils venaient à peine de se mettre en route qu'Alexei exprima le désir de retourner à la forteresse avant de rentrer en ville. Sylvain voulut évidemment savoir pourquoi, tandis que Danielle était plutôt inquiète à l'idée qu'il puisse encore faire trembler la terre et en faire sortir d'autres horreurs.

– Je veux juste vérifier quelque chose.

– Les policiers n'aiment pas vraiment que les civils s'approchent des endroits où ils font des fouilles, Alex, l'informa Sylvain. Et ils sont probablement encore là, en ce moment.

Mais l'homme-loup ne voulut rien entendre. Ils se dirigèrent donc vers la montagne, au lieu d'emprunter l'autoroute. Le journaliste arrêta la voiture parmi les véhicules de police stationnés devant les grandes portes. Alexei, qui comprenait maintenant bien le fonctionnement des poignées d'une voiture, ouvrit sa portière et bondit en direction de la forêt. Sylvain et Danielle s'élancèrent derrière lui.

Les mains sur les hanches, Christian observait le travail de ses hommes en essayant toujours de comprendre comment un simple tremblement de terre avait déplacé des ossements enterrés six pieds sous terre. Il vit alors Alexei surgir de la forêt et lui barra la route.

– Alexei, tu ne peux pas rester ici, l'avertit-il en s'efforçant d'adopter un ton amical.

– Je veux seulement m'assurer que vous avez trouvé Babylone.

– Qui ?

– C'est le premier disciple qui a été exécuté sous mes yeux. Il est enterré au pied de l'arbre là-bas, à côté de celui qui tient la caméra.

Danielle et Sylvain arrivèrent sur les lieux au moment où Christian ordonnait à deux de ses hommes de fouiller le sol à l'endroit que leur pointait Alexei. Ils se penchèrent au pied du gros chêne et dégagèrent quelques ossements, dont un crâne au front fracassé, qu'ils apportèrent à leur chef.

– C'est lui ? demanda Christian, incertain.

– Oui, affirma Alexei avec soulagement.

– Et comment le reconnais-tu ?

– Il y a un trou dans son front. C'est là que le Jaguar a appuyé son pistolet. Est-ce que je peux l'avoir ?

– Quoi ? s'horrifia Danielle, les yeux rivés sur le crâne abîmé.

– Je veux l'apporter au procureur.

– Tu ne peux pas prendre quoi que ce soit ici, l'avertit Christian. Ce sont des pièces à conviction. Il n'y a que les policiers et les avocats qui peuvent les manipuler.

– Mais je veux seulement le crâne de Babylone. Ils peuvent prendre tout le reste.

– Alex, je crois comprendre tes intentions et je ferais probablement la même chose que toi si la loi nous le permettait, mais ce n'est pas le cas, intervint Sylvain.

– Quelqu'un pourrait-il m'expliquer ce qui se passe, parce que moi, je n'y comprends rien ? exigea Christian.

– Frédéric Desjardins a été arrogant avec Alexei ce matin, l'éclaira son ami journaliste. Il lui a dit qu'il ne condamnerait le Jaguar que s'il voyait les restes de ses victimes, alors…

Afin de rassurer Alexei, Danielle ouvrit son sac à main et en retira le petit sac en plastique que Tatiana lui avait remis.

– Voici les balles que les disciples lui ont tirées dans le dos, fit-elle en les remettant à Christian. Tu n'as qu'à vérifier qu'elles ont bel et bien été tirées par les fusils que vous avez trouvés.

– Pour obtenir une mise en accusation, il faudra aussi identifier ces ossements, les avertit Christian.

– Est-ce que je peux avoir le crâne de Babylone ? exigea encore l'homme-loup.

– Non, Alex, soupira Danielle. C'est la police qui doit apporter ces preuves à Frédéric sous la forme d'un rapport, soit un document écrit énumérant tout ce qui a été trouvé ici.

– Mais ce n'est que du papier ! se fâcha Alexei. Il doit voir avec ses yeux ce que le Jaguar a fait !

– Il verra les photos, précisa Sylvain.

– Ce n'est pas la même chose !

– Je suis désolé, Alex, mais c'est la procédure.

Christian comprenait la déception de cet ancien disciple. Lui-même rêvait depuis longtemps de remettre Desjardins à sa place, car il avait souvent été la cible de ses sarcasmes lorsqu'il avait déposé ses rapports d'enquête ou qu'il les avait présentés à la cour lors de plusieurs procès.

– Alex, je connais une autre façon de secouer Desjardins, fit-il. Aide-moi à comprendre ce qui s'est passé dans cette forêt. Dis-moi ce que tu sais au sujet de ces enterrements.

L'homme-loup respira profondément pour se calmer.

– Habituellement, ils enterraient les restes le lendemain des exécutions, avant que tout le monde se lève, mais ils ont agi autrement pour Babylone. Je ne sais pas pourquoi. Le Jaguar l'a assassiné et l'a tout de suite fait enterrer ici. J'imagine qu'il ne devait pas être comestible.

– Quoi ? s'horrifia Danielle.

Tous s'étaient tournés vers l'homme-loup, même les policiers qui creusaient sous les projecteurs. Christian ouvrit la bouche pour questionner Alexei, mais aucun mot n'en sortit.

– Le Jaguar mangeait de la chair humaine ? demanda Sylvain à sa place.

– Toute la communauté…

– Pourquoi ne pas nous l'avoir dit avant ? éclata finalement Christian, scandalisé.

L'éclat du policier pénétra dans l'énergie d'Alexei comme la lame glacée d'un poignard. La répulsion qu'il ressentait de la part de tous ceux qui l'entouraient le déstabilisa.

– Tous les gens qui ont été enterrés ici ont-ils été dévorés ? poursuivit Christian.

Avant de devenir lui-même un suspect, Alexei rebroussa chemin en direction des voitures. Sylvain fut le premier à réagir. Il le poursuivit jusqu'à la voiture de Danielle. Les mains appuyées sur le capot, des larmes coulaient silencieusement sur les joues de l'ancien disciple.

– Je n'ai jamais voulu manger personne ! hurla-t-il. J'ai été aspergé de sang, battu et jeté au cachot parce que je refusais de le faire !

– Qui dépeçait les corps des victimes ?

– Le Jaguar lui-même, au cours d'une grande cérémonie. Il voulait que j'apprenne à le faire moi aussi, mais je ne le voulais pas.

Alexei s'éloigna en cachant son visage dans ses mains, en proie aux souvenirs les plus horribles de son passé. Danielle et Christian arrivèrent près de Sylvain, qui leur révéla ce qu'il venait d'apprendre. L'inspecteur prit bonne note de ces nouvelles accusations et demanda à son ami journaliste de continuer à faire parler Alexei, s'il le pouvait. Sylvain promit de le rappeler au cours de la soirée pour lui donner des nouvelles.

Chapitre 39

Enfin des preuves

Alexei s'était enfoncé dans la banquette arrière de la voiture et regardait ses pieds. Il était si profondément plongé dans ses souvenirs que la longue route en direction de Montréal ne l'indisposa pas. Danielle le fit monter à sa chambre d'hôtel, et Sylvain Paré rentra chez lui, sur la Rive-Sud. La jeune femme loua un film pour divertir Alexei, mais il ne porta aucune attention à la télévision.

Danielle aurait tellement voulu le serrer dans ses bras pour le rassurer, mais son attitude distante des dernières heures lui recommandait la prudence. Elle se mit donc à le questionner sur son enfance et son adolescence. Toutefois, Alexei lui fit vite comprendre qu'il n'avait pas envie de parler. Elle lui souhaita donc bonne nuit et le quitta vers onze heures. Il ne leva même pas les yeux vers elle.

Dans sa chambre, de l'autre côté du couloir, Danielle se déshabilla, s'allongea sur son lit, mais fut incapable de trouver le sommeil. Les propos d'Alexei au sujet des castes différentes auxquelles ils appartenaient, ainsi que sa résignation devant son sort continuaient à la hanter cruellement. Alexei connaissait ses vies antérieures, mais cela ne lui donnait pas le droit de les utiliser pour l'éloigner de lui. Elle tourna sur elle-même dans son lit pendant une heure, exaspérée de ne pouvoir faire taire ses pensées, puis se redressa vivement, certaine que quelqu'un se trouvait dans sa chambre. Cinq points lumineux apparurent alors à quelques pas de son visage.

– Alexei…

S'il était incapable de lui avouer ouvertement son amour, Danielle comprit qu'il partageait ses sentiments. Elle s'empara de la carte magnétique qui donnait accès à la chambre d'Alexei et le trouva allongé sur son lit, sa main lumineuse levée devant lui. Elle grimpa sur lui et appuya ses doigts sur les siens, captant immédiatement la profondeur de ses émotions.

– Pourquoi n'arrives-tu pas à me dire ça avec des mots ?

Elle se pencha sur Alexei et l'embrassa tendrement. Il mit fin au contact magique de leurs mains et referma les bras sur elle. Ils firent alors l'amour en oubliant que tout l'univers s'opposait à leur relation. Danielle n'avait jamais connu une telle ivresse des sens, ni avec son premier mari ni avec Frédéric. Alexei était un amant à part, à l'écoute des moindres états d'âme de l'autre. Cette nuit-là, Danielle comprit qu'il était l'homme dont elle avait toujours rêvé, et décida qu'elle voulait passer le reste de sa vie à ses côtés.

Le lendemain matin, la jeune femme quitta la chambre d'Alexei à regret pour aller s'habiller. Ils étaient convenus de rencontrer Sylvain à huit heures au restaurant de l'hôtel. Danielle devant aller s'occuper d'un dossier urgent au bureau, ce dernier accompagnerait l'homme-loup chez le procureur. Mais au lieu du journaliste, ce fut Christian Pelletier qui se présenta au point de rencontre.

– Où est Sylvain ? demanda Danielle.

– Il a eu une urgence familiale, répondit le policier.

Ce qui revenait à dire que sa femme était une fois de plus en état de crise et qu'elle n'avait pas voulu le laisser partir de la maison. Puisque Christian était le meilleur ami du journaliste et qu'il avait un certain intérêt dans ce dossier, il avait accepté de s'occuper d'Alexei.

– Sylvain vous a spécifié que ce n'était que pour la matinée ?

– Oui, madame, affirma le policier avec un sourire. Je vous ramènerai votre protégé à temps pour le déjeuner.

Danielle embrassa Alexei sur la joue et lui chuchota quelque chose à l'oreille. Christian se demanda quelle était la nature de leur relation, car il savait que cette belle dame fréquentait assidûment le substitut du procureur général. Lorsque Danielle fut partie, l'homme-loup fixa intensément Christian en le sondant à l'aide de ses sens invisibles. Contrairement à Frédéric, les pensées et les intentions du policier étaient claires comme de l'eau de roche. Il voulait sincèrement lui venir en aide.

– J'ai une surprise pour toi ce matin, mon homme, annonça Christian avec des étincelles espiègles dans les yeux.

Alexei comprit que c'était quelque chose qui ferait enrager Desjardins.

– Mange un peu, puis nous nous mettrons en route.

L'homme-loup avala quelques fraises, des bleuets et but du jus de pomme. Christian l'observa avec ses yeux de policier qui enregistraient tout. La veille, Sylvain lui avait beaucoup parlé de ce fils d'immigrant russe qui ne ressemblait pas aux autres hommes. Alexei avait vécu à la campagne toute sa vie. Il n'avait pas développé de dépendance à l'égard des gadgets de la vie moderne, dont le reste de la population ne pouvait plus se passer. Il lui avait aussi révélé qu'il avait des dons de télépathie et de télékinésie incroyables. Christian, même s'il n'était pas encore certain de croire à ces trucs bizarres, avait bien hâte de voir l'homme-loup à l'œuvre. « Chaque chose en son temps », pensa-t-il.

Il emmena Alexei chez le substitut du procureur général, qui ne fut pas très content de constater que l'inspecteur

Pelletier l'accompagnait. Frédéric n'aimait pas ce policier et ses méthodes expéditives.

Utilisant son influence auprès de son chef, Christian avait réussi à retirer des pièces à conviction le crâne de Babylone et les balles de fusil. Dans l'ascenseur, tandis qu'ils montaient vers l'étage, où se trouvait le bureau du représentant de la justice, il les remit à Alexei en lui disant de s'en servir comme bon lui semblait.

– Merci, Christian.

– Je ferais n'importe quoi pour voir Desjardins rougir de colère comme un thermomètre.

La secrétaire les fit entrer dans le bureau de l'avocat, qui servit aussitôt à l'inspecteur un regard meurtrier. Avant que le procureur n'ait pu ouvrir la bouche, l'homme-loup déposa sur sa table de travail les sacs en plastique transparents numérotés contenant les balles de fusil.

– Voici la preuve qu'on a tiré sur moi, fit Alexei, triomphant.

– Des balles, on peut s'en procurer n'importe où, monsieur Kalinovsky.

– Celles-là proviennent des fusils que nous avons saisis à la forteresse sur la montagne, précisa Christian. Je vous enverrai bientôt le rapport des experts, ainsi qu'une attestation signée par la personne qui les a extraites de la peau d'Alexei.

Le procureur commença à s'empourprer. L'homme-loup sortit alors d'un sac en papier un crâne fracassé, qu'il déposa près des balles.

– Le Jaguar a exécuté cet homme devant moi, ajouta l'homme-loup.

– Où l'as-tu eu ? demanda Frédéric sur un ton cassant.

– Il était enterré dans la forêt, non loin des palissades.

– Et je suppose que tu les as déterrés toi-même ?

– Non, répondit Christian. Il s'est rappelé l'endroit où le Jaguar l'avait fait enterrer avec une vingtaine d'autres personnes. C'est un tremblement de terre qui a fait remonter tous ces restes à la surface. Mon équipe n'a eu qu'à les cueillir et à les transporter chez le coroner.

– Un tremblement de terre ? répéta le procureur, incrédule.

Il était profondément enfoncé dans son gros fauteuil en cuir et fixait le crâne avec colère.

– Est-ce que c'est suffisant pour que le Jaguar soit pendu ? voulut savoir Alexei.

– La peine de mort a été abolie dans ce pays il y a longtemps, monsieur Kalinovsky. Et avant que nous puissions accuser officiellement monsieur Robin de ces meurtres, il faudrait que nous puissions les relier à ces pièces à conviction.

– Vous recevrez le rapport du coroner dans les prochains jours, déclara Christian, ainsi que celui des experts en balistique.

– Et celui des fouilles effectuées par la police ? exigea Frédéric en décochant un regard méprisant au policier. Je dois m'assurer que ces fouilles soient en règle.

– Je vous livrerai mon rapport en mains propres, maître Desjardins.

Alexei promena son regard du visage agacé de Frédéric au sourire moqueur de Christian en se demandant ce qui poussait ces deux hommes à s'affronter de la sorte.

– Et j'aurai également besoin du témoignage sous serment de monsieur Kalinovsky au sujet de ce qui se passait dans la secte, ajouta le procureur en reportant son regard glacé sur Alexei.

– Mais c'est ce que je voulais faire hier.

– Hier, nous n'avions pas ces preuves.

– Elles ne changent rien à ce que j'ai vu.

Frédéric poussa un soupir d'agacement qui étira davantage le sourire de Christian. Ce dernier se délectait chaque fois que le procureur s'enlisait.

– J'imagine que nous pourrions commencer à prendre votre déposition cette semaine, soupira le procureur comme si cela allait nécessiter un effort considérable de sa part.

– Si votre horaire ne vous permet pas de vous en occuper dès aujourd'hui, maître Desjardins, la police peut fort bien s'en charger et vous en remettre une transcription complète.

– Pourquoi pas, monsieur Pelletier, railla Frédéric, si vous n'avez rien de mieux à faire ?

– Je m'assurerai que vous puissiez lire la déposition de monsieur Kalinovsky en même temps que le reste des rapports. De cette façon, vous aurez enfin une image complète du dossier.

Frédéric ne répliqua pas et se contenta de fixer le policier avec mépris, car il n'appréciait pas qu'on lui dise comment faire son travail. Christian étira le bras et reprit le crâne et les balles.

– Je serai également présent lors de l'audition pour le cautionnement de monsieur Robin, ajouta le policier. J'ai l'intention de dire au juge que je considère que cet homme est beaucoup trop dangereux pour être remis en liberté jusqu'à son procès.

– En vous fondant sur le seul témoignage de monsieur Kalinovsky ? fit mine de s'étonner le procureur. Aucun autre disciple n'a accepté de corroborer sa version des faits.

– Je lui remettrai une copie de sa déposition, et il constatera par lui-même qu'il a affaire à un monstre.

Le visage de Frédéric était maintenant cramoisi. Alexei tenta de le sonder, mais il se heurta à une obscure muraille, ce qui ne lui était jamais arrivé. Il ne comprenait pas pourquoi il ne pouvait capter les émotions du procureur.

– Nous vous remercions de nous avoir accordé quelques minutes de votre temps, maître Desjardins, fit Christian en se levant.

Alexei n'ajouta rien. Il suivit le policier vers la porte, puis dans le long couloir.

Chapitre 40
Un talent utile

Puisqu'il s'était rendu plusieurs fois aux bureaux du substitut du procureur, Christian mena Alexei tout droit à la réception, puis aux ascenseurs. L'ancien disciple y entra avec réticence et s'appuya contre le mur en essayant de se calmer.

– Tu n'aimes vraiment pas les hauteurs, toi, le taquina Christian.

– Pas du tout…

– Nous sommes presque arrivés en bas. Tiens bon.

– Et toi, tu n'aimes vraiment pas le procureur.

– Pas du tout, affirma le policier. En fait, je n'ai aucune sympathie pour ceux qui prennent toute la gloire sans jamais se salir les mains. Ce sont mes hommes qui font le travail, mais Desjardins qui joue à la vedette devant le jury et qui se retrouve dans les journaux. On dirait qu'il ne te porte pas dans son cœur non plus, Alexei.

– Il est jaloux de tous les hommes qui s'intéressent à Danielle.

– A-t-il raison d'être jaloux de toi ?

– Oui, répondit l'homme-loup sans le moindre embarras.

– Est-ce qu'il se passe des petites choses secrètes entre elle et toi ?

– Il s'en est passé beaucoup hier.

Christian s'esclaffa, mais vit l'air outragé d'Alexei.

– Ce n'est pas ta folle nuit d'amour avec la plus belle femme au monde qui me fait rire. C'est ta franchise que je trouve rafraîchissante. La plupart des hommes m'auraient répondu « non ». Desjardins sait-il que tu couches avec sa copine ?

– Non. Faut-il que je lui en parle ? fit Alexei avec l'innocence d'un enfant.

– Éventuellement, mais je te conseille d'attendre après le procès. Ce serait d'ailleurs encore mieux si c'était Danielle qui le lui annonçait. D'ici là, tu as beaucoup de choses à me raconter, mon homme.

* * *

Au même moment, dans les Laurentides, Alexanne venait de se réveiller, surprise que le matin soit déjà là. Elle s'habilla en faisant attention à ne pas faire de pression sur son ventre sensible et descendit à la cuisine.

– Bonjour, tante Tatiana. Pourquoi ne m'avez-vous pas réveillée, hier ?

– Quand je suis allée te voir, tu dormais comme un ange.

– Pourquoi ai-je l'impression qu'Alexei était ici il y a quelques heures à peine ? Est-ce mon pouvoir de ressentir qui m'en informe ?

– Oui, ma soie. Il te permettra désormais de le localiser si tu en as envie ou de le ressentir lorsqu'il est passé quelque part.

– Comme une espèce de chien de chasse psychique, donc ?

– Je préfère comparer cela avec le système d'écholocation du dauphin, mais c'est ton choix.

Après un copieux petit déjeuner, Tatiana aida la jeune fée à développer ce nouveau pouvoir. Elle la fit asseoir sur le fauteuil à bascule, lui demanda de respirer profondément, puis de localiser son oncle de façon spontanée. Alexanne ferma les yeux et prit une bonne inspiration. Elle fut instantanément assaillie par l'énergie étourdissante de tous les gens qui se trouvaient en présence d'Alexei à Montréal. L'adolescente ouvrit les yeux et s'accrocha au bord de la table pour ne pas tomber sur le plancher.

– Est-ce qu'il a pris de la drogue ? s'exclama Alexanne, effrayée.

– Pas du tout, affirma Tatiana, amusée. Tu l'as repéré au milieu de milliers de gens, qui ont provoqué de l'interférence sur tes nouvelles antennes.

Elle lui proposa donc un nouvel exercice. Pour lui rendre la tâche plus facile, elle lui demanda de limiter l'étendue de ses recherches à leur propriété en établissant ses propres repères, comme l'énergie de certains arbres ou de certaines plantes. Alexanne laissa errer son esprit et jalonna patiemment toute la propriété de sa tante avec des balises invisibles.

– Magnifique, s'émerveilla la guérisseuse.

– Et ce n'est même pas difficile, s'étonna l'adolescente.

– Je comprends que tu sois pressée d'accroître tes pouvoirs, mais ne néglige pas les anges, Alexanne.

– C'est vrai que je ne leur ai pas consacré beaucoup de temps récemment, mais je vais me rattraper, je vous le promets.

– Ce n'est pas à moi qu'il faut le promettre.

« Elle a raison », pensa Alexanne. Son oncle avait tellement occupé d'espace dans sa vie, qu'elle avait oublié ses meilleurs alliés. Elle décida donc d'aller leur écrire une lettre avant de poursuivre ses exercices.

* * *

L'inspecteur Pelletier conduisit d'abord Alexei à la morgue, où les ossements des victimes avaient été déposés sur une vingtaine de civières, même si les experts n'étaient pas encore certains qu'ils appartiennent à autant de disciples. Il plaça le crâne défoncé sur celle du prétendu Babylone.

– Pourquoi m'as-tu emmené ici ? s'étonna Alexei.

– Pour voir si tu peux identifier d'autres victimes. J'espérais que tu aies un choc en apercevant ces squelettes, et que ta mémoire se remettrait en marche une fois de plus.

Alexei marcha entre les civières en examinant les os jaunis. Il s'arrêta finalement devant les restes de Babylone.

– À quoi ressemblait-il quand il était vivant ? voulut savoir Christian.

– Avec du papier et un crayon, je pourrais te le montrer.

« Pourquoi pas ? » songea le policier. Il laissa l'homme-loup seul dans la pièce, pendant qu'il allait chercher du matériel de dessin. Alexei continua à examiner les civières une à une. Il mit la main sur un fémur en fermant les yeux. Une image se forma aussitôt dans son esprit. Il sut qu'il s'agissait d'Antarès, une jeune femme de la secte, qui priait souvent seule dans la grande salle de la forteresse. Christian remarqua la tristesse d'Alexei lorsqu'il revint finalement à la morgue.

– C'est Antarès…

– Comment le sais-tu ?

– Son visage est apparu dans mes pensées.

– Tu n'as qu'à toucher un os pour l'identifier ? s'étonna Christian.

Alexei prit la tablette et le crayon de ses mains et dessina le visage d'une jeune femme dans la vingtaine.

– Antarès était l'une des préférées du Jaguar. Il l'a tuée parce qu'elle ne voulait plus coucher avec lui.

– Tu es drôlement bon en dessin, toi, constata le policier en contemplant l'illustration. Pourquoi s'appelait-elle Antarès ?

– Personne ne portait son vrai nom dans la secte.

– Et toi, c'était quoi ?

– Mikal.

Christian écrivit ANTARÈS sous le dessin, arracha la page et la déposa sur les restes de la jeune femme.

– Pourrais-tu refaire la même chose pour chaque civière ?

– Oui, mais ça ne te fournira pas leurs véritables noms.

– Je vais faire paraître tes croquis dans les journaux et demander à la population de nous donner un coup de main. Je parie qu'on découvrira aussi leurs certificats de décès falsifiés dans les registres de la province.

– Le Jaguar sera-t-il reconnu coupable de les avoir tués ?

– Si notre ami, le substitut du procureur général, fait son travail, oui, il sera accusé de meurtres. Mais nous ne sommes pas encore arrivés à cette étape. Je ne veux pas te forcer à nous fournir ces dessins, mon homme, mais ça nous donnerait un sérieux coup de main.

Alexei se mit au travail sans se plaindre. Il dessina d'abord le visage de Babylone. Christian haussa les sourcils en voyant apparaître les traits du disciple sur le papier. « J'ai tenu son crâne dans mes mains il y a à peine quelques minutes », se rappela-t-il. Cet homme aux yeux de loup possédait un pouvoir prodigieux qui allait faciliter le travail de la police.

Infatigable, l'homme-loup s'approcha d'un autre squelette. Il posa la main sur un os et entra immédiatement en transe. Au bout de quelques secondes, il mit fin au contact et se mit à noircir une autre feuille. « Incroyable », s'émerveilla le policier. Il le regarda dessiner les victimes du Jaguar toute la matinée et en oublia l'heure.

Chapitre 41
La déposition

Assise à sa table de travail, Danielle jeta un coup d'œil à sa montre. Il était presque deux heures, et elle n'avait reçu aucune nouvelle d'Alexei. Elle demanda donc à Chloé si elle avait reçu un appel pendant qu'elle était au téléphone avec un autre client.

– Ça t'inquiète de ne pas savoir où est Alexei ? Est-ce que tu es en train de tomber amoureuse de ton beau Russe ?

– Je n'en sais rien… et il n'est pas russe, il est né ici.

– Je croyais que tu étais follement amoureuse de Frédéric Desjardins.

– Disons que depuis quelque temps, mes sentiments sont confus.

– Tu n'es pas censée t'attacher à tes clients, Danielle.

– Je connais les règlements, et c'est la première fois que ça m'arrive. Peut-être devrais-je demander à Robert de s'occuper de son dossier à ma place.

Le téléphone sonna, et Danielle s'empara du combiné. Chloé vit aussitôt le visage de sa patronne se détendre lorsque celle-ci reconnut la voix de l'inspecteur Pelletier.

– Je suis désolé d'appeler si tard, s'excusa le policier, mais je ne pouvais plus arrêter Alexei.

– L'arrêter de faire quoi ?

– Il n'a qu'à poser la main sur un os pour savoir à qui il a appartenu et il est même capable de dessiner le visage de cette personne ! Si je ne l'avais pas vu moi-même, je ne l'aurais jamais cru !

– Puis-je aller le chercher, maintenant ?

– Je n'ai pas encore eu le temps de prendre sa déposition, alors si vous me le laissez encore quelques heures, je pourrais vous le rendre en fin d'après-midi.

– Je croyais que c'était le procureur général qui devait recueillir son témoignage.

– Il n'a malheureusement pas trouvé d'espace dans son emploi du temps pour le faire lui-même. Si vous voulez mon avis, il est préférable que ce soit mon service qui s'en charge, puisque monsieur Kalinovsky semble inspirer de l'aversion à maître Desjardins.

– À un point tel que je devrais m'adresser à son patron pour qu'il lui retire le dossier ?

– Pas si nous le surveillons de près.

– Merci de vous occuper de lui, inspecteur.

– C'est à moi de vous remercier, madame Léger. Je n'ai pas eu autant de plaisir depuis des années.

Danielle raccrocha, tout de même inquiète d'avoir appris que la jalousie de Frédéric pourrait l'empêcher d'obtenir justice pour Alexei et pour tous les autres disciples du Jaguar.

* * *

Christian fit asseoir l'homme-loup devant son pupitre, sur lequel des centaines de documents étaient empilés un peu partout. Le policier prit place sur l'autre chaise et non derrière le gros meuble encombré, pour lui inspirer davantage confiance. « Une technique tout à fait anti-Desjardins », pensa-t-il avec amusement. Alexei lut dans ses pensées et sourit lui aussi. Le policier pointa le magnétophone.

– Je suis censé recueillir les témoignages à la main,

mais je suis paresseux et je trouve que ça retarde le processus, alors j'enregistre le tout et je le fais retranscrire.

– Sylvain aussi a une machine qui se souvient des mots.

– C'est un outil très utile pour les journalistes comme pour les policiers. Contrairement à mon copain de Sainte-Julie, je n'ai pas l'intention d'écrire un article sur la secte, alors je n'ai pas besoin des petits détails de sa vie quotidienne. Ce que je veux entendre, ce sont les infractions criminelles, tout ce qui peut incriminer le Jaguar de quelque façon que ce soit.

Alexei se recueillit un instant, puis vida son sac. Il raconta avoir été agressé sexuellement par le Jaguar quand il était enfant, jusqu'à ce qu'il se rebelle. Il n'avait assisté à aucune exécution avant l'âge de quinze ans, mais il avait souvent entendu des coups de feu dans la cour. Curieusement, des disciples disparaissaient régulièrement sans laisser de trace. Lorsqu'il avait questionné ses aînés à ce sujet, il s'était heurté à un mur de silence. L'ancien adepte lui dit aussi que lorsqu'il avait commencé à tenir tête au Jaguar, ce dernier s'était montré plus violent vis-à-vis des autres membres de la secte, avant de s'en prendre à lui.

– Il enrageait quand je refusais de faire quelque chose.

– Assez pour tuer quelqu'un ?

– Oui. Babylone est mort comme ça.

– Explique-moi ce qui s'est passé.

– Je venais de sortir du cachot, où j'avais passé trois jours sans manger. Le Jaguar pensait que je m'excuserais de n'avoir pas voulu réciter les prières sacrées, mais j'ai refusé de lui demander pardon. Il m'a traîné dans le temple par les cheveux et il m'a forcé à m'asseoir devant lui, mais je suis resté silencieux malgré toutes ses menaces. Alors, quand Babylone est arrivé en retard, il s'est vengé sur lui.

– Pourquoi ne s'en est-il pas pris à toi ?

– Parce qu'il voulait que je lui succède un jour.

– Même si tu étais insoumis ?

– Il était convaincu qu'il finirait par me mater et il avait vu ce que je pouvais faire avec mes mains. Il ne voulait pas les abîmer.

– C'est donc pour ça que toi, malgré toutes tes désobéissances, tu n'allais qu'au cachot ?

– Il cherchait une façon de me voler mes pouvoirs, mais ça ne fonctionne pas comme ça.

Christian aurait bien aimé l'interroger davantage au sujet de ses mains et de ses facultés, mais il était préférable que cette information n'apparaisse nulle part dans sa déposition. Il recentra donc la conversation sur les actes de violence dont le jeune rebelle avait été témoin, surtout les viols, les voies de fait et les meurtres. Alexei lui raconta tout ce qu'il avait vu. Mais lorsque Christian lui posa des questions concernant les actes de cannibalisme, l'homme-loup fit reculer sa chaise, effrayé.

Ce n'était pas la première fois que le policier interrogeait un témoin terrorisé. Il s'arma de patience et parvint à calmer ses craintes, mais c'est en pleurant qu'Alexei lui raconta que les disciples avaient été obligés de manger la chair de Rigel et de Samarie, deux des disciples dont les ossements se trouvaient à la morgue.

– Je n'ai jamais voulu manger de la chair humaine, même si le Jaguar prétendait que c'était la volonté de Dieu. Mon instinct me disait que c'était mal.

– Et ton entêtement t'a valu d'autres mauvais traitements...

– Je finissais au cachot ou sous le fouet, peu importait ce que je faisais.

Pelletier voulut alors savoir si le Jaguar avait envoyé beaucoup de disciples au cachot.

– Pas autant qu'il l'aurait voulu, parce que j'étais toujours dedans.

– Tous ceux qui ont tenté de s'enfuir de la secte ont-ils été assassinés ?

– Tous, sauf Véga et moi. Je pense qu'elle a réussi à semer les hommes de main du Jaguar, parce qu'ils ne se sont aperçus de sa disparition que le lendemain matin. Je les ai vus partir à sa recherche dans la neige, mais je n'ai entendu aucun coup de feu dans la forêt. Quand ils sont revenus sans elle, le Jaguar a hurlé de colère. J'étais bien content de savoir qu'elle avait réussi à lui échapper. C'est elle qui m'a donné le courage de tenter le coup, moi aussi.

– Peux-tu me dessiner le visage de Véga ?

Alexei s'exécuta sans hésitation. Christian observa un instant les traits infiniment doux de la jeune fille et se demanda ce qu'il avait bien pu advenir d'elle.

– Je vais faire publier ce croquis avec tous les autres, décida le policier. Si elle est encore en vie, il y a de fortes chances qu'elle nous appelle.

– Cela m'étonnerait beaucoup, car elle ne voudra pas que le Faucheur le sache.

– Qui ?

– Nous ne l'avons jamais vu et nous ne savons même pas s'il existe, mais le Jaguar nous disait que ceux qui s'enfuyaient de la forteresse perdraient la vie des mains du Faucheur.

– À mon avis, c'est un personnage imaginaire dont il se servait pour vous faire peur.

Il n'y avait qu'une seule façon de le savoir. Christian publierait le visage de Véga avec ceux de tous les disciples qui avaient perdu la vie dans la montagne.

Chapitre 42

Des sentiments confus

Vers la fin de la journée, tandis que Danielle complétait un dernier dossier, quelques coups furent frappés à la porte de son bureau. Pensant qu'il s'agissait d'Alexei, elle releva la tête avec un sourire radieux, mais ce dernier s'effaça brusquement lorsqu'elle reconnut le visage troublé de Frédéric.

– Mais qu'est-ce que tu fais ici ? s'étonna-t-elle.

– En voilà une façon de recevoir l'homme que tu aimes.

– Je suis désolée, Frédéric, fit-elle en jetant un coup d'œil à sa montre, mais je n'ai vraiment pas le temps de m'occuper de toi.

– Dans ce cas, je vais t'attendre au restaurant en révisant un dossier.

– Je ne pourrai pas dîner avec toi non plus. J'ai d'autres plans.

– Avec ton homme des cavernes, je suppose ? J'imagine que tu dois le sortir de sa cage de temps à autre.

– En ce moment, il est avec Christian Pelletier, qui m'a d'ailleurs informée que tu les as pratiquement mis à la porte, ce matin.

– Je ne disposais que d'une demi-heure pour les rencontrer.

– Alexei est ton principal témoin dans une affaire de meurtres, et tu n'as pas de temps à lui consacrer ?

– Mes experts s'occuperont d'analyser les rapports en temps et lieu. Un paquet d'ossements et des balles de fusil ne veulent rien dire si on ne peut pas les relier aux événements reprochés. Et puis, Kalinovsky n'est même pas capable de lire l'heure ! Il est tellement perturbé que je ne suis même pas certain de pouvoir le faire témoigner !

– Moi, j'ai passé beaucoup de temps avec lui et je sais qu'il est sain d'esprit et très intelligent. Je suis même prête à l'affirmer devant un juge.

– Ça ne m'empêchera pas de le faire évaluer par un psychologue et, quand j'aurai les résultats qui confirmeront ce que je suspecte déjà, tu vas me promettre de ne plus jamais le revoir.

– Pourquoi est-ce que je ferais ça ?

– Parce que Kalinovsky est dangereux ! cria Frédéric, hors de lui.

Danielle eut alors une impression de déjà-vu. « C'est impossible », pensa-t-elle, infiniment malheureuse.

– Va-t'en, Frédéric, lui ordonna-t-elle.

– Tu me donnes des ordres, maintenant ?

Au même moment, Christian et Alexei arrivaient à la réception, où Chloé les attendait encore, malgré l'heure tardive, car elle voulait voir le bel homme qui troublait tant le cœur de sa patronne. Elle examina Alexei de la tête aux pieds et admira ses magnifiques yeux pâles.

– Vous êtes monsieur Kalinovsky, n'est-ce pas ?

– Oui, pourquoi ?

– Je suis Chloé, la secrétaire de Danielle. Elle est avec quelqu'un en ce moment, mais je vais aller la prévenir que vous êtes arrivé.

Sans pouvoir détacher son regard de celui d'Alexei, elle recula dans le couloir, puis pivota sur ses talons avant de disparaître.

– On dirait bien que tu lui plais, le taquina Christian.

– Je n'ai pas des yeux ordinaires, expliqua Alexei en s'asseyant. Mais elle est surtout nerveuse parce que c'est le procureur qui se trouve dans le bureau de Danielle en ce moment.

– Mais comment le sais-tu ?

– Je sens sa présence.

Christian se demanda s'il devait emmener Alexei ailleurs ou l'exposer encore une fois à la jalousie et aux sarcasmes du substitut du procureur général. Pendant qu'il étudiait la question, Chloé pointa son nez dans le bureau de sa patronne. Elle aperçut de l'agacement sur le visage de Danielle, qui ne savait plus comment se débarrasser de Frédéric, et sut qu'elle devait être prudente.

– Danielle, je m'en vais, fit-elle sans entrer. J'ai vu ce que je voulais voir.

La travailleuse sociale comprit tout de suite qu'Alexei était arrivé.

– Chloé, attends. J'aimerais que tu remettes cette note à Robert avant de sortir.

Danielle griffonna un mot à l'intention de Christian et le remit à Chloé, qui quitta prestement le bureau, car elle ne désirait pour rien au monde assister à un combat de coqs. Elle remit le message à Christian et s'empressa de partir.

– Nous devons l'attendre au restaurant d'en face pendant qu'elle se débarrasse du procureur, dit le policier à Alexei.

– Et si elle avait besoin d'aide ?

– Elle a mon numéro de portable. Allez viens, mon homme. Tant que c'est Desjardins qui s'occupe de ton dossier, il faut qu'on évite les ennuis.

Tandis que Christian forçait Alexei à l'accompagner à l'ascenseur, dans son bureau, Danielle commençait à en avoir assez de l'attitude possessive du procureur.

– Frédéric, si tu ne peux pas dompter tes émotions, je vais demander à ton patron de confier ce procès à un autre avocat. Le chef de cette secte est un homme dangereux et il doit être mis à l'ombre une fois pour toutes. Ne laisse pas la jalousie détruire ta réputation.

– Je ne te parle pas en tant que procureur, mais en tant qu'homme amoureux de toi.

– J'ai déjà traversé l'enfer avec mon premier mari. Il n'est pas question qu'un autre homme m'impose sa volonté, compris ? Maintenant, laisse-moi travailler.

Ne désirant pas la voir mettre fin à leur relation sur le coup de la colère, Frédéric obtempéra. Il contourna sa table de travail pour aller l'embrasser, mais elle s'esquiva.

– Je n'en ai pas envie, l'avertit-elle.

– Est-ce que tu viendras coucher chez moi, ce soir ?

– Je t'appellerai pour te le faire savoir.

Démoralisé, le procureur sortit enfin du bureau. Elle suivit son départ par la fenêtre et, lorsqu'elle vit sa voiture disparaître au bout de la rue, elle ramassa son sac à main et alla rejoindre Christian et Alexei au restaurant. L'homme-loup prit sa main et elle ressentit aussitôt un grand réconfort.

Le policier lui apprit que la déposition d'Alexei serait transcrite au cours des prochains jours, puis il jeta un coup d'œil à sa montre.

– Je suis désolé de devoir vous quitter, les tourtereaux, mais j'ai un important rendez-vous avec le directeur des relations publiques de la police, afin de discuter de la publication des dessins d'Alexei dans les journaux.

Christian serra la main de ce dernier avec amitié et s'éloigna.

– Je n'ai pas peur du procureur, affirma l'homme-loup lorsqu'il fut seul avec Danielle.

– Je suis une grande fille. Je suis capable de me défendre toute seule.

– Alors, pourquoi y a-t-il encore de l'angoisse dans ta lumière ?

Se rappelant qu'il avait un accès direct à ses émotions, Danielle baissa la tête avec embarras.

– Tu ne sais pas si tu l'aimes…

– Je préférerais qu'on ne parle plus de Frédéric ce soir, d'accord ? Parle-moi plutôt de ta journée. J'ai besoin que tu me changes les idées.

Il lui raconta qu'il avait répondu à toutes les questions de Christian au meilleur de ses connaissances et qu'il avait dessiné les visages de tous les disciples auxquels appartenaient les squelettes qui reposaient à la morgue.

– Tu m'as dit que les procureurs et les policiers servaient la justice, mais d'après ce que je vois, il y a seulement les policiers qui le font vraiment.

– Heureusement, ils ne sont pas tous comme Frédéric. En général, il fait du bon travail, mais dans cette affaire, il agit très bizarrement.

– Il a peur de moi.

– Oui, je sais, soupira Danielle, découragée.

– Et toi, tu as peur de ce que tu ressens pour moi, mais, maintenant que tu connais mon cœur, tu ne le devrais pas.

Ne désirant pas du tout en parler au milieu d'un restaurant, Danielle évita son regard.

– Partons si nous voulons arriver chez toi avant la nuit. Nous allons d'abord ramasser tes affaires à l'hôtel.

Comprenant son malaise, Alexei la suivit docilement, persuadé qu'il arriverait à la rassurer une fois qu'ils seraient dans la voiture de la travailleuse sociale.

Chapitre 43

Secrets du passé

Alexanne commençait à se sentir de mieux en mieux. Son plexus solaire avait cessé de la faire souffrir, alors elle s'amusait à repérer Coquelicot en se servant de son pouvoir de ressentir. Puis, elle eut une idée. Elle possédait déjà le don de voir le monde invisible, mais maintenant qu'elle avait aussi ceux d'entendre et de ressentir, elle décida de communiquer avec sa sœur jumelle décédée à l'âge d'un an.

Puisqu'il était trop tard pour se rendre de l'autre côté de la montagne, dans la maison où avait jadis habité sa famille, le meilleur endroit pour attirer l'âme d'Anne dans le monde des mortels devait être la chambre que la petite avait occupée dans la maison de Tatiana lorsque cette dernière avait tenté de la sauver. Alexanne grimpa donc à l'étage et prit place sur le lit de la chambre d'enfant. Elle chassa toutes ses pensées négatives et détendit tout son corps.

– Anne, si tu m'entends, j'ai besoin de te parler.

Il ne se produisit rien. Alexanne ralentit davantage sa respiration. Soudain, son plexus solaire s'illumina sans lui causer la moindre douleur. C'est alors qu'apparut au pied du lit un jeune homme habillé en chevalier du temps des croisades. La jeune fée crut qu'au lieu de communiquer avec l'au-delà, elle avait plutôt enclenché sa faculté de voir le passé et qu'elle était encore en présence d'une personne ayant fait partie de ses vies antérieures.

– Je suis l'âme que tu as appelée, l'assura le soldat aux cheveux bruns et aux yeux couleur de l'océan.

– Tu n'es certainement pas ma sœur jumelle…

– C'est pourtant moi. Nous n'aurions pas pu nous parler si j'avais emprunté sa forme physique, qui n'avait qu'un an de vie sur Terre. Alors j'ai choisi l'apparence d'un homme que tu as connu dans une autre vie.

– Je suis désolée, je ne me souviens pas de toi.

– Je suis Étienne de Barois. Nous avons été frères en France et compagnons d'armes, de surcroît. Nous avons combattu ensemble quand tu étais François.

– François ? Je suis vraiment désolée, mais mes pouvoirs ne me permettent pas encore de me rappeler tout ça.

– Lorsque tu te souviendras enfin de ta vie en France, tu te rappelleras que nous avons été inséparables pendant plusieurs incarnations.

– Pourquoi n'es-tu pas resté avec moi dans celle-ci ?

– J'ai commis une faute grave, et ma punition a été de ne pas pouvoir rester longtemps avec les âmes de mon groupe dans mes incarnations suivantes.

– Tu t'es suicidé, n'est-ce pas ?

– J'ai pourtant été un vaillant guerrier dans la plupart de mes vies, mais en Pologne, j'ai manqué de courage.

– Dis-m'en davantage, le pria Alexanne.

– Je me suis incarné dans un corps malade, afin de cesser de me préoccuper de mon corps et d'apprendre à utiliser davantage mon intellect. Quand ils voient que nous préférons trop souvent l'un à l'autre, les guides finissent par nous forcer la main.

– Qui sont-ils ?

– Ils sont deux. Le premier ne nous rencontre que lorsque nous mourons ou que nous sommes prêts à nous réincarner. L'autre est notre maître de classe. Il nous fournit des enseignements autant dans l'au-delà que lors de nos séjours dans le monde physique. Puisque j'avais besoin de passer plus de temps dans le monde spirituel cette fois-ci, je n'ai pas pu rester avec toi dans cette vie.

– Est-ce que tu m'attendras avant de te réincarner ?

– J'essaierai. Ce serait amusant que Matthieu, toi et moi naissions tous ensemble la prochaine fois.

– Tu connais Matthieu ?

– Bien sûr. Il y a douze âmes dans notre classe, et nous nous connaissons tous depuis fort longtemps.

– Les autres sont-ils sur Terre en ce moment ?

– Huit sont actuellement incarnés, et tu seras sûrement appelée à les rencontrer parce que nous aimons bien nous aider et nous encourager mutuellement.

– Tout ceci est fascinant.

– Je dois repartir, maintenant. La récréation est terminée.

– Est-ce que tu reviendras me rendre visite ?

– Je n'en sais rien. Peut-être...

Il pivota vers le mur et passa au travers. Alexanne demeura songeuse pendant un long moment, tentant d'imaginer ce qu'aurait été sa vie avec Anne. « Je me serais appelée Alexandra... », se rappela-t-elle. Elle entendit alors le moteur d'une automobile et se précipita à la fenêtre pour voir qui arrivait. La voiture de madame Léger venait de s'arrêter devant la maison. La jeune fée ressentit aussitôt la peine de son oncle. Ils restèrent tous les deux dans le véhicule pendant plusieurs minutes, même si le moteur avait cessé de tourner.

– Pourquoi ne veux-tu plus t'occuper de moi ? s'attrista Alexei.

– C'est une des règles de mon emploi. Nous n'avons pas le droit de nous attacher émotionnellement à nos clients. Lorsque ça nous arrive, nous devons remettre le dossier à un autre agent.

– Pourtant, ce n'est pas ce que tu désires…

– Alex, arrête d'interpréter ma lumière et écoute-moi, exigea la jeune femme, tout aussi malheureuse que lui.

– Pour quoi faire ? Tu as déjà pris ta décision.

Il sortit de la voiture et fonça vers le côté de la maison, pour échapper au déchirement que lui causait cette séparation.

Alexanne dévala l'escalier et s'immobilisa devant la porte grillagée de la cuisine au moment où Danielle arrivait dans la cour, à la poursuite de son oncle. Coquelicot se posa sur l'épaule de l'adolescente. Elle voulait, elle aussi, savoir comment cette tragédie allait se terminer.

– Alex, attends ! l'implora Danielle.

Au grand étonnement d'Alexanne et de la fée miniature, Alexei s'arrêta net, mais garda le dos tourné.

– As-tu vu ça, Coquelicot ? murmura Alexanne. Elle le fait obéir !

– Elle doit être une dompteuse de loups, avança la petite créature.

Danielle s'approcha prudemment d'Alexei en retenant ses larmes de son mieux. Elle savait qu'elle lui brisait le cœur, mais elle n'avait pas le choix. Chloé était déjà au courant de ses sentiments pour lui et elle le rapporterait à ses supérieurs pour son bien.

– Je ne veux pas d'autre agent, s'obstina l'homme-loup.

Danielle passa ses bras autour de sa taille et appuya sa tête dans son dos. Elle ne voulait pour rien au monde lui faire de la peine.

– Je t'aime trop, et cela pourrait affecter mon jugement quand je t'aide à prendre des décisions. Mon collègue Robert est…

– Je ne veux pas de lui !

– Je t'en prie, calme-toi. Tu me fais peur.

S'il était capable de lire en elle comme dans un livre ouvert, alors, il savait déjà que ses sentiments ne changeraient pas pour lui, même si un autre travailleur social prenait son dossier.

– Je ne veux pas te faire peur, s'affligea-t-il.

– Et moi, je ne veux pas te faire de mal.

– Reste ici cette nuit. Reste avec moi.

– Ça va seulement nous rendre encore plus malheureux.

– Moi aussi, j'ai peur que nous soyons encore punis, mais ça m'est égal. Je ne veux pas que tu partes.

– Punis par qui ? s'étonna Danielle.

– Par ton père.

– Mon père est mort depuis des années, Alex.

– Pas ce père-là, celui du pays d'Alt.

– Mais qu'est-ce que tu me racontes là ?

Elle le fit pivoter vers elle pour voir son visage.

– Les gens ordinaires ne se souviennent pas toujours de leurs vies précédentes. Je ne suis pas aussi doué que Tatiana pour expliquer ces choses-là.

– Essaie quand même.

– Il y a bien longtemps, quand tu étais une princesse et que je n'étais qu'un berger, ton père s'est aperçu que nous nous aimions. Puisque nous étions de deux castes différentes, il a tenté de nous séparer, mais nous ne pouvions pas nous passer l'un de l'autre, alors il t'a enfermée dans une tour et nous ne nous sommes jamais revus.

– Si c'était dans une autre vie, comment pourrions-nous encore être punis maintenant ?

– Ton père s'est réincarné, lui aussi...

Alexei attira Danielle dans ses bras et la serra avec l'énergie du désespoir.

– Et il y a aussi le karma. Nous sommes toujours trop différents pour que ça fonctionne…

– Tu ne vas pas recommencer avec tes histoires de castes, Alex.

– Même si je dois en mourir, j'aimerais que tu passes une dernière nuit avec moi.

Elle l'embrassa sur les lèvres, lui signalant par ce geste qu'elle acceptait de rester. Alexei l'étreignit davantage, et leur baiser s'éternisa.

– Je pense que ton plan a enfin fonctionné, s'émut la petite fée blonde sur l'épaule d'Alexanne.

– Quel plan ? demanda Tatiana en entrant dans la cuisine.

Craignant d'avoir encore trop parlé, Coquelicot s'envola et alla se cacher dans la plante suspendue devant la grande fenêtre. Alexanne se tourna lentement vers sa tante pour affronter ses questions.

– Ton plan, c'était de rendre ton oncle malheureux ?

– Jamais de la vie ! Regardez vous-même ! Ils sont en train de s'embrasser !

– C'est étrange, car je ne vois pas la même chose que toi. S'il est vrai qu'ils s'étreignent, leurs cœurs me racontent une tout autre histoire. Je crois qu'il serait opportun que tu te serves de ton pouvoir de ressentir afin de comprendre ce qui se passe dans le cœur d'Alexei.

– Pourquoi pas ?

L'adolescente n'eut pas à se concentrer très longtemps pour sentir le désespoir qui s'était emparé d'Alexei. Jamais elle n'avait vécu une telle émotion, même dans son propre cœur. Des larmes roulèrent sur ses joues.

– Tu les as poussés dans les bras l'un de l'autre sans te demander si leur destin était d'être ensemble, lui reprocha Tatiana. Ils sont tombés amoureux, mais ils vivent dans deux univers différents et ils ne savent pas comment construire un pont entre les deux.

– Je pourrais…

– Non, Alexanne. Tu en as assez fait. De plus, c'est leur karma, pas le nôtre. Nous n'avons pas le droit d'intervenir. Maintenant, monte dans ta chambre avant qu'ils s'aperçoivent que tu les espionnes.

– Mais je ne les espionne pas ! Je les observe !

Tatiana lui décocha un regard chargé d'avertissement. Alexanne jeta un dernier coup d'œil dans la cour. Danielle et Alexei étaient toujours dans les bras l'un de l'autre, en train de s'accrocher au peu de temps qu'il leur restait ensemble. L'adolescente décida de suivre le conseil de sa tante et fila vers l'escalier.

Chapitre 44

Deux mondes séparés

Après une nuit passionnée dans les bras de l'homme-loup, Danielle rentra à Montréal, la mort dans l'âme. Elle aimait Alexei comme elle n'avait jamais aimé qui que ce soit, mais il avait raison : ils appartenaient à deux univers distincts et ne savaient pas plus l'un que l'autre comment les concilier. Jamais cet homme sauvage ne s'adapterait au rythme effréné de la ville, et jamais elle n'arriverait à faire son travail au milieu des bois. En arrivant à son appartement, elle trouva une fois de plus Frédéric devant sa porte.

– Je t'ai cherchée partout ! s'exclama Frédéric, mécontent. Où étais-tu ?

– Je suis allée reconduire Alexei dans les Laurentides, murmura-t-elle en glissant la clé dans la serrure.

– Et je suppose que tu as couché avec lui ?

Elle ouvrit la porte et entra chez elle, Frédéric sur ses talons, même si elle ne l'avait pas invité à entrer. Elle n'avait pas envie de se quereller avec lui après le déchirement intérieur qu'elle venait de vivre. Elle avait juste envie d'être seule.

– Est-ce que tu as couché avec lui ? se fâcha-t-il.

– Frédéric, je suis épuisée. Change ton discours ou va-t'en.

– Es-tu amoureuse de Kalinovsky ?

– Que ferais-tu si je répondais « oui » ?

– Je te séquestrerais quelque part pour que tu ne puisses jamais le revoir.

Se rappelant l'histoire qu'Alexei lui avait racontée au sujet de leur vie au pays d'Alt, Danielle posa un regard étonné sur le procureur. Était-il la réincarnation de ce père qui l'avait enfermée dans une tour, plutôt que de la laisser épouser l'homme qu'elle aimait ?

– Je te jure que je le ferais, Danielle.

– Je te crois, mais tu t'énerves vraiment pour rien. Je t'en prie, laisse-moi seule maintenant. J'ai besoin de réfléchir.

– Jure-moi d'abord que tu n'es pas amoureuse de ton homme des cavernes.

– Il n'y a que de l'amitié et du respect entre Alexei et moi.

Rassuré, Frédéric l'embrassa sur les lèvres et recula jusqu'à la porte. Dès qu'il fut sorti, Danielle se dirigea vers la salle de bains et éclata en sanglots.

***

Alexanne paniqua lorsqu'elle ne trouva pas son oncle dans sa chambre à coucher et qu'en le cherchant psychiquement, elle fut confrontée à un épais brouillard. Elle dévala l'escalier et trouva Tatiana en train de manger ses céréales habituelles du matin. Sa tante fit un mouvement pour se lever.

– Laissez tomber, je n'ai pas faim, lâcha Alexanne en arrêtant son geste. Alexei est-il parti avec Danielle ?

– Non. Elle est repartie seule.

– J'ai tenté de le repérer, mais je n'y arrive pas. Dites-moi où il est.

– Il s'est levé tôt et il est allé prendre soin de ses plantes.

Alexanne se précipita devant la porte grillagée de la cuisine et vit que son oncle n'était plus là.

– Où est-il allé ensuite ? Je suis certaine que vous le savez.

– Laisse-le tranquille, Alexanne.

« Pas question, tout ça, c'est ma faute », pensa la jeune fée, qui se sentait coupable du chagrin d'Alexei. Elle bondit dans la cour et chercha sa trace. Elle pouvait sentir qu'il s'était arrêté parmi ses plantes, mais en poussant sa recherche plus loin, elle se retrouva encore une fois dans le néant. En longeant le jardin, elle remarqua cependant qu'il manquait des feuilles sur ses plantes les plus dangereuses.

– Non ! hurla-t-elle, folle d'inquiétude.

– Il est au bord de la rivière, lui dit Coquelicot en volant près d'elle.

Alexanne s'élança dans la forêt et courut jusqu'au cours d'eau. Alexei était couché sur une pierre plate, une main dans la rivière. Ses pupilles étaient tellement dilatées qu'on n'y voyait même plus le bleu clair de son iris.

– Dis-moi que tu n'es pas en train de mourir ! s'exclama Alexanne, le visage inondé de larmes.

Il était trop intoxiqué pour comprendre ce qu'elle lui disait.

– Alex, je t'en prie, parle-moi !

Son éclat de voix le fit sursauter.

– Elle est encore partie… chuchota-t-il.

– C'est pour ça que tu as mâché les feuilles de tes plantes mortelles ?

D'un geste maladroit, il lança les dernières dans la rivière, qui les emporta.

– Alex, es-tu en train de mourir ?

– Je suis déjà mort…

– Merde, Alex ! Qu'est-ce que tu as fait !

Elle avança sa main pour la poser sur le sternum de son oncle.

– Ne fais pas ça ! s'écria une voix angoissée.

Alexanne fit volte-face. Ayel se tenait à quelques pas d'elle.

– Je ne peux pas le regarder mourir ! protesta l'adolescente.

– Il a mastiqué des feuilles qui engourdissent les sens.

– Elles proviennent de plantes qui peuvent tuer un homme, Ayel.

– Il n'en a pas cueilli suffisamment pour se donner la mort.

– Comment le sais-tu ? Tu le surveillais ?

– Nous avons tous ressenti son tourment et nous avons cru qu'il avait été terrassé par un autre loup. Nous sommes venus à son secours, mais nous avons découvert qu'il souffrait d'un mal contre lequel nous ne pouvons rien faire. Le gardien dit qu'il redeviendra lui-même dans quelques jours.

– Quelques jours ? Mais je ne peux pas le laisser ici, exposé aux intempéries. Et comment vais-je faire pour le ramener à la maison ?

Le jeune elfe aida Alexanne à remettre son oncle debout sur ses jambes chancelantes. Ils lui prirent chacun un bras et le passèrent par-dessus leurs épaules. Avec beaucoup de patience, ils traînèrent Alexei jusque chez sa sœur. Tatiana vint à leur rencontre, tandis qu'ils sortaient de la forêt. Comme si tout le monde s'était passé le mot, Matthieu apparut au même moment sur le côté de la maison. Il ne vit évidemment pas la créature magique qui aidait Alexanne à faire marcher son oncle. Il laissa tomber le journal qu'il avait apporté et se précipita pour lui donner un coup de main.

– Que lui est-il arrivé ? demanda le jeune homme en prenant la place d'Ayel.

– Ce n'est pas le moment de te l'expliquer, répliqua Alexanne, épuisée.

Tatiana la remplaça et, avec l'aide de Matthieu, parvint à monter Alexei à sa chambre et à le coucher dans son lit. Celui-ci avait les yeux à demi ouverts, mais ils étaient immobiles et sans éclat. Tatiana passa la main au-dessus de son corps.

– Il n'y a rien à faire avant que les hallucinogènes n'aient été éliminés par son corps, affirma-t-elle.

– Il est drogué ? s'étonna Matthieu.

Au lieu de lui répondre, Alexanne quitta la chambre et descendit le grand escalier. Son jeune ami la poursuivit et vit qu'elle s'était assise sur la dernière marche, le visage caché dans ses mains.

– Mais qu'est-ce qui s'est passé, cette fois-ci ? voulut savoir Matthieu.

– Tout ça, c'est ma faute, sanglota Alexanne. J'ai voulu lui trouver une compagne et je n'ai réussi qu'à lui briser le cœur.

– Madame Léger ne l'aime pas ?

– Au contraire. Ils s'aiment comme des fous, mais ils ne veulent ni l'un ni l'autre faire de concessions.

– Moi, je trouve que ton oncle est pas mal amoché pour quelqu'un qui a seulement une peine d'amour.

– Il a essayé de se suicider en mâchant les feuilles de ses plantes les plus toxiques !

– S'il avait voulu s'ôter la vie, Alexanne, il serait déjà mort. Il connaît trop bien son jardin pour commettre une erreur. Moi, je pense qu'il a voulu engourdir sa peine.

Cette explication rassura un peu l'orpheline, mais elle continua à prétendre que s'il en était arrivé là, c'était à cause d'elle. Matthieu se contenta de l'étreindre sans rien dire. Plus il côtoyait les Kalinovsky, plus il les trouvait complexes, mais jamais il ne laisserait Alexanne affronter seule ses curieux problèmes familiaux.

Chapitre 45

Les dessins

Danielle resta un long moment sous la douche, puis traîna les pieds jusqu'à sa table de travail. Elle s'installa derrière une pile de dossiers, mais n'en ouvrit aucun. Chloé entra dans le bureau, encore sous le charme des yeux d'Alexei Kalinovsky.

– Tu avais raison, Danielle. Il est beau comme un dieu.

Sa patronne leva sur elle un regard infiniment triste.

– Tu as pleuré ? s'affligea Chloé.

Elle referma la porte derrière elle et alla s'asseoir devant Danielle.

– Raconte-moi ce qui s'est passé.

– Nous avons mis notre situation sentimentale au clair et nous avons finalement décidé, puisque nous habitons sur deux planètes différentes, qu'il était préférable de nous séparer.

– Mais voyons donc, Danielle ! Tu ne peux pas t'empêcher de vivre un grand amour juste à cause de ça ! Trouvez-vous une lune à mi-chemin entre vos deux planètes ! Rendez-vous visite ! Appelez-vous ! Faites quelque chose ! Tu l'aimes et il t'aime !

Danielle la fixa sans rien dire, car elle avait déjà épuisé toutes les solutions envisageables.

– Tu n'as jamais eu le cœur à l'envers comme ça pour le substitut du procureur général, lui fit remarquer Chloé.

– Contrairement à Frédéric, Alexei a un cœur et il est d'une honnêteté désarmante, mais il appartient à la forêt et moi, à la ville.

– Non ! s'exclama Chloé. Vous appartenez tous les deux à l'amour ! Si tu ne changes pas d'idée maintenant, tu vas regretter de l'avoir laissé filer entre tes doigts, parce que aucun autre homme ne pourra plus jamais te rendre heureuse. Et aucun homme n'est aussi beau que lui dans toute la galaxie ! Je le sais parce que je l'ai regardé sous tous les angles !

– Arrête de dire des bêtises et va me chercher un café...

– Je sais de quoi je parle, Danielle.

Sa patronne ne l'écoutait déjà plus. Découragée, Chloé alla lui chercher la boisson chaude en se promettant de revenir à la charge plusieurs fois au cours de la journée.

* * *

Les dessins d'Alexei parurent dans tous les journaux ce matin-là. Plusieurs stations de télévision avaient même commencé à les diffuser dans les bulletins de nouvelles. Les médias recommandaient à ceux qui pouvaient identifier les personnes représentées sur ces croquis d'appeler la police.

Dans son appartement de Montréal, Chantal Dupuis, autrefois connue sous le nom de Véga, ramassait des jouets d'enfants pendant que son jeune fils faisait sa sieste. Le téléviseur était allumé, mais elle ne s'en préoccupa pas jusqu'à ce que s'affichent à l'écran les portraits des membres de la secte. La jeune femme s'immobilisa, prise d'une grande terreur, car elle reconnaissait tous ces visages. Ces gens avaient mystérieusement disparu lorsqu'elle habitait dans la forteresse, sauf Babylone qui avait été assassiné devant tout le monde. Elle laissa tomber tous les jouets sur le plancher en apercevant son propre visage à l'écran et éclata en sanglots.

Dans les Laurentides, Alexei n'eut pas connaissance que ses illustrations avaient commencé à paraître partout à travers la province et même au-delà des frontières québécoises, puisqu'il était sous l'emprise des hallucinogènes. Son voyage intérieur dura deux jours, puis il refit surface. Tatiana lui apporta un peu de potage et s'assit sur une chaise à côté de son lit.

– Contente de voir que tu es enfin revenu parmi nous, fit-elle en guise de salutation.

– Laisse-moi tranquille, Tatiana, maugréa Alexei.

– Quand comprendras-tu que les drogues n'apportent ni solution ni réconfort ?

– J'avais trop mal.

– Alors, tu as pris la fuite.

– J'ai aussi pensé à la mort…

– Ce qui aurait ajouté un poids considérable à ton karma.

– Arrête d'avoir tout le temps raison.

– Mon rôle est de t'ouvrir les yeux, Alex. Je ne peux pas t'obliger à faire quoi que ce soit.

– J'ai envie de ne plus rien voir. Je veux fermer les yeux pour toujours et ne plus jamais souffrir.

– Malheureusement, ce n'est pas ce que le Créateur attend de nous. Pour retourner définitivement auprès de lui, il faut que notre âme soit aussi pure que lorsqu'il l'a laissée partir dans le monde matériel pour aller y vivre des expériences différentes.

– Autrement dit, je n'ai aucune chance de réintégrer le Ciel.

– Pas si tu continues à jouer à la victime, c'est sûr.

– Tu ne peux pas savoir ce que je ressens.

– En es-tu bien certain ? Ce n'est pas parce que je vis maintenant de façon simple et sereine que je n'ai jamais souffert, moi aussi. La différence, c'est que je me suis prise en main et que j'ai transcendé mes souffrances en me mettant au service des autres. Quand on fait le bien, Alex, on finit toujours par être récompensé.

– Je n'ai aucun souvenir de m'être mal comporté dans mes autres vies, alors pourquoi suis-je ainsi tourmenté ?

– Parfois, on accumule des dettes karmiques parce qu'on a commis des crimes, mais il arrive aussi que l'inaction ait le même effet.

– Je ne comprends pas.

– Ceux qui refusent d'accomplir ce qu'ils sont venus faire sur Terre sont bien souvent acculés par leurs propres guides, jusqu'à ce qu'ils acceptent leur destin.

– Danielle ?

– Vous vous évitez depuis des centaines d'années, alors que vous êtes des compagnons d'âmes censés travailler ensemble à réaliser un grand projet.

– Je l'aime depuis toujours, mais c'est un amour impossible.

– Pourquoi ne cherches-tu pas une solution à ce problème, plutôt que de toujours démissionner ?

Alexei n'aimait pas les reproches, mais il fallait bien que quelqu'un le mette une fois pour toutes en face de la réalité. Lorsqu'une situation difficile revenait trop souvent dans la vie d'une personne, cela signifiait généralement qu'elle devait y faire face au lieu de la fuir.

– Je ne veux pas que tu sois fâché contre Alexanne, qui t'a présenté Danielle. Elle voulait seulement te faire connaître l'amour d'une femme de ton âge. Elle ignorait que vous aviez un karma ensemble.

– Alexanne ne fait jamais attention à ce qu'elle fait.

– Elle est encore jeune, mais elle apprend vite. Quelles sont tes intentions, maintenant, Alex ?

– Je vais faire condamner le Jaguar et j'irai mettre le feu à la forteresse pour que plus personne ne soit tenté d'y enfermer d'autres pauvres gens.

– Tu sais pourtant que détruire la propriété d'autrui engendre aussi une dette karmique.

– De toute façon, je vais probablement être obligé de revenir des centaines de fois sur cette maudite planète sans jamais être heureux. Alors, autant me faire plaisir.

– Il ne tient qu'à toi d'améliorer ton sort, petit frère. Nos actions destructrices nous attirent la même chose en retour.

Alexei ferma les yeux pour retenir ses larmes. Il avait été malheureux toute sa vie. La seule personne à lui avoir apporté un peu de bonheur était partie pour toujours. Malgré tout l'amour qu'elle portait à cette âme qui faisait partie de son groupe, Tatiana ne pouvait rien faire pour l'aider. C'était du bon karma d'ouvrir une porte pour quelqu'un, mais c'en était du mauvais de le pousser vers cette porte, même si ce qui se trouvait de l'autre côté pouvait le rendre heureux. Elle embrassa Alexei sur le front et le laissa seul.

Dans le salon, Alexanne était assise en boule sur le canapé, profondément malheureuse, car elle ressentait la douleur de son oncle à qui elle était liée pour toujours. Tatiana vint s'asseoir près d'elle et lui frictionna le dos.

– Alexei est rendu à un carrefour de sa vie où il doit prendre ses propres décisions. Depuis des centaines d'années, il arrive exactement à cet endroit et il commet sans cesse la même erreur.

– Et il n'y a absolument rien qu'on puisse faire ?

– Nous pouvons seulement lui donner des conseils.

Tatiana tourna la tête vers le vestibule.

– Nous avons un visiteur, annonça-t-elle.

Elle alla à sa rencontre devant la maison. Ne voulant pas rester seule, Alexanne lui emboîta le pas. Elle découvrit alors que c'était Sylvain Paré qui venait d'arrêter sa voiture dans leur entrée. La tête d'un gros chien noir apparut à la fenêtre de la portière arrière.

– Il a un chien ? se réjouit Alexanne.

Le journaliste sortit de la voiture.

– Quel bon vent vous amène, monsieur Paré ? demanda amicalement Tatiana.

– Je suis venu prendre des nouvelles d'Alex et vous demander une faveur.

Sylvain ouvrit la portière arrière et aida l'animal à descendre sur le sol, car une de ses pattes de devant était immobilisée dans un plâtre. Il le fit marcher lentement en direction des deux femmes, qui l'observaient avec curiosité.

– Il est en convalescence, et je n'ai pas le temps de m'en occuper parce que j'ai beaucoup de travail en ce moment. Ma femme aurait pu m'aider, mais elle ne veut plus s'en approcher. Alors, je me demandais si je pourrais vous le laisser en pension jusqu'à ce que sa patte soit rétablie.

– Vous ne pouviez pas choisir un meilleur endroit pour assurer sa guérison, affirma Tatiana. Nous en prendrons bien soin.

– Comment s'appelle-t-il ? demanda Alexanne.

– Il s'appelle Yéti.

– Comme l'abominable homme des neiges ?

– Eh oui. J'écrivais un article sur une race inconnue de grands singes dans les montagnes de l'Himalaya quand mon frère me l'a offert, alors je l'ai appelé comme ça. Mais il n'a rien d'abominable, sauf son appétit, et j'ai apporté ses sacs de croquettes.

– Tu pourrais commencer par aller lui faire faire ses petits besoins dans la forêt, suggéra Tatiana à Alexanne, pour pouvoir bavarder seule avec Sylvain. Surtout, ne le fais pas marcher trop rapidement.

– Est-ce que je dois le garder en laisse ?

– Non. Il ne risque pas d'être heurté par une voiture, ici.

– D'ailleurs, il obéit au doigt et à l'œil, l'informa Sylvain.

Contente d'avoir enfin un chien, Alexanne gratta les oreilles de Yéti et l'emmena dans la cour. Sylvain attendit qu'ils aient disparu sur le côté de la maison avant de se tourner vers Tatiana.

– Comment va-t-il ? s'inquiéta le journaliste.

– Il est très malheureux.

– Danielle aussi. Je trouve vraiment dommage ce qui leur arrive.

– Mais nous ne devons pas intervenir. Ils doivent résoudre cette situation eux-mêmes.

Tatiana l'invita à l'accompagner dans la maison.

– Qui s'occupera d'Alex, maintenant ? demanda-t-elle.

– Pour l'instant, c'est moi qui dois emmener Alexei rencontrer le psychologue.

– Pourquoi ?

– Le procureur Desjardins n'aime pas du tout Alexei, alors il lui met des bâtons dans les roues. Il prétend que votre frère n'est pas suffisamment sain d'esprit pour témoigner contre le Jaguar, étant donné qu'il a terriblement souffert physiquement et mentalement.

– Mon frère ne pense pas comme tout le monde, mais je crois qu'il s'en tirera fort bien. Prendriez-vous un thé ?

– Je vais même vous aider à le préparer.

Il l'accompagna dans la cuisine.

***

Au même moment, dans la salle d'interrogatoire de la prison, Hugues Robin, aussi connu sous le nom de Jaguar, était calmement assis sur une chaise, devant une grande table en métal. Il n'avait aucune inquiétude, car il avait formé des disciples dans toutes les branches de la société, au cas où il devrait avoir recours à leurs services dans le public. Martin Deland, un jeune avocat qui avait encore un visage d'adolescent, déposa une mallette en cuir sur la table. Robin avait défrayé les études de Deland, pour s'assurer sa loyauté. Il savait que celui-ci ferait tout en son pouvoir pour le sortir de ce mauvais pas. Deland inclina respectueusement la tête devant le chef de la secte.

– Quelles nouvelles m'apportes-tu, mon enfant ?

– Il y en a une bonne et une mauvaise. La bonne, c'est que Mikal devra subir deux examens psychologiques cette semaine. Je crois bien que leurs résultats convaincront la Couronne que ce démon n'est pas apte à témoigner contre qui que ce soit.

– Et s'ils disaient le contraire ?

– Le Faucheur s'assurera que Mikal ne puisse même pas se présenter à la cour. Ne vous inquiétez pas, maître. Nous avons tout prévu.

– Et la mauvaise nouvelle ? demanda Robin en fronçant les sourcils.

– La cour a refusé de vous remettre en liberté jusqu'au procès. Je vais tout tenter pour que la procédure soit accélérée.

– Fais ce que tu dois, mon petit. J'ai confiance en toi.

L'avocat se courba devant lui comme s'il était un dieu. Le Jaguar décida de profiter de ce congé forcé pour méditer et refaire ses forces, car il était convaincu qu'il ne resterait pas longtemps en prison et retournerait bientôt à sa forteresse bien-aimée dans la montagne, débarrassé une fois pour toutes de l'indomptable Mikal.

Chapitre 46

Les examens psychologiques

Comme prévu, Sylvain Paré emmena Alexei à Montréal pour que ce dernier subisse des examens psychologiques. Il s'arrêta d'abord au bureau de Danielle pour aller chercher son dossier sur Alexei, et laissa l'homme-loup dans sa voiture en lui recommandant de ne pas aller se promener seul en ville pendant son absence. Ce fut Chloé qui rencontra le journaliste, plutôt que Danielle. Elle lui remit les documents en lui disant que sa patronne n'était pas en état de recevoir qui que ce soit depuis qu'elle s'était séparée de son beau client. Sylvain lui apprit qu'Alexei était dans le même état. Il retourna à sa voiture et observa l'homme-loup, assis sur le siège du passager. Celui-ci scrutait les étages supérieurs de l'immeuble dans lequel travaillait Danielle.

Sylvain aurait tellement aimé leur venir en aide malgré la recommandation de Tatiana, mais il ne savait pas quoi faire pour les rapprocher. Il était impensable de transplanter cet homme sauvage à Montréal, où il aurait tôt fait de suffoquer. Quant à Danielle, elle avait un horaire de travail bien trop chargé pour habiter à la campagne et se rendre jusqu'à Montréal tous les jours. Le journaliste lança la grosse enveloppe brune sur la banquette arrière de sa voiture et s'assit derrière le volant en soupirant.

– Je ne suis pas travailleur social, mais avec tous les

documents que Danielle m'a confiés, je devrais pouvoir me débrouiller, affirma-t-il pour redonner du courage à Alexei.

– Est-ce que tu l'as vue ?

– Non. J'ai parlé à Chloé. Elle m'a dit que Danielle avait autant de difficulté que toi à accepter votre séparation.

L'homme-loup leva à nouveau les yeux vers l'immeuble. « Il vaut mieux ne pas poursuivre sur le sujet », pensa Sylvain. Il mit la voiture en marche et se dirigea vers l'hôpital.

– Pourquoi dois-je subir deux examens ?

– Les avocats ont chacun leur expert.

– Mais comment pourraient-ils remettre deux rapports différents s'ils voient la même personne ?

– Les avocats aiment se compliquer la vie.

* * *

Pendant ce temps, à la maison, Alexanne s'attachait de plus en plus à Yéti, qui la suivait partout malgré son plâtre. Matthieu, quant à lui, fut plutôt inquiet de la trouver allongée dans la cour, le dos appuyé contre celui d'un bouvier des Flandres presque aussi gros qu'un poney.

– Alexanne, qu'est-ce que c'est ? demanda-t-il en s'approchant prudemment.

– C'est le chien de Sylvain Paré. Il s'appelle Yéti et il est en convalescence ici pour le reste de l'été.

– Est-ce qu'il mord ?

– Non, il est doux comme un agneau.

Un peu rassuré, le jeune homme accepta de s'asseoir sur la couverture, mais le plus loin possible du chien. Depuis son face-à-face avec un loup enragé au village, il se méfiait de tout ce qui avait quatre pattes et des crocs.

– As-tu des nouvelles d'Alexei ?

– Il est retourné à Montréal pour passer des examens psychologiques, afin de voir s'il peut témoigner devant une cour de justice.

– Que va-t-il arriver s'il ne les réussit pas ?

– Matthieu Richard ! s'exclama Alexanne, outrée. Comment oses-tu dire une chose pareille ?

– Je sais que tu aimes beaucoup ton oncle, mais tu sais aussi bien que moi qu'il n'est pas comme tous les autres hommes de son âge.

– Parce qu'il n'a pas eu la même vie que tous les autres hommes. Je suis certaine que les psychologues prendront son passé en considération.

– Mais s'ils déclarent qu'il n'est pas apte à témoigner, que se passera-t-il ?

– Alors, il n'y aura pas de procès. Le Jaguar sera relâché, Alexei se mettra en colère et il fera des bêtises. Mais attendons d'en arriver là, d'accord ?

Alexanne avait raison : l'affaire était complexe et il était inutile d'en discuter maintenant. Il décida plutôt de lui changer les idées.

– J'ai apporté ma guitare, annonça-t-il en rougissant.

– Où est-elle ?

– Dans ma voiture.

– Pourquoi ne l'as-tu pas apportée jusqu'ici ?

– Je ne savais pas si j'aurais le courage de te chanter la chanson que j'ai composée pour toi.

– Pour moi ? Oh, Matthieu, j'aimerais l'entendre !

Un air taquin apparut sur le visage de la jeune fée, qui connaissait la grande timidité de son copain lorsqu'il était question de faire publiquement l'étalage de ses talents.

– Si je l'aime, je vais l'enregistrer et la faire jouer à la radio ! décida-t-elle. Et nous en vendrons des millions d'exemplaires !

– Non ! protesta-t-il en mordant à l'hameçon.

Alexanne l'embrassa en riant. Il était bon de la voir de si belle humeur après toutes les épreuves que cette famille avait traversées. Sur la couverture, à côté de l'adolescente, le gros chien n'avait pas bronché. Il continuait à lécher son plâtre sans se préoccuper des tourtereaux.

* * *

Pour Danielle Léger, par contre, la vie était beaucoup moins agréable. Depuis qu'elle avait cessé de s'occuper du dossier d'Alexei, son ciel s'était considérablement obscurci. Elle passait plus de temps au bureau, mais sans vraiment abattre de travail. Elle mangeait à peine et sombrait souvent dans des rêves éveillés, qui se terminaient tous par des réveils baignés de larmes. Frédéric faisait tout ce qu'il pouvait pour qu'elle retrouve sa joie de vivre, mais rien n'y faisait. Un soir, il se présenta à l'appartement de Danielle avec un énorme bouquet de roses. Il l'embrassa et lui offrit les fleurs en la poussant à l'intérieur de l'appartement.

– As-tu dîné ?

– Non. Je n'ai pas faim.

– Chloé m'a dit que tu ne mangeais rien au bureau non plus. Est-ce que tu es malade ?

– Je suis seulement très fatiguée.

– Ça fait combien de temps que tu n'as pas pris de vacances ?

– Ça fait bien longtemps…

Elle alla s'asseoir sur le canapé et déposa les fleurs sur la table basse.

– Et si je t'envoyais passer deux semaines dans un spa ?

– C'est gentil, mais le procès du Jaguar est sur le point de commencer et…

– Nous ne sommes même pas certains qu'il y aura un procès. Tout dépendra du rapport des psychologues. De toute façon, ce dossier n'est plus entre tes mains.

– Je veux quand même être là pour aider Alexei, si jamais les choses se gâtent.

Frédéric alla s'asseoir près d'elle.

– Danielle, écoute-moi. Ça fait plusieurs années que je travaille pour la Couronne. Je sais quand j'ai une bonne cause, et celle-là est pourrie, je te le garantis.

– Mais tu as les ossements des victimes qui ont été enterrées à l'extérieur des palissades de la secte !

– Les experts ne sont pas certains qu'il s'agisse des restes des disciples ou d'Amérindiens qui vivaient dans la région, autrefois.

– Mais Alexei les a déjà identifiés !

– En mettant la main sur un fémur ou sur une côte ? Penses-tu vraiment que le juge va prendre ce genre de preuves au sérieux ?

– Ses pouvoirs sont bien réels, Frédéric. Je l'ai vu s'en servir.

– Même si c'était vrai, comment veux-tu que je fasse avaler ça au juge et au jury ?

– Il faudrait que tu commences par faire l'effort d'y croire toi-même. Essaie de comprendre que ce pauvre homme a été maltraité pendant plus de dix ans par un maniaque qui assassinait ses disciples quand il était en colère.

– Mais lui, il a réussi à s'en sortir vivant. Tu ne trouves pas ça étrange ?

– On lui a quand même tiré huit balles dans le dos !

– Le rapport médical dit qu'il n'aurait pas dû survivre à ses blessures. Ça aussi, c'est difficile à expliquer à un jury.

– Alexei ne voulait pas mourir. Sa volonté lui a permis de se rendre jusque chez sa sœur, qui l'a soigné. Les humains font des choses extraordinaires quand leur vie est menacée. Tu le sais, pourtant.

– Et si c'était un coup monté par Kalinovsky pour faire condamner un innocent ? Peut-être que rien de ce qu'il t'a raconté n'est vraiment arrivé.

– Moi, je le crois. Tu peux demander à Tatiana Kalinovsky de témoigner.

– Une guérisseuse qui soigne certaines maladies grâce à des extraits de plantes ne peut pas avoir retiré des balles des poumons, des reins ou de l'estomac de son frère. Elle n'est pas chirurgienne.

– Tu ne la connais même pas ! cria Danielle, exaspérée. Sinon, tu saurais qu'elle fait régulièrement des miracles ! Et pourquoi est-ce si important pour toi de discréditer Alexei ? Tout ce qu'il veut, c'est que celui qui a tenté de le tuer soit puni par la justice. Et la justice, c'est toi, Frédéric ! C'est ton devoir de l'aider !

– Tu prends toute cette affaire bien trop à cœur, s'assombrit le procureur.

– C'est mon métier d'aider ceux qui sont victimes d'injustice sociale !

– Et le mien, c'est de faire condamner les vrais criminels. Mais pour ce faire, j'ai besoin d'un dossier blindé. Je n'ai certainement pas envie qu'on se moque de moi dans les journaux ou à la cour.

– Donc, ta réputation est plus importante que la justice ?

– Si je veux conserver mon emploi, je dois effectivement y faire attention.

– Moi, maugréa Danielle en lui remettant ses fleurs, c'est la justice qui m'importe. Maintenant, sors d'ici.

– Danielle, tu n'as aucune raison de t'emporter.

– Au contraire. Je veux qu'Alexei ait la chance de dire à un jury ce qu'il a vu et ce qu'il a vécu, même s'il n'a pas ton éducation ni ton éloquence. Je veux qu'on lui rende justice. Tu n'as pas le droit de le démolir avant même qu'il ait la chance de parler. Est-ce que tu comprends ce que je te dis ?

– Parfaitement. Mais nous ne vivons plus au Moyen Âge, quand la justice était rendue avec une longue épée au milieu de la cour du roi. Il y a des procédures à suivre dans le monde moderne avant de pouvoir se rendre jusqu'en cour.

À bout de forces, Danielle lui tourna brusquement le dos et éclata en sanglots. Frédéric la prit dans ses bras et la laissa pleurer contre sa poitrine en humant le parfum de ses cheveux.

– Je vais faire tout ce que je peux pour Kalinovsky, chuchota-t-il à son oreille, mais je veux que tu comprennes que ce n'est pas moi qui ai inventé les règles de procédure auxquelles je dois m'astreindre.

Danielle demeura inconsolable. Il la laissa donc épancher sa peine en se promettant de poursuivre cette conversation plus tard.

Chapitre 47
Chez Christian

Puisque sa femme était sur le point d'accoucher, Sylvain demanda à son copain Christian de s'occuper d'Alexei à sa place au cours des procédures préparatoires au procès. Le policier, qui aimait beaucoup ce fils d'immigrant russe, accepta avec plaisir de le remplacer. Il décida même d'héberger temporairement Alexei en disant à Sylvain qu'il serait plus à l'aise dans sa propriété au bord de la rivière, que dans une chambre d'hôtel au milieu d'une île en ciment. Il le ramena donc chez lui après les examens psychologiques qui ne perturbèrent pas du tout l'homme-loup.

– Qu'est-il arrivé aux disciples qui ont été arrêtés à la forteresse ? demanda-t-il à Christian en le suivant dans l'entrée éclairée par des lanternes de parterre.

– La plupart sont retournés dans leurs familles, et les autres séjournent dans des centres d'accueil. Ils sont désormais sous la tutelle des services sociaux. Hugues Robin est le seul membre de la secte à être inculpé des atrocités dont tu m'as parlé, du moins pour l'instant. Peut-être qu'une fois condamné, il dénoncera ceux qui ont procédé aux exécutions pour lui.

Christian fit entrer Alexei chez lui, et ce dernier tomba aussitôt sous le charme de sa maison. Elle n'était pas très grande et se composait d'un salon, d'une salle à manger, d'une petite cuisine, d'une salle de bains et de deux chambres à coucher. Elle contenait très peu de meubles, ce qui reflétait la simplicité de son propriétaire. On pouvait apercevoir la rivière des Mille-Îles de la fenêtre du salon. Ce cours d'eau était plus large et plus turbulent que celui qui passait au pied de la montagne, mais il donnait à Alexei l'impression d'être un peu chez lui.

Christian alla chercher un pichet d'eau froide et un verre à la cuisine, puis les déposa sur la table basse.

– Tu es bien certain de ne pas vouloir autre chose ? s'informa le policier. J'ai de la bière et des boissons gazeuses.

Alexei secoua la tête pour signifier que cela ne l'intéressait pas. Il alla s'asseoir sur le canapé et se versa un verre l'eau. Christian prit place devant lui et l'observa. Tous les gestes de l'homme-loup visaient l'économie d'efforts, ce qui démontrait une intense concentration mentale. Il le regarda goûter l'eau, puis la boire lentement. Tous les sens de l'ancien disciple étaient aiguisés, comme ceux des animaux sauvages. Il était aussi méfiant qu'eux, d'ailleurs.

– J'ai déjà déclaré à mes instructeurs, à Nicolet, que personne ne réussirait jamais à m'impressionner, précisa le policier. Eh bien, je me trompais. Tu m'épates, Alex.

– Moi ? Mais je ne sais même pas lire.

– Mais tu dessines avec une précision digne d'une caméra, et tu es capable de rappeler des images à ton esprit simplement en touchant un objet. C'est un don très rare que tous les policiers aimeraient posséder.

– Je ne comprends pas pourquoi. Ils savent déjà comment arrêter les criminels.

– Mais ils n'auraient qu'à toucher l'arme d'un crime pour voir le visage de celui qui l'a commis et, ce qui serait encore mieux, ils pourraient le dessiner. Moi, je pense que tu as un avenir dans la police, mon homme.

– Je ne veux pas travailler pour les autres.

Alexei baissa les yeux sur son verre d'eau et en but quelques gorgées.

– Sylvain m'a dit que Danielle et toi aviez décidé de mettre votre relation sur la glace.

– Sur la glace ?

– Ça veut dire « en suspens, à poursuivre plus tard ».

– Non, je pense que c'est terminé. Nous sommes trop différents.

– Moi, si je décidais de m'attacher à quelqu'un, je ne choisirais certainement pas une personne qui me ressemble. Ce serait bien trop ennuyeux. Je préférerais vivre avec une femme différente de moi et, si possible, complémentaire, pour que ma curiosité soit toujours piquée.

Alexei n'avait jamais considéré les choses sous cet angle. Il déposa son verre et se mit à réfléchir aux paroles de Christian. Le policier pouvait presque voir ses neurones se bousculer dans sa tête.

– Tu as une compagne, comme Sylvain ? voulut savoir l'homme-loup.

– Non. Sylvain et moi, nous sommes copains depuis toujours. Nous avons pratiquement grandi ensemble, mais nous sommes le jour et la nuit. Je pense que c'est pour cette raison que nous nous entendons encore si bien. Lui, c'est un sédentaire. La petite maison, le petit jardin, la petite femme et le petit bébé, si tu vois ce que je veux dire.

Alexei avait du mal à tout saisir, car Christian parlait très rapidement.

– Moi, je suis plutôt un nomade, poursuivit le policier. C'est ma troisième maison en sept ans. Ça ne sert à rien, je finis toujours par me lasser de mon décor et je pars à la recherche d'un autre paradis. Et je n'ai pas besoin non plus de bras pour m'enlacer quand je rentre à la maison. Quand j'ai envie de coucher avec une fille, j'ouvre mon petit carnet d'adresses et je passe des coups de téléphone.

Le jardin, oublie ça, ce n'est pas mon genre, et le bébé, c'est hors de question. Je ne ressens pas le besoin de me reproduire.

– Alors, je ressemble à Sylvain, conclut Alexei, parce que je n'aime pas le changement.

– Donc, toi et moi, on devrait bien s'entendre jusqu'à la fin de nos jours.

Alexei avait du mal à absorber toutes les informations que le policier lui fournissait en si peu de temps. Perspicace, Christian s'aperçut qu'il parlait trop vite pour cet homme, qui n'avait pas l'habitude des contacts sociaux. Il ralentit donc son débit.

– Il y a un détail qui continue de me tracasser, soupira-t-il. J'aimerais comprendre pourquoi tu refusais de manger de la chair humaine, même à dix ans.

Alexei se mit à trembler en revoyant dans son esprit le couteau de boucherie dont se servait le maître pour dépecer ses disciples, le sang qui jaillissait sur tous ceux qui se trouvaient trop près, l'odeur de la chair grillée... Il en faisait encore des cauchemars.

– Il va falloir que tu t'endurcisses avant ton interrogatoire, mon homme, l'encouragea Christian. Les avocats vont te questionner sans pitié.

– Pourquoi font-ils ça ?

– Parce que c'est leur travail. Ils doivent fournir au jury et au juge l'image la plus complète de ce qui s'est passé derrière les palissades de la secte, parce qu'ils n'y étaient pas, eux. Et tu devras répondre à leurs questions avec le plus d'exactitude possible.

– Sans émotion ?

– Pas nécessairement. Quand je t'ai parlé de chair humaine, ça t'a fait mal jusque dans les tripes, n'est-ce pas ?

– C'était horrible...

– Laisse paraître ce que tu ressens pour que les hommes et les femmes du jury comprennent ce que tu as vécu. Évidemment, tu ne dois pas exagérer tes réactions non plus. Reste crédible.

Encore une série de concepts inconnus pour Alexei, qui se demanda s'il réussirait à passer à travers cette nouvelle épreuve. Christian ne lui donna toutefois pas le temps d'y penser davantage.

– On ferait mieux d'aller se coucher, maintenant. Tu dois être en pleine forme demain.

Le policier lui montra la chambre d'amis et lui dit de faire comme chez lui. « Ce qui est impossible », pensa son invité, puisque toute l'énergie de la région lui était complètement étrangère. Christian le laissa s'installer en paix. Alexei ôta ses vêtements. Il se coucha sur le lit inconfortable et fut incapable de dormir. Christian avait fait remonter à la surface trop de souvenirs : les soirées entières de prières dans la grande salle, les nuits angoissantes passées sur son lit de camp à craindre les visites du Jaguar, l'humidité froide du cachot creusé dans la cour, les écorchures causées par les bracelets en métal qui le retenaient au poteau de torture, les morsures du fouet…

Trempé de sueur, Alexei s'assit brusquement sur son lit, en manque de réconfort. Il s'efforça de penser à Danielle et aux deux nuits ensorcelantes qu'il avait passées dans ses bras. « Je n'aurais pas dû accepter qu'un autre agent s'occupe de moi, songea-t-il. Je n'aurais pas dû la laisser sortir de ma vie. »

À quelques kilomètres à peine de lui, Danielle était couchée en chien de fusil contre Frédéric, mais elle n'arrivait pas à dormir, elle non plus. Son ami procureur avait tout fait pour la distraire, mais elle demeurait persuadée que son client était en danger au milieu de tous ces représentants de la justice. Elle craignait aussi que son confrère aux services sociaux ne s'occupe pas de lui comme elle l'aurait fait. Pis encore, son cœur n'arrêtait pas de lui reprocher d'avoir laissé filer son âme sœur.

Elle marcha jusqu'à la fenêtre de la chambre où elle avait déjà aperçu les points lumineux. Elle appuya ses deux mains sur la vitre et attendit pendant quelques secondes.

– Alex, j'ai tellement besoin de toi, murmura-t-elle en sentant des larmes couler sur ses joues.

Même s'il était sur l'autre rive du fleuve, Alexei perçut aussitôt la détresse de la jeune femme. Il se tourna vers la fenêtre et hésita. Un tel contact allait-il encore une fois le déchirer intérieurement ? L'angoisse de Danielle continuait à croître. Il posa les pieds sur le sol et se rendit résolument à la fenêtre en allumant le bout de ses doigts. En fermant les yeux, il les appuya doucement sur la vitre.

Cinq points lumineux apparurent enfin devant Danielle. Elle y appuya tout de suite les doigts en pleurant. Ressentant la présence chaude et rassurante de leur bien-aimé, les amoureux oublièrent le reste de l'univers pendant quelques heures.

Chapitre 48

Haziel

Une curieuse chaleur au niveau de son plexus solaire réveilla Alexanne, qui s'assit brusquement dans son lit. Avec prudence, elle posa les mains sur sa poitrine et écouta ce qui se passait.

– Mais qu'est-il en train de faire à Danielle ? s'étonna-t-elle.

Le gros chien couché à ses pieds leva la tête. Incapable de se rendormir, l'adolescente alluma sa lampe de chevet et alla chercher son cahier d'anges. Elle prit la plume d'argent et retourna s'asseoir sur son lit pour écrire. Yéti se recoucha en soupirant.

Mes chers anges,

Je sais bien que je vous ai négligés ces derniers temps, mais il s'est passé tellement de choses dans cette maison…

Sa chambre s'illumina soudain d'une étrange lumière dorée. Stupéfaite, Alexanne cessa d'écrire. Était-ce l'âme de sa sœur jumelle qui lui rendait visite au milieu de la nuit ? Était-ce son oncle qui lui ordonnait de ne pas l'espionner ?

– Alexei, est-ce toi qui fais ça ?

Une main transparente se posa sur la sienne. Elle étouffa un cri de surprise en levant les yeux vers la personne qui se tenait maintenant devant elle. Le visage aimable d'un ange aux yeux clairs et aux longs cheveux pâles lui souriait.

– Qui êtes-vous ? demanda l'adolescente, d'une voix étouffée.

– Nous sommes la clé qui ouvre la porte du monde spirituel.

La voix de l'homme était profonde et apaisante.

– Nous sommes Haziel et notre rôle est de transformer la conscience des hommes.

– Vous êtes ici pour modifier la mienne ?

– Ce n'est pas notre intention. Nous voulons simplement te dire que ta vie sera dédiée au service des autres. Tes idées nouvelles et ta formidable énergie feront progresser l'humanité et l'aideront à s'ouvrir plus rapidement à l'amour, à la paix et au pardon.

– Moi ?

– Nous serons toujours là pour te souffler les bons mots ou pour t'inspirer divinement. Ne laisse jamais ta tête t'éloigner de ton cœur.

L'apparition de l'ange s'estompa graduellement, et la lumière dorée disparut avec elle. Alexanne resta assise, le cahier d'anges sur les genoux et la plume d'argent dans les mains, se demandant si elle n'avait pas rêvé. Puis, elle se secoua et courut jusqu'à la chambre de sa tante. Heureusement, Tatiana ne dormait pas.

– Il vient de m'arriver quelque chose d'extraordinaire ! s'exclama Alexanne en sautant sur son lit.

Elle lui raconta qu'un ange lui était apparu pour lui parler de sa mission sur Terre.

– Haziel est l'ange de la compassion et du pardon, lui expliqua sa tante. Il nous demande de comprendre les émotions des autres tout en demeurant neutres.

– Ça ressemble drôlement à ce que vous faites déjà, remarqua Alexanne. J'ai observé votre comportement avec

Alexei et avec tous les gens qui viennent vous consulter. Jamais vous n'endossez leurs problèmes et jamais vous ne les jugez. Vous leur donnez de l'amour et des conseils et vous les remettez sur la bonne voie.

– C'est ce que les anges m'ont demandé de faire.

– Haziel est donc venu vous voir, vous aussi ?

– Non, ce n'était pas lui.

– Donc, nous avons tous notre propre ange ?

– C'est exact.

– Mais pourtant, Haziel me demande de faire la même chose que vous.

– Lorsque cet ange s'intéresse à quelqu'un, c'est qu'il veut en faire un soldat de la lumière qui aura le courage de changer le monde.

– Moi, un soldat ?

– C'est pour cette raison que tes pouvoirs sont plus puissants que les miens. Les anges n'envoient pas les hommes au combat sans les armer convenablement.

– C'est dur à croire, quand on a l'impression de n'être qu'un infime grain de sable sur cette planète.

– N'oublie jamais que les grains de sable parviennent à éroder les montagnes, Alexanne. Et puis, les anges t'ont donné un formidable allié dans cette mission.

– Alexei ! comprit l'adolescente. Je l'aime tellement !

– Et il t'aime aussi, assura Tatiana en la serrant dans ses bras. Tout ce qu'il vous faut, maintenant, c'est apprendre à vous respecter mutuellement et à travailler ensemble.

Debout devant la fenêtre de la chambre d'amis, chez l'inspecteur Pelletier, Alexei ressentit un formidable élan d'amour de la part de sa nièce. Son corps s'illumina d'une douce lumière rosée qui caractériserait désormais l'énergie d'Alexanne. Il se sentit profondément aimé, et cette émotion le rassura jusqu'au fond de l'âme.

Dans sa propre chambre, Danielle vit les points lumineux passer du blanc au rose, puis la lumière disparut et la pièce retomba dans l'obscurité. Les jambes lasses d'être restée si longtemps debout, la jeune femme se tourna vers Frédéric, qui dormait dans son lit. Malgré toutes ses attentions, il ne pourrait jamais remplacer Alexei dans son cœur. Elle remonta les couvertures jusqu'au menton du procureur et alla dormir dans le salon.

Chapitre 49
L'homme-fée

La semaine suivante, le procureur Desjardins donna rendez-vous à Alexei à Montréal, après avoir pris connaissance de son témoignage et des rapports de perquisition, ainsi que de ceux des psychologues et du coroner. Tout allait très bien, jusqu'à ce qu'il voie entrer Christian dans son bureau avec l'homme-loup.

– Vous n'avez rien de mieux à faire que de suivre monsieur Kalinovsky comme son ombre, monsieur Pelletier ? grommela le procureur, alors que les deux hommes prenaient place dans les fauteuils face à sa table de travail.

– On m'a assigné à sa protection jusqu'au procès, maître Desjardins, répondit le policier avec un sourire. Si vous avez des plaintes à formuler, il faudra les adresser à mes supérieurs.

L'air moqueur de Christian ne plaisait guère à Desjardins. Sa présence allait l'empêcher de manipuler Kalinovsky à sa guise, mais il n'avait plus le choix. Il lui faudrait composer avec ce casse-pieds.

– J'ai reçu le rapport de notre expert médical, qui affirme que tu es suffisamment sain d'esprit pour témoigner, dit-il à Alexei.

– Pourquoi le tutoyez-vous, tout à coup ? s'enquit le policier.

Les yeux du procureur se voilèrent de colère.

– Le procès, c'est pour bientôt ? demanda l'ancien disciple, qui n'avait rien compris à ses paroles.

– Dès que le juge aura fixé une date, puisque la sélection du jury est presque terminée. Étant donné que le sort d'une cinquantaine de disciples dépend de l'issue de ce procès, je crois bien que nous pourrons bénéficier de la procédure accélérée.

– Qu'est-ce que je dois faire en attendant ?

– Nous allons préparer votre témoignage, évidemment. J'aimerais aussi que vous vous achetiez des vêtements plus convenables pour la cour.

Surpris, Alexei jeta un coup d'œil à sa chemise et à son pantalon des années quatre-vingt qui étaient très propres.

– Ce n'est pas convenable ?

– Pas vraiment. Le jury a plus de sympathie pour un homme bien habillé. Un complet moderne et une cravate aideraient votre cause, monsieur Kalinovsky. Et il faudrait aussi que vous vous fassiez couper les cheveux.

– Je veux bien me déguiser en avocat pour aller à la cour, mais il n'est pas question qu'on touche à mes cheveux.

– Comment voulez-vous que le jury croie que vous avez quitté la secte, si vous ressemblez encore à un disciple ? riposta Frédéric qui commençait à perdre patience.

– Ce qui est important, c'est ce que j'ai à lui dire, pas mes cheveux, s'obstina l'homme-loup.

Frédéric le fusilla du regard. Christian, qui trouvait la scène très amusante, ne pouvait pas s'empêcher de sourire.

– Si vous adoptez cette attitude à la barre des témoins, votre cause est perdue d'avance, poursuivit le procureur.

– Si monsieur Kalinovsky accepte d'attacher ses cheveux, intervint finalement Christian, la Couronne sera-t-elle satisfaite ?

– Monsieur Pelletier, je tiens à vous rappeler que vous accompagnez monsieur Kalinovsky en tant que garde du corps. Je vous prie donc de garder vos remarques pour vous.

– Je suis navré, maître Desjardins. J'ai senti que mon client était menacé.

– Ce sera tout pour aujourd'hui, messieurs, décida l'avocat. Ma secrétaire vous téléphonera pour fixer notre prochaine rencontre.

– J'aimerais avoir une copie de tous les rapports, demanda Alexei en se levant.

– Je ne vois pas en quoi ils pourraient vous être utiles, puisque vous ne savez même pas lire.

– Christian sait lire, lui.

– Ils ne contiennent aucune information qui puisse vous aider à préparer votre témoignage.

– Préféreriez-vous que nous en fassions la demande directement à votre patron, le procureur général ? intercéda Christian.

– Je verrai ce que je peux faire, siffla Frédéric entre ses dents.

– Vous êtes trop aimable, maître Desjardins.

Christian fit signe à Alexei de se diriger vers la porte. L'espace d'une seconde, Alexei ressentit une sombre énergie et fit volte-face.

– Ah, j'allais presque oublier ! s'exclama Desjardins avec un sourire vengeur. Danielle vous salue.

L'ancien disciple fit un pas vers l'avocat avec l'intention de lui casser la figure, mais Christian lui agrippa solidement le bras et le fit sortir du bureau. Les néons se mirent à clignoter, et les ampoules dans les lampes de la réception explosèrent au passage des deux hommes. Se doutant qu'Alexei était sans doute à l'origine de ces curieux problèmes électriques, Christian attendit qu'il se calme avant de le pousser dans l'ascenseur. L'homme-loup n'ouvrit la bouche qu'une fois arrivé dans la rue, tandis qu'ils marchaient en direction du camion de Christian.

– J'aimerais être comme toi et trouver les mots qui le feraient se fâcher, maugréa Alexei.

– Moi, je préférerais que tu restes exactement comme tu es, répliqua le policier. Ta franchise est ta plus belle arme. Et puis, on dirait bien que le procureur n'arrive pas à séduire ta belle Danielle.

– Mais il couche avec elle !

– Il ne t'aurait pas attaqué comme il vient de le faire s'il avait une bonne emprise sur elle. Moi, je pense que le procureur est jaloux parce que c'est toi qu'elle aime.

– Donc, c'est pour ça qu'elle m'a rendu visite hier soir.

– Chez moi ?

– Non. Dans l'Éther.

Ils s'immobilisèrent près du véhicule.

– C'est où, ça ? s'étonna Christian, qui avait pourtant une grande culture.

– Je ne sais pas comment l'expliquer.

Christian désactiva le système d'alarme et ouvrit la portière à Alexei.

– Ce n'est pas l'endroit où nous allons après notre mort, au moins ? s'inquiéta le policier.

– Ça, c'est l'Astral. Dans l'Éther, il n'y a que des pensées.

– Ah bon, fit Christian en refermant la portière.

Il s'installa derrière le volant, mit le camion en marche et s'engagea sur la rue.

– Explique-moi donc comment Danielle fait pour te rendre visite dans l'Éther.

– J'allume le bout de mes doigts, et mon énergie se rend jusqu'à elle. Elle appuie alors les siens sur les points de lumière que je fais apparaître devant elle, et nos âmes se parlent.

– Quoi ? Personne n'est capable d'allumer ses doigts, voyons !

Alexei leva sa main et la fit briller en entier pendant une fraction de seconde. Stupéfait, Christian cessa de surveiller les autres voitures pendant un instant et dut donner un coup de volant pour ne pas emboutir un camion de la ville.

– Ça parle au diable…

– Non, ça n'a rien à voir avec le diable.

– C'est juste une expression québécoise, Alex. Elle signifie que j'ai du mal à croire ce que je viens de voir.

– Je t'ai pourtant dit que je faisais des choses que les autres hommes ne pouvaient pas faire.

– Je pensais que tu parlais de tes talents de dessinateur…

– Est-ce que tu as mis mes illustrations dans le journal ?

– Oui, et nous avons reçu des centaines d'appels à leur sujet. Nous avons même réussi à identifier quatorze des vingt-deux victimes jusqu'à présent. Mieux encore, les dossiers dentaires de ces personnes nous ont permis d'affirmer que tu ne t'es pas trompé sur leur identité.

– Je ne me trompe jamais quand j'utilise mes pouvoirs, Christian.

– Tu n'as pas parlé de ça aux psychologues, j'espère.

– Ils ne m'ont pas posé de questions concernant mes facultés.

– Promets-moi tout de suite que tu n'en parleras pas à la cour.

– Si on me demande comment j'ai trouvé les ossements, est-ce que je devrai mentir ?

– Tu peux dire que ces événements sont soudainement remontés à ta mémoire, ce qui n'est pas tout à fait faux.

– Je ne dois pas parler de mes pouvoirs de double vue, d'audition et de ressentir ?

– Je ne sais pas ce que c'est, mais n'en parle pas, sinon le jury va te prendre pour un fou et il refusera de te croire. Je sais que c'est mal de mentir, mais dans ton cas, ça pourrait t'épargner beaucoup d'ennuis.

L'homme-loup hocha la tête pour signifier qu'il avait compris. Il demeura silencieux pendant quelques minutes et regarda les passants qui déambulaient comme des fantômes sur les trottoirs. Il pouvait ressentir toutes leurs émotions, semblables à des instruments de musique individuels qui lui faisaient entendre une triste symphonie.

– Est-ce qu'il y a des fées à Montréal ? demanda-t-il soudainement.

– Je n'en ai jamais rencontrées, répondit Christian, sans cacher son inquiétude. Pourquoi est-ce important ?

Alexei haussa les épaules et tourna la tête vers sa fenêtre. Mais la question hanta Christian, qui décida de lui en reparler lorsqu'ils furent enfin assis à la table de pique-nique installée dans la cour de sa maison, à quelques pieds de la rivière. Il faisait doux en cette fin d'été.

– C'est quoi, cette histoire de fées ?

– Tu devrais garder cette maison, recommanda Alexei. L'énergie est puissante ici.

– Tu sens ça, toi ?

– Je vois, j'entends et je ressens plus de choses que les humains. Je peux dire si les gens me disent la vérité ou s'ils sont malades.

– Surtout, ne te gêne pas, fit Christian en ouvrant les bras en croix pour inviter Alexei à le sonder.

– Tu dis la vérité et tu es en parfaite santé.

– Mon Dieu que je suis soulagé ! s'exclama le policier, moqueur.

Pour la première fois depuis qu'ils étaient ensemble, l'homme-loup s'esclaffa devant l'expression comique de son hôte.

– Ça me fait du bien de t'entendre rire, Alex.

– Et moi, ça me fait du bien d'être avec un humain qui n'a pas peur de moi.

– Ne me dis pas que tu es une fée !

Cette fois, c'est Christian qui éclata de rire devant l'air sérieux d'Alexei.

– Une fée ! Alex, il faut vraiment que je te garde dans mon cercle d'amis !

L'homme-loup se tourna vers la maison et vit une pelle de jardin appuyée contre le mur. Il tendit le bras et l'outil vola dans les airs jusqu'à sa main. Christian arrêta brusquement de rire.

– Comment as-tu fait ça ?

– Je te l'ai dit, je suis une fée.

Le policier observa la pelle, puis le visage de l'homme assis devant lui. Comment avait-il pu déplacer un objet aussi lourd sans l'aide de fils ou d'aimants ? Il avait déjà observé des magiciens pour découvrir leurs trucs, mais Alexei Kalinovsky n'avait certainement pas eu le temps de préparer une pareille illusion pendant la nuit.

– Mais les fées n'ont que dix centimètres de haut et elles ont des ailes dans le dos !

– Pas toutes, affirma Alexei.

– Et puis, ce sont des filles.

– Je suis la preuve que c'est faux.

Christian garda le silence. Ce qu'il venait de voir remettait en question tout ce en quoi il croyait.

– Est-ce que tu as peur ? s'attrista Alexei.

– Je suis étonné, déconcerté, stupéfait et ébahi, mais je n'ai pas peur. Dis-moi comment tu fais ça.

– Je n'ai qu'à le désirer, et les objets viennent à moi.

– Avais-tu déjà ces facultés quand tu étais dans la secte ?

– Oui, je suis né avec. Je m'en suis servi une ou deux fois quand je suis arrivé à la forteresse, mais quand le Jaguar m'a surpris en train de donner de la lumière à des plantes, je n'ai plus voulu les utiliser. C'est pour ça qu'il ne m'a pas tué, même si je le faisais enrager. Il voulait me voler mes pouvoirs.

– Y serait-il parvenu si tu ne t'étais pas échappé ?

– Non. Les fées transmettent leurs pouvoirs à leurs filles. Je suis une exception.

– Alex, c'est absolument fascinant, mais il est très important que tu n'en parles à personne pendant le procès. Si jamais l'idiot qui défend le Jaguar te questionne à ce sujet, réponds que tu ne sais pas de quoi il parle. Tu as le droit en cour de dire que tu ne sais pas quelque chose. Le mieux pour toi, c'est de toujours répondre par oui ou par non. Surtout, ne développe jamais tes réponses.

– C'est toi qui devrais me préparer pour le procès, pas le procureur.

– Avec le salaire qu'il gagne, on va le laisser faire son travail.

Alexei pensa qu'il avait raison, bien que le concept de salaire lui fût étranger. Un large sourire fendit son visage lorsqu'il renvoya la pelle à sa place par la voie des airs. Christian observa la scène avec la même fascination, en se demandant s'il y avait d'autres fées à Montréal.

Ce soir-là, après un dîner végétarien qui lui fit le plus grand bien, Alexei reçut un coup de fil de sa nièce, qui lui apprit qu'elle avait commencé à éprouver tout ce qu'il ressentait, malgré la distance. Elle lui confia même qu'elle avait eu connaissance de sa transmission d'énergie à Danielle durant la nuit. Alexei changea de sujet et l'informa que le jury avait été sélectionné et que le juge allait bientôt fixer la date du procès. La défense avait exigé la procédure d'urgence, puisque le sort de tous les disciples dépendait du verdict, mais Christian Pelletier craignait que cela puisse prendre encore des semaines avant que la sentence soit rendue.

Alexanne s'étonna du vocabulaire que son oncle avait appris en si peu de temps. Il expliqua que c'était grâce à Christian, qui n'arrêtait jamais de parler. « Il s'est donc fait des amis parmi les hommes », se réjouit Alexanne. Alexei raccrocha au moment où le policier arrivait dans le salon avec des verres de lait et un paquet de biscuits, qu'il posa sur la table basse.

– Tout va bien chez toi ?

– Alexanne se tient tranquille, mais ça ne durera pas longtemps.

– Si je comprends bien, elle est comme toi ? se moqua Christian.

– Pas tout à fait... Qu'est-ce que c'est ?

– C'est un petit en-cas avant d'aller au lit.

Alexei prit un biscuit et l'examina sous toutes ses coutures. Il le flaira, le lécha et finit par prendre une petite bouchée. Surpris par le goût prononcé du sucre, il leva des yeux incertains sur Christian.

– Tu aimes ?

– C'est particulier.

Alexei enfouit alors tout le biscuit dans sa bouche. Christian éclata de rire devant ce geste enfantin. Son nouvel ami fée était un véritable rayon de soleil dans sa vie.

Chapitre 50

Début du procès

Comme Christian l'avait pressenti, le procès n'eut lieu qu'au début de l'hiver. Entre-temps, Alexei était retourné dans les Laurentides afin de transplanter ses plantes dans des pots pour la saison froide. Tout en travaillant, il continuait à penser à Danielle. Alexanne le sentait profondément malheureux, mais elle ne voulait rien faire qui puisse aggraver sa peine.

Lorsque Alexei fut enfin appelé à témoigner devant la cour au mois de décembre, ni Christian ni lui n'avaient reçu les rapports que Desjardins leur avait promis, et aucune rencontre de préparation n'avait eu lieu. Le policier lui avait laissé plusieurs messages sur sa boîte vocale, mais Desjardins ne le rappelait pas. En dernier recours, Christian se présenta à son bureau. En lui disant que son patron n'était pas là, la secrétaire du procureur lui remit une liste de questions que la défense allait probablement poser à Alexei, ainsi que les réponses qu'on lui suggérait de donner.

La veille de l'audience, Christian passa donc toute la nuit à réviser ces questions avec Alexei. Au matin, il lui prêta un complet, une chemise et une cravate, et lui attacha les cheveux sur la nuque. Jusqu'au palais de justice, l'homme-loup demeura silencieux. Ils rejoignirent Sylvain dans le couloir où ils devaient attendre l'ouverture des portes de la salle d'audience.

– J'aurais aimé que Tatiana soit là, déplora Alexei.

– Elle avait des gens à soigner aujourd'hui, lui rappela Christian. Et puis, tu dois traverser seul cette épreuve.

– Reste calme et tout va très bien se passer, l'encouragea Sylvain.

– J'ai un mauvais pressentiment...

– Nous avons révisé toutes les questions ensemble, mon homme, lui rappela Christian.

– Et si on me pose des questions différentes ?

– Alors, réponds le plus franchement possible, recommanda Sylvain. C'est tout ce que le juge te demande.

– Surtout, ne te laisse pas impressionner par les avocats, ajouta le policier. Ce sont des hommes comme nous, sauf qu'ils portent des complets plus chers. Et si tu fais bien les choses, je te donnerai mon paquet de biscuits.

Alexei aurait dû sourire en entendant cette remarque, mais il ne les écoutait plus. Lui qui avait fui la compagnie des hommes ces dernières années, il allait devoir affronter seul leur système de justice, car le procureur de la Couronne censé représenter ses droits ne l'aimait pas du tout.

– Alex, fais-moi plaisir et respire profondément, conseilla Sylvain, qui se méfiait de son air combatif.

L'officier ouvrit la porte de la salle d'audience, et Alexei le suivit dans la pièce où étaient réunis des disciples de la secte, des journalistes, des officiers de la cour et des curieux. L'homme-loup marcha en regardant droit devant lui. Il observa alors le juge et le jury, des étrangers qui décideraient s'il disait la vérité. Devant le juge, étaient installées deux tables où étaient assis le Jaguar et son avocat Martin Deland d'une part, et Frédéric Desjardins, de l'autre.

En apercevant Alexei, les disciples se prirent par la main et se mirent à entonner tout bas une incantation de protection. L'homme-loup connaissait bien ce rituel. Autrefois, il y réagissait de façon violente, mais ce jour-là, il ne sourcilla même pas. Une fois arrivé à la barre des témoins, on lui demanda de mettre la main sur un livre étrange qu'ils appelaient la Bible. Il jura de dire la vérité sans vraiment comprendre pourquoi cette procédure était nécessaire, puisqu'il ne mentait jamais.

Christian s'assit près de Sylvain, derrière la table de Desjardins, et lui demanda tout bas pourquoi les disciples chantaient.

– Ils se protègent du diable.

– Quoi ? s'exclama Christian en attirant tous les regards sur lui.

Le juge exigea alors le silence. Les disciples se turent, mais continuèrent à se tenir par la main. Alexei jeta un coup d'œil vers le magistrat, un homme d'une soixantaine d'années qui contemplait l'assemblée sans cacher son découragement. Il le sonda rapidement et vit qu'il était un homme juste et intègre.

– Votre témoin, maître Desjardins, fit-il.

– Je n'ai pas de questions, votre honneur, déclara Frédéric.

Christian et Sylvain échangèrent un regard étonné. Alexei dirigea ses sens de fée vers Desjardins, afin de comprendre pourquoi il ne faisait rien, mais il se heurta une fois de plus à un mur de glace.

– Maître Deland ? interpella le juge en se tournant vers la défense.

Le jeune avocat aux cheveux blonds et aux yeux immensément verts s'approcha d'Alexei. Il ne semblait pas être tellement plus vieux qu'Alexanne. Il posa un regard vide sur le témoin, qui flaira aussitôt l'influence de la secte dans son esprit.

– Monsieur Kalinovsky, quel âge aviez-vous lorsque vous êtes arrivé chez monsieur Robin ?

– Dix ans, répondit l'homme-loup, sur ses gardes.

– Vous a-t-on forcé à entrer chez lui ?

– Non, mais on m'a empêché d'en partir.

Alexei entendit alors la voix du Jaguar dans sa tête. *Tu n'aurais jamais dû me trahir, Mikal.* Il se tourna brusquement vers la table de l'accusé. Le Jaguar se tenait bien droit, toujours aussi arrogant. Il était impossible qu'il ait pu développer le pouvoir de parler directement à son esprit depuis son évasion. *Il va te mettre en pièces, Mikal, et ce sera ta faute. Tu ne peux pas m'atteindre. Tu ne le pourras jamais.*

– Est-il vrai que monsieur Robin vous a recueilli, nourri et vêtu ?

– Oui, c'est vrai.

– Est-il vrai aussi que, malgré toute sa générosité, vous n'avez cessé de vous rebeller contre les règlements établis par monsieur Robin afin de maintenir la paix et l'ordre dans son centre de recueillement ?

– C'étaient des règlements qui nous empêchaient de le contredire lorsqu'il nous imposait sa volonté.

– Je vous ai demandé si vous vous rebelliez contre ces règlements.

– Oui, je me rebelle contre tout ce qui est absurde.

– Et malgré le fait qu'on vous rappelait gentiment à l'ordre, vous avez persisté dans votre attitude insoumise jusqu'à l'âge adulte ?

– Gentiment ? explosa Alexei.

Regarde les membres du jury, Mikal. Ils ne te croient pas. Alexei se tourna vers les hommes et les femmes qui l'observaient avec méfiance : tous d'honnêtes gens à qui on avait demandé de juger une situation qu'ils ne pouvaient pas comprendre.

– Monsieur Kalinovsky, répondez à ma question, exigea Deland.

– J'ai été injurié, privé de nourriture, battu et jeté au cachot presque tous les jours, se défendit le témoin. C'est ça que vous appelez « gentiment » ?

– La police a fouillé le campement de monsieur Robin et n'a trouvé aucun cachot.

– Alors, elle n'a pas regardé au bon endroit, parce qu'il y en a un !

Les lampes se mirent à clignoter comme si le palais de justice allait manquer d'électricité. Christian fit aussitôt signe à Alexei de se calmer. Ce dernier baissa aussitôt la tête en inspirant profondément. Son ami policier avait raison : il était inutile de se mettre en colère. Cet énergumène à la solde du Jaguar récitait probablement le texte que son maître avait écrit pour lui. Alexei se rappela qu'il devait bien paraître devant la cour, sinon personne ne le croirait.

– Monsieur Kalinovsky, le rapport de notre expert médical indique que vous avez énormément souffert aux mains d'une mère tyrannique et que déjà, à l'âge de dix ans, vous étiez névrosé à votre arrivée chez monsieur Robin.

– Je n'ai pas vu les rapports, répondit Alexei plus calmement.

– Est-il possible, monsieur Kalinovsky, que votre esprit malade ait pu déformer les événements dont vous avez été témoin dans la communauté de monsieur Robin ?

– Je ne comprends pas la question.

Christian ne saisissait pas pourquoi la Couronne laissait l'avocat de la défense malmener ainsi son témoin. Il se pencha aussitôt à l'oreille de Sylvain.

– Qu'est-ce que Desjardins attend pour objecter ? se fâcha-t-il.

Martin Deland prit son temps avant de reformuler sa question, de manière que le jury se rende bien compte que le témoin était un homme profondément déséquilibré qui ne comprenait même pas une simple interrogation.

– Est-il possible, monsieur Kalinovsky, que vous ayez donné une signification différente aux événements que vous viviez parce que votre mère avait installé en vous de la peur et de la haine ?

– Ma mère n'a rien à voir là-dedans. J'ai vu ce que j'ai vu.

Il a raison, Mikal. Tu es un danger pour toi-même et pour les autres. Ce n'est pas moi qui devrais être accusé ici, mais toi.

Piqué au vif, Alexei se tourna brusquement vers la table de la défense. Un vent violent balaya tout ce qui se trouvait sur la table de Desjardins : feuilles de papier, crayons et documents. Habitué aux sautes d'humeur de son ancien disciple, le Jaguar ne broncha pas. Cependant, ses disciples effrayés recommencèrent à fredonner leur incantation. Le juge frappa avec son maillet sur une petite plaque en bois pour se faire entendre et exigea qu'ils se taisent, sinon ils seraient expulsés de la salle.

Tu es un sorcier, Mikal. Ton père et ta mère n'étaient pas des êtres humains, ils étaient des démons.

– Monsieur Kalinovsky, reprit Martin Deland, je vous en prie. Concentrez-vous et répondez-moi. Est-il possible que…

– Que je sois fou ? Non ! Exaspéré, oui ! Je suis venu ici pour dire ce que j'ai vu dans la secte, pas pour parler de ma mère ou de mon père !

Le juge savait bien qu'il avait raison. Il se tourna vers Desjardins, impassible à la table de la Couronne, et lui demanda d'approcher.

– Vous avez souvent plaidé devant moi, maître Desjardins, chuchota le juge, et, tout à l'heure, votre discours d'introduction était éloquent. Alors, dites-moi pourquoi vous n'avez aucune question à poser à votre unique témoin oculaire et pourquoi vous laissez la partie adverse le démolir sans vous y opposer. Êtes-vous souffrant ? Voulez-vous que nous reportions cette audience à une date ultérieure ?

– Non, votre honneur, refusa Frédéric en parlant assez fort pour qu'Alexei l'entende. Il s'agit surtout d'un cas de conscience. Après avoir lu tous les rapports dans cette affaire, je me demande si le véritable meurtrier n'est pas monsieur Kalinovsky lui-même.

– Quoi ? explosa Alexei.

Toutes les ampoules de la salle éclatèrent en même temps, achevant d'affoler les disciples. Dans la pénombre, le juge fut incapable de rétablir l'ordre. Il remit donc l'audience au lendemain et demanda aux officiers de la cour de faire sortir tout le monde, sauf les deux avocats qu'il voulait voir dans son bureau.

Alexei bondit de son siège et se dirigea vers la table du Jaguar pour lui faire connaître sa façon de penser. Heureusement, Christian avait anticipé son geste. Il intercepta l'homme-loup avant que ce dernier arrive à la hauteur du chef de la secte, et lui saisit solidement les épaules.

– Alex, du calme, exigea-t-il. Le juge va clarifier la situation avec les avocats et demain, Desjardins sera obligé de faire son travail. Fais-moi confiance. Ce n'est pas le premier procès auquel j'assiste. Les juges ne sont pas des imbéciles.

Voyant que son nouvel ami était trop fâché pour raisonner correctement, il le poussa en direction de l'allée et le fit reculer jusqu'à la sortie de la salle, où Sylvain les attendait. Tous les deux durent protéger Alexei de l'assaut des journalistes et des caméramen en le conduisant au camion du policier.

Chapitre 51
Frustration

Ce soir-là, aux nouvelles télévisées, le curieux procès fit la manchette. On annonça qu'il risquait de ne pas durer longtemps, en raison de l'attitude passive du procureur de la Couronne et du manque de preuves. Danielle, qui était couchée sur le canapé de son salon, une compresse sur les yeux, se demanda si elle avait bien compris ce qu'elle venait d'entendre. Elle monta le volume du téléviseur.

– Les journalistes présents lors de l'interrogatoire du témoin clé de la Couronne ne comprennent pas le mutisme du substitut du procureur général, maître Frédéric Desjardins, qui a refusé de questionner son propre témoin et de lui venir en aide lors du contre-interrogatoire de maître Deland.

Danielle n'en crut pas ses oreilles. Elle vit ensuite des images de Christian et Sylvain aidant Alexei à traverser un barrage de photographes et de journalistes qui voulaient le questionner. Elle connaissait suffisamment son client pour déceler la colère et la confusion sur son visage. Le pauvre ne comprenait sans doute pas pourquoi les choses s'étaient déroulées ainsi. N'écoutant que son cœur, Danielle téléphona à Sylvain. Le journaliste l'informa que l'homme-loup était chez Christian, qui avait du mal à le calmer. Danielle agrippa son manteau sur le dos du fauteuil et fonça vers la porte. Alexei avait besoin d'elle.

Assis dans le salon de sa grande maison de Saint-Jérôme, le juge Perron avait écouté le même bulletin de nouvelles et il avait eu la même réaction de surprise que Danielle. La sonnerie du téléphone le fit sursauter. Il vit sur l'afficheur que c'était son fils Simon qui l'appelait.

– Bonsoir papa, le salua son fils, qui était substitut du procureur général à Québec. As-tu écouté les nouvelles ?

– Je suis encore devant la télévision et en état de choc. Qu'est-ce que cet imbécile de Desjardins essaie de faire ?

– On dirait que quelqu'un a acheté son silence.

– Je vais annuler tous mes rendez-vous demain et monter à Montréal. Kalinovsky mérite bien que je l'aide, lui qui nous a rendu Isabelle.

– Si la Couronne décide d'abandonner les poursuites, tu ne pourras rien y faire.

– Je vais rencontrer le procureur général et lui demander de révoquer Desjardins. Je connais aussi le juge. Je ne sais pas exactement ce que je peux faire, Simon, mais je ne vais pas rester ici à me tourner les pouces pendant que la défense ne fait qu'une bouchée du seul témoin qui peut mettre ce maniaque à l'ombre.

À la porte du salon, Isabelle, récemment rescapée de la secte, avait entendu cette conversation. Elle s'était si souvent querellée avec Mikal, par le passé, qu'elle ne savait plus très bien si elle voulait l'aider ou creuser sa tombe.

* * *

Assise auprès de sa tante, Alexanne n'avait pas écouté les nouvelles, mais elle ressentait l'irritation d'Alexei. Les émotions de son oncle étaient si négatives que l'adolescente éprouvait une intense douleur à la poitrine et avait du mal à respirer. Tatiana lui tenait les mains et tentait de lui enseigner la manière de se dissocier temporairement de son âme jumelle, même si elle était parfaitement consciente que c'était une technique difficile qu'on ne maîtrisait qu'avec le temps. Au bout d'un moment, la guérisseuse dut abandonner, car Alexanne ne l'écoutait plus.

– Il y a tellement de rage dans son cœur, haleta l'adolescente. Il se sent trahi et abandonné comme lorsqu'il était petit... et il veut se venger.

– Tu peux ressentir ses émotions, mais peux-tu aussi lire ses pensées ?

Alexanne ferma les yeux et sa respiration sembla s'améliorer.

– Il y a plein d'images dans sa tête, se découragea l'adolescente. Il y a des visages que je ne connais pas. Il pense aussi à Danielle... Il voudrait pleurer dans ses bras... et il voudrait tuer le Jaguar.

– Est-ce qu'il est seul ?

– Je n'en sais rien, avoua l'adolescente en ouvrant les yeux. Il ne s'occupe pas du tout de ce qui se passe autour de lui. Il est enfermé dans sa tête.

– Au lieu de le sonder, envoie-lui de l'amour. Mets tes deux mains sur ton plexus solaire et dis-lui que tu l'aimes. Peut-être arriveras-tu à le calmer.

Alexanne rassembla ses forces. Tatiana aurait pu l'aider, mais il était important que cette jeune fée développe elle-même ses pouvoirs.

Sur la pelouse saupoudrée de neige de la propriété du policier, Alexei faisait les cent pas au bord de la rivière.

– Desjardins a commis une faute grave, répéta encore une fois Christian pour tenter de le réconforter. Il est certain que son patron va en entendre parler et qu'il va intervenir.

Alexei ne lui prêta pas la moindre attention.

– Je t'en prie, écoute-moi, même si ce n'est que quelques secondes.

L'homme-loup s'arrêta brusquement. Il baissa les yeux sur sa poitrine, qui s'illumina faiblement.

– Qu'est-ce qui t'arrive ? s'inquiéta Christian.

– C'est Alexanne... Je suis en train de lui faire du mal... Il faut vraiment que je me calme.

– Ça fait une demi-heure que je te le demande ! Allez, viens te reposer au chaud dans la maison.

– Non, je veux rester dehors. J'ai besoin d'air.

– Dans ce cas, je vais t'apporter ton dîner ici.

– Je n'ai pas faim non plus.

Alexei marcha vers le plus gros arbre de la propriété et y grimpa avec l'agilité d'un chat. Christian décida de le laisser tranquille. Il prépara le dîner sans se presser, persuadé que son invité finirait par rentrer. Toutefois, ce ne fut pas lui qui arriva devant sa porte.

– Mais tu n'as pas besoin de frapper pour entrer chez moi, Sylvain ! s'exclama Christian en lui ouvrant.

– Je suis conventionnel, tu le sais bien.

Pendant que l'eau bouillait sur la cuisinière, ils s'installèrent dans le salon, d'où ils pouvaient voir Alexei, la poitrine appuyée contre une grosse branche.

– Tu m'avais dit qu'il était spécial, mais je ne me doutais pas à quel point, soupira Christian.

– Il t'a parlé de ses facultés ?

– Non seulement il m'en a parlé, mais il m'en a fait la démonstration. Savais-tu qu'en plus de visualiser les visages des gens en touchant à leurs ossements, il est capable de déplacer des objets en se servant uniquement de sa volonté ?

– Lui-même ne sait pas encore tout ce qu'il peut faire. Je me demande, par contre, s'il a suffisamment de maturité pour se servir correctement de ses aptitudes psychiques.

– Il ne maîtrise pas toujours ses émotions, mais ça s'apprend. Pourquoi dis-tu ça ?

– Parce que même s'il approche la trentaine, Alexei n'a aucun vécu. Celui qui devait lui enseigner la différence entre le bien et le mal ne faisait pas cette différence lui-même.

– Je suis certain qu'il s'en rend compte, Sylvain. Il est loin d'être fou et il apprend vite.

En voyant que son ami journaliste était réellement inquiet, Christian décida de le détendre en plaisantant.

– As-tu peur qu'il se change en démon ou en quelque chose du genre ?

– Il existe une prophétie à ce sujet dans sa famille, répliqua Sylvain avec un air encore plus grave. Un enfant mâle est censé naître d'une fée et hériter de tous les pouvoirs de ses ancêtres et plus encore.

– C'est donc très sérieux, cette histoire de fée ?

– Les fées sont des guérisseuses dans le pays de ses ancêtres.

– Moi, je pensais aux petites lucioles avec des ailes qui embêtent tout le monde dans les contes pour enfants.

– Tu lisais ça, toi ? s'étonna Sylvain.

– Ma mère m'obligeait à écouter les mêmes histoires que mes sœurs. Mais revenons à nos moutons. Alexei est la première fée mâle, et alors ?

– La prophétie prétend qu'il a le pouvoir de faire autant le bien que le mal. Il pourrait même détruire toutes les fées. C'est pour cette raison que sa sœur le garde à l'œil. Disons que, contrairement à elle, il n'aime pas tout le monde inconditionnellement.

– Parce qu'il a été maltraité toute sa vie.

– Avant qu'il passe du côté de la lumière, expliqua Sylvain, il va falloir qu'il se purge de la haine qu'il entretient à l'égard du Jaguar. Si ce maniaque est relâché, faute de preuves, j'ai peur de ce que fera Alexei.

– Je vais passer des coups de téléphone demain matin pour voir si on peut se débarrasser de Desjardins.

On sonna à la porte. Le policier fronça les sourcils avec étonnement, car jamais il n'avait eu plus d'un visiteur à la fois depuis qu'il habitait au bord de la rivière.

– C'est probablement Danielle, lui dit Sylvain, parce que je lui ai donné ton adresse tout à l'heure.

Christian trouva effectivement la jeune femme sous le porche.

– Où est Alexei ?

Il lui pointa l'arbre au bord de l'eau. Danielle lui remit son sac à main et se dirigea vers le perchoir de son ancien client. Le policier revint dans le salon et déposa les affaires de la travailleuse sociale sur la table basse. Le journaliste était toujours devant la grande fenêtre et observait l'homme-loup.

– Il ne faut pas le perdre de vue, Sylvain, parce que j'ai une petite crampe dans l'estomac. En général, quand ça m'arrive, c'est qu'il va se passer quelque chose.

– Ça fait trop longtemps que tu es dans la police, toi. Moi, je pense qu'on peut se détendre, maintenant que Danielle est arrivée. Elle va réussir là où nous avons échoué. Je pense que ton eau est prête.

Christian courut vers la cuisine.

Chapitre 52

Le Faucheur

Lorsqu'il vit Danielle s'approcher, Alexei descendit de l'arbre. Incertaine de la réaction qu'il aurait après sa dure journée à la cour, la jeune femme ralentit le pas et écarta les doigts de sa main droite. Après un instant d'hésitation, Alexei leva aussi sa main et la fit briller d'une douce lumière. La jeune femme posa ses doigts sur les siens et le regarda dans les yeux un long moment. Alexei baissa la tête et appuya le front contre celui de Danielle.

De la fenêtre du salon, Sylvain observait le phénomène avec beaucoup d'intérêt.

– J'aurais dû parier avec toi, annonça-t-il à son ami policier.

Christian vint se poster près de lui.

– Peut-être n'est-il pas une fée, après tout, avança-t-il. Peut être est-il juste un extraterrestre.

– Il est humain comme toi et moi. Nous avons tous des facultés psychiques, Christian, mais très peu d'entre nous apprennent à s'en servir. Que dirais-tu d'une petite partie de cartes ?

– Je veux voir ce qu'ils vont faire.

– Ça s'appelle du voyeurisme, inspecteur Pelletier, et c'est illégal. Tu devrais pourtant le savoir puisque tu es policier.

Sylvain l'agrippa par la manche et le tira en direction de la salle à manger. Christian le suivit à regret.

Au même moment, dans les Laurentides, Tatiana surveillait sa nièce tandis que celle-ci buvait tout le contenu du verre d'eau qu'elle venait de lui remettre.

– Je me sens mieux, la rassura Alexanne. C'est tellement étrange, d'être reliée aux émotions d'une autre personne.

– Alexei est-il plus calme, maintenant ?

– Oui, mais avec lui, rien ne dure jamais bien longtemps.

– Tu apprendras progressivement à te couper de ses émotions.

– Ça me fait tellement de choses à apprendre en même temps !

– C'est pour cette raison qu'il faut commencer à enseigner tout ça aux petites fées lorsqu'elles sont jeunes. Rappelle-t'en, quand tu auras des filles.

– Je viendrai toutes vous les confier ! plaisanta la jeune fée.

* * *

Les mains appuyées l'une contre l'autre, Alexei et Danielle partageaient leurs sentiments à un niveau inaccessible par la majorité des humains. Puis, la lumière disparut, et la jeune femme caressa la joue de l'homme-loup. Ils échangèrent un long baiser.

– Comme c'est touchant ! s'exclama Frédéric Desjardins, qui arrivait derrière eux.

Alexei saisit Danielle par les épaules et la fit reculer derrière lui pour la protéger.

– Tout ce que nous voulions, Mikal, c'était que tu te mettes en colère et que tu casses tout comme tu le faisais si bien autrefois, soupira le procureur en se plantant à quelques pas des tourtereaux.

– De quoi parles-tu ? s'étonna la travailleuse sociale.

– Pauvre Danielle, tu es amoureuse du fils du diable.

– Frédéric, tu lui as fait assez de mal aujourd'hui. Je t'en prie, retourne chez toi et laisse-nous tranquilles.

– Je ne partirai pas avant d'avoir terminé le travail pour lequel je suis payé.

Danielle voulut contourner Alexei pour aller faire un mauvais parti à Frédéric, mais l'homme-loup l'en empêcha. Il n'arrivait pas à sonder cet être étrange, mais il devina ses intentions.

– Elle n'a rien à voir là-dedans, lança Alexei. Laisse-la partir.

– J'ai bien peur qu'il ne soit trop tard pour elle aussi, Mikal. Et pourquoi protèges-tu quelqu'un, tout à coup ? Depuis quand te soucies-tu du sort des autres ?

– Est-ce que vous allez bientôt me dire ce qui se passe ? se fâcha Danielle.

– C'est pourtant évident, répondit Frédéric avec un sourire diabolique. Étant donné que je suis incapable de me débarrasser de lui en cour, j'ai décidé de venir l'éliminer ici.

– L'éliminer ? répéta-t-elle, incrédule.

– Grâce à moi, le diable aura perdu un autre de ses serviteurs.

– Frédéric, est-ce que tu as bu ?

Le procureur éclata d'un rire sonore qui glaça le sang de Danielle. Mais Alexei, lui, demeurait sur ses gardes, attendant qu'il fasse le premier geste.

– Tu es le Faucheur… murmura-t-il.

– Et la lumière fut, répliqua Frédéric.

– Qui est le Faucheur ? s'alarma Danielle, car l'image d'un squelette affublé d'une cape noire, une faux à la main, venait d'apparaître dans son esprit.

– C'est le spectre qui exécute les disciples du Jaguar lorsqu'ils réussissent à s'échapper de sa forteresse, expliqua Alexei, sans perdre un seul geste du procureur.

– Eh oui, ton cœur balance entre un justicier fantôme et un démon, ricana Desjardins.

– Arrête de l'appeler comme ça !

– Mais c'est exactement ce qu'il est. N'est-ce pas, Mikal ? Est-ce qu'il t'a dit ce qu'il faisait dans la secte ? T'a-t-il dit qu'il peut faire tomber la foudre et trembler la terre, faire exploser les ampoules électriques et déterrer les pensées les plus secrètes dans l'esprit des autres ? Le maître voulait faire de lui son successeur, mais il a refusé ce grand privilège.

À la mention de la secte et du Jaguar, Alexei sentit son sang bouillir dans ses veines.

– Au lieu de le remercier, il s'est rebellé et il a tenté de convaincre les membres de la communauté de le quitter, poursuivit Desjardins. Il voulait s'emparer du pouvoir sans y être préparé.

– C'est faux ! explosa Alexei. Je ne parlais à personne ! Et je ne suis pas non plus un tyran comme le Jaguar !

– Tu aurais pu régner à ses côtés, mais tu as été trop stupide pour reconnaître ce cadeau qui te tombait du ciel. Le maître a été très patient avec toi, Mikal. Parce qu'il t'aimait trop, il ne s'est pas tout de suite aperçu que tu étais une épreuve que le diable lui avait envoyée.

– Frédéric, ce que tu racontes n'a aucun sens, balbutia la jeune femme, effrayée.

– Comment le saurais-tu, Danielle ? Est-ce que tu étais là ? Est-ce que tu as vu de tes yeux ce que ce démon a fait à ses semblables ?

– Je l'ai vu soigner un enfant en train de mourir !

– En déplaçant des objets sans les toucher, il a infligé de terribles blessures à de pauvres gens qui voulaient seulement l'apaiser !

– Je n'ai jamais fait ça ! se défendit Alexei.

– Et, surtout, tu m'as profondément lésé !

– Le Faucheur ne vit pas à la forteresse.

– J'en ai été expulsé quand tu es arrivé ! Quand le maître a vu ce que tu savais faire, il ne s'est occupé que de toi.

– Je ne me le rappelle pas...

– Je suis devenu une ombre. Le maître m'a repoussé et il t'a donné tout son amour, mais tu t'es montré d'une ingratitude digne de Lucifer lui-même. Tu n'as pas cessé de le tourmenter.

– C'est le contraire qui s'est passé.

– Même aujourd'hui, tu continues à le faire souffrir. Il n'était pas suffisant que tu t'échappes de la forteresse, il a fallu aussi que tu le traînes en justice.

– Il doit payer pour ses crimes.

– À l'extérieur des palissades, tu es sur mon terrain, démon, et moi, je n'hésiterai pas à faire ce que le maître aurait dû faire dès le début. Si tu as encore le pouvoir de lire dans les pensées des autres, tu sais que tu ne peux pas m'échapper.

Des nuages menaçants commencèrent à se masser au-dessus de la maison, tandis que l'homme-loup, qui sentait sa vie en danger, perdait de plus en plus la maîtrise de ses émotions.

– Alexei, que se passe-t-il ? s'effraya Danielle.

– Ta sorcellerie ne m'impressionne pas, Mikal, l'avertit le procureur en sortant un revolver de sa poche.

– Frédéric, tu n'es pas un meurtrier.

– C'est exactement ce qu'il est, gronda Alexei comme un fauve.

– Ça me fera plaisir de te tuer, démon, mais pour Danielle, je trouve ça vraiment dommage. Elle fait si bien l'amour.

Le procureur les mit en joue.

– Transmets mes vœux à ton maître en enfer.

Frédéric appuya sur la détente. Vif comme l'éclair, Alexei s'élança sur lui et reçut la balle en pleine poitrine. Il l'encaissa en serrant les dents, mais ne s'arrêta pas pour autant. Il saisit le procureur à la gorge et le plaqua sauvagement sur le sol.

Ayant entendu le coup de feu, Christian et Sylvain laissèrent tomber leurs cartes sur la table de la cuisine et se précipitèrent dehors. Alexei étranglait un homme qui gisait dans l'herbe gelée, tandis que Danielle tirait sur son manteau pour lui faire lâcher prise.

* * *

En proie à une cuisante douleur à la poitrine, Alexanne poussa un cri de terreur. Sa tante arriva dans le salon en courant et aperçut la tache de sang qui grossissait à vue d'œil sur le chemisier de l'adolescente.

– Mais qu'est-ce que tu as fait ? se troubla Tatiana en déboutonnant son vêtement.

– Ce n'est pas moi, c'est Alexei ! Il lui est arrivé quelque chose de terrible !

Tatiana jeta un coup d'œil à la blessure. Les âmes jumelles n'étaient pourtant pas reliées de cette façon. Elles ressentaient mutuellement toutes leurs joies, leurs peines et leurs douleurs, mais leurs blessures physiques ne se transmettaient pas ainsi. C'étaient probablement les pouvoirs démesurés d'Alexei qui provoquaient ce phénomène. Tatiana ne pouvait rien faire pour aider son frère, qui se trouvait à des centaines de kilomètres de Saint-Juillet, mais en agissant sur Alexanne, elle pourrait certainement stopper l'hémorragie chez les deux Kalinovsky.

De leur côté, Sylvain et Christian réussirent enfin à décrocher Alexei de sa proie, et Desjardins se mit à tousser violemment. Sylvain continua à retenir l'homme-loup, qui ne désirait que terminer ce qu'il avait commencé, tandis que Christian se penchait sur le procureur, dont le visage était presque violet.

– Qui a tiré ? demanda-t-il en examinant le cou de Desjardins.

– C'est Frédéric ! s'exclama Danielle. Il a essayé de tuer Alexei !

– Il va falloir que j'applique la loi, monsieur le procureur, même dans votre cas.

Alexei se défit de Sylvain et arracha les bottes et les chaussettes de l'avocat.

– Mais qu'est-ce que tu fais là ? s'étonna Danielle.

L'homme-loup alluma sa paume pour éclairer les pieds de Desjardins. Il découvrit le tatouage d'un jaguar sur la plante de son pied droit.

– Qu'est-ce que ça signifie ? demanda Sylvain.

– C'est la marque du Faucheur...

Alexei perdit alors l'équilibre et bascula sur le dos. Danielle posa sa main sur la poitrine de son amant. Un liquide chaud coula entre ses doigts. Elle déboutonna aussitôt le manteau d'Alexei et vit que sa chemise était maculée de sang.

– Il est blessé ! cria-t-elle, effrayée.

Christian avait passé les menottes au procureur et le remettait déjà sur ses pieds.

– Les démons ne te sauveront pas cette fois-ci, Mikal ! vociféra Frédéric. Le maître est enfin débarrassé de toi !

Les sombres nuages se dissipèrent alors qu'Alexei sombrait dans l'inconscience. Sylvain et Danielle l'agrippèrent par les bras et le traînèrent en direction de la voiture de la travailleuse sociale.

* * *

Alexanne Kalinovsky était allongée sur le canapé et maintenait une compresse en place sur son cœur pendant que sa tante se préparait à la soigner. Tatiana pria d'une voix douce dans une langue inconnue de la jeune fée, puis appuya ses mains sur son propre plexus solaire. Il s'en dégagea aussitôt une lumière éclatante. Elle posa ensuite ses mains lumineuses sur la poitrine d'Alexanne.

– Je vais arrêter le sang, lui dit doucement Tatiana.

– Mais Alexei…

– Mon intervention va l'aider, lui aussi. Détends-toi.

L'adolescente se laissa bercer par la douce chaleur émanant des mains de la guérisseuse.

Chapitre 53

Un homme déterminé

Sylvain prit le volant. Sur la banquette arrière, Alexei avait la tête couchée sur les jambes de Danielle. Cette dernière pressait sur sa blessure le veston de l'homme-loup qu'elle avait roulé en boule.

– Je ne veux pas mourir encore… implora l'homme-loup.

– Tais-toi et conserve tes forces, le gronda la jeune femme en pleurant.

Une lumière éclatante fusa tout à coup sous le veston gorgé de sang.

– Mais qu'est-ce qui se passe à l'arrière ? s'énerva le journaliste.

– Je pense qu'il tente de se guérir lui-même. Il a déjà fait la même chose pour soigner des coupures dans ses mains.

– Comment va-t-on expliquer ça aux médecins ?

Danielle n'en savait franchement rien. Heureusement, au moment où la voiture s'engageait dans l'entrée du garage des urgences, la lumière cessa. Sylvain cria aux infirmiers de garde qu'il y avait un blessé par balle dans sa voiture. Alexei fut immédiatement déposé sur une civière et examiné par le médecin de garde. En raison de la gravité de son état, il fut transporté au bloc opératoire.

Comme ils ne pouvaient pas suivre leur ami, Sylvain et Danielle arpentèrent la salle d'attente. Les minutes passèrent, puis les heures. La jeune femme se laissa tomber sur une chaise, cacha son visage effrayé dans ses mains et éclata en sanglots. Sylvain vint s'accroupir à côté d'elle.

– Il a déjà survécu à huit coups de fusil, lui rappela-t-il. Une petite balle de revolver ne viendra certainement pas à bout de lui.

– Pourquoi toutes ces épreuves n'arrivent-elles qu'à lui ?

– J'imagine que c'est une question de karma.

– Pourquoi doit-on payer pour des actions dont on ne se souvient même pas ?

– Il y a plusieurs réponses à cette question, mais ce n'est peut-être pas le bon moment d'en parler.

Christian arriva aux urgences. Il joignit tout de suite ses efforts à ceux du journaliste pour tenter de consoler la pauvre femme.

– Alex a la peau dure ! affirma Christian.

– Le docteur a dit qu'il avait été atteint au cœur. Vous ne vous rendez pas compte que c'est grave ?

– Ce qui est dangereux pour nous ne l'est pas nécessairement pour lui.

Avant que Sylvain ait pu appuyer les dires de son copain, le chirurgien sortit enfin de la salle d'opération.

– Nous avons extrait la balle, qui s'est logée juste à côté du cœur. Votre ami a été très chanceux.

– Puis-je le voir ? demanda Danielle en essuyant ses yeux.

– Il est en salle de réveil. Il n'y a que sa proche famille qui ait le droit d'y entrer.

– Madame est son épouse, répondit Christian à sa place.

Danielle savait que ce mensonge était la seule façon pour elle de se rendre jusqu'à Alexei. Elle fut donc conduite dans une petite pièce où l'homme-loup était branché à des machines clignotantes. Elle s'arrêta tout près du lit d'hôpital et se détendit en constatant qu'il respirait. Elle caressa sa joue avec tendresse, puis l'embrassa sur les lèvres sans le réveiller.

À Saint-Juillet, une fois que son oncle fut hors de danger, Alexanne s'endormit sur le canapé du salon. Sa tante la couvrit d'une couverture, et Yéti vint se coucher à ses pieds pour veiller sur elle. Tatiana se rendit ensuite à la cuisine et s'assit sur le fauteuil à bascule pour composer le numéro de Sylvain Paré sur le nouveau téléphone sans fil. Ce fut sa boîte vocale qui lui répondit. Elle laissa donc un message au journaliste, lui demandant de la rappeler dès que possible.

Puisqu'il était interdit de se servir des portables dans un hôpital, Sylvain écouta ses messages quelques minutes plus tard en utilisant une cabine publique. Il y en avait un de son épouse qui avait hâte qu'il rentre à la maison et un de Tatiana qui voulait savoir ce qui était arrivé à son frère. Il appela tout d'abord la guérisseuse.

– Votre talent pour deviner des événements qui se produisent à des kilomètres de vous est vraiment étonnant, madame Kalinovsky.

– Dites-moi comment se porte Alexei.

– Il a reçu une balle dans la poitrine. Les chirurgiens de l'hôpital ont dû l'opérer d'urgence, mais il va bien, maintenant.

– Qui a tiré sur lui ?

– Le procureur Desjardins.

– Mais je croyais qu'il était son allié.

– Il semble qu'il soit aussi un membre de la secte de la montagne.

– Quand pourrez-vous ramener Alexei à la maison ?

– Dès qu'il aura reçu son congé de l'hôpital. Surtout, ne vous inquiétez pas, madame Kalinovsky. Il est en bonnes mains.

– Je vous en prie, ne le laissez pas seul.

– Que pressentez-vous ? s'inquiéta Sylvain.

– Je ressens un grand danger autour de lui.

– Nous ne le quitterons pas avant qu'il soit revenu chez vous.

Le journaliste appela ensuite Maryse et apprit qu'elle ne se sentait pas bien du tout. Christian, qui pouvait entendre leur conversation, lui fit signe de rentrer chez lui.

– Je vais rester avec Alex, murmura-t-il.

– J'arrive tout de suite, annonça Sylvain à sa femme.

Le journaliste raccrocha.

– Tu vas peut-être devenir papa plus vite que tu le penses, Syl, le taquina Christian. Ne t'inquiète pas, je mettrai Danielle dans un taxi quand le médecin lui demandera de quitter le chevet d'Alexei, et je prendrai la relève.

Sylvain hésita à partir, ce que Christian trouva plutôt étrange de la part d'un homme qui adorait sa femme et qui avait hâte de tenir son fils dans ses bras.

– Qu'est-ce que tu ne me dis pas, Sylvain ?

– Tatiana Kalinovsky vient de me dire qu'Alexei est en danger. Il se pourrait que Desjardins ne soit pas le seul membre de la secte qui cherche à l'éliminer.

– Ouais, j'y avais aussi pensé.

– Il ne faudrait pas que quelqu'un réussisse à se rendre jusqu'ici pour le…

– Sylvain. Je me tiens devant la seule porte qui mène à la salle de réveil et je vais fouiller quiconque essaiera d'y entrer, y compris les médecins et les infirmières. Est-ce que ça te rassure ?

– Venant de toi, oui.

– Maintenant, va t'occuper de ta femme.

Le journaliste serra affectueusement la main de son ami policier, puis quitta l'hôpital au pas de course. Croyant que Danielle était réellement l'épouse d'Alexei, le personnel de l'hôpital la laissa passer la nuit à son chevet. Christian s'installa donc sur une chaise à la porte de la salle et ouvrit l'œil. Il y avait des années qu'il n'avait pas effectué ce type de surveillance.

Épuisée, Danielle finit par s'endormir, la tête couchée près du bras d'Alexei, sa main dans la sienne. Lorsqu'elle se réveilla, à quatre heures du matin, elle fut surprise de trouver le blessé assis sur le lit en train de l'observer avec tendresse. Danielle se redressa aussitôt et voulut l'obliger à se recoucher.

– Non, résista-t-il.

– Tu n'es pas assez fort pour t'asseoir, Alex.

– J'ai regardé les aiguilles de ta montre, et elles indiquent qu'il ne nous reste pas beaucoup de temps pour aller à la cour.

– Il n'est pas question que tu te présentes devant le juge ce matin ! protesta la jeune femme. Tu as reçu une balle dans la poitrine et tu as été opéré il y a quelques heures à peine. Le juge comprendra que tu as besoin de temps pour guérir.

– Mais je ne suis plus opéré.

Alexei tira sur tous les fils qui le reliaient à une multitude de machines.

– Arrête tout de suite ! se fâcha Danielle en lui saisissant les mains.

Il posa sur elle ses yeux de loup.

– Tu as reçu une balle près du cœur !

Il l'embrassa et lui fit lâcher prise, afin de découvrir sa poitrine. Ce qui avait été quelques minutes plus tôt une coupure enflée n'était plus qu'une cicatrice.

– Mais…

Elle avança une main tremblante et toucha sa peau, pour s'assurer que ce n'était pas une illusion, puis leva des yeux sidérés vers lui.

– Tu m'as pourtant vu guérir mes mains à la forteresse.

– Ce n'était pas la même chose…

– C'est vrai que cette fois, ma sœur m'a aidé. Maintenant, est-ce qu'on peut partir ?

– Les médecins ne te laisseront pas sortir de l'hôpital quelques heures seulement après une opération. Ça ne se fait pas.

– Même si on leur dit que mon témoignage est très important ?

– Ils se moquent pas mal des tribunaux, ici. Leur travail, c'est de sauver des vies.

– Où sont mes vêtements ?

– Alex, tu n'écoutes pas un mot de ce que je te dis.

– Mais non, je t'écoute. C'est toi qui ne veux pas comprendre que je suis guéri.

Il se débarrassa du reste des tubes qui l'immobilisaient sans que Danielle puisse l'en empêcher. En constatant au poste de garde que certains moniteurs ne semblaient plus fonctionner, une infirmière entra en catastrophe dans la petite salle.

– Mais que faites-vous là ? se fâcha-t-elle.

– Je dois partir.

– Où est votre autorisation, monsieur Kalinovsky ?

Elle le recoucha en lui plaquant les épaules sur le lit.

– Je ne l'ai pas encore, mais je voudrais savoir où sont mes vêtements.

– Je vais aller vous les chercher si vous acceptez de rester couché.

N'ayant pas l'habitude des ruses humaines, Alexei lui obéit. L'infirmière quitta donc la chambre et appela d'urgence le chirurgien de garde. Pour calmer l'impatience de l'homme-loup, Danielle prit sa main et l'embrassa tendrement. Il la fixa longuement dans les yeux en songeant qu'il ne pourrait plus jamais se passer d'elle.

Le chirurgien fit irruption dans la pièce, suivi de Christian.

– Comment te sens-tu, mon homme ? fit le policier, qui voulait surtout s'assurer qu'Alexei collabore avec le personnel médical.

– Je suis prêt à partir.

Le médecin profita de la distraction que lui fournissait le bavardage de Christian pour examiner l'incision d'Alexei. Il écarquilla les yeux en la voyant cicatrisée.

– Je ne comprends pas, murmura-t-il. Est-ce bien l'homme que le docteur Blais a opéré cette nuit ?

– Oui, docteur, affirma l'infirmière.

– Mais il n'y a aucune trace de chirurgie récente sur cet homme.

– Je me suis guéri moi-même, expliqua Alexei en déposant les points de suture dans la main du médecin. Puis-je avoir mes vêtements, maintenant ?

– Ils étaient troués et maculés de sang, alors les infirmières les ont jetés, répondit Christian. J'ai demandé à Mélissa de me remplacer pendant que je vais t'en chercher d'autres chez moi. Elle va se poster devant la porte, ne laissera entrer aucun inconnu, et elle ne te laissera pas sortir non plus. Ça te va ?

Alexei hocha docilement la tête en se rappelant qu'il fallait être bien habillé pour impressionner le juge et le jury. Toutefois, Christian disposait d'un nombre limité de beaux complets. Pendant que le chirurgien sidéré faisait examiner l'homme-loup par tous ses collègues, le policier se rendit chez lui et fouilla dans sa penderie pour y dénicher quelque chose d'acceptable.

– Ça lui ressemble davantage, décida-t-il en examinant sa veste en denim.

Après avoir plongé tout le personnel hospitalier dans un état de stupéfaction totale, Alexei obtint son congé du chirurgien. Il attendit le retour de Christian, qui l'aida à s'habiller.

– Es-tu certain que ça ira ? s'inquiéta l'homme-loup en baissant les yeux sur ses vêtements.

– Je pense qu'il est préférable que tu sois toi-même, aujourd'hui.

Danielle ne remarqua même pas qu'il portait un jeans, des espadrilles, un tee-shirt blanc et une veste en denim lorsqu'il sortit enfin de la salle de réveil. Les infirmières de nuit, qui avaient entendu parler de sa guérison miraculeuse, assistèrent au départ d'Alexei sur ses deux jambes. On allait bientôt parler de lui dans tous les hôpitaux de la province.

Christian, Mélissa, Danielle et Alexei montèrent dans le camion du policier. Ils s'arrêtèrent d'abord dans un restaurant pour petit-déjeuner, avant de se rendre au palais de justice. Alexei était étrangement calme, tout à coup.

– Est-ce que tu es en train de faire semblant d'être parfaitement remis uniquement pour pouvoir témoigner, ce matin ? le questionna Christian en fronçant les sourcils.

– Non. J'ai juste dépensé beaucoup d'énergie pour me guérir.

La serveuse déposa son assiette de fruits devant lui et il s'y attaqua aussitôt, rassurant les policiers et la travailleuse sociale qui commençaient à ressentir la fatigue des événements stressants de la veille.

* * *

À Saint-Juillet, Alexanne se réveilla en meilleure forme. Sa blessure avait disparu. Prudemment, elle fit quelques pas dans le salon et ressentit la baisse d'énergie d'Alexei.

– J'en ai assez de recevoir tes informations à distance, décida-t-elle.

Elle s'empara du téléphone et appela chez les Richard.

– Alexanne, sais-tu quelle heure il est ? demanda le père de Matthieu en bâillant.

– Quatre heures quarante-quatre ! s'étonna la jeune fille en se tournant vers le cadran lumineux du téléviseur. Je sais que c'est un peu tôt, mais c'est un signe des anges.

– Matthieu ne t'a-t-il pas dit qu'il partait pour Québec, hier ?

– Oui, mais c'est à vous que je voulais parler. J'aimerais que vous m'emmeniez à Montréal.

– Quand donc ?

– Ce matin, dès que vous aurez mangé. C'est de la plus haute importance.

Puisque l'électronicien devait sa vie à cette famille de fées, il informa la jeune fille qu'il serait chez elle dans une heure ou deux.

* * *

Assis au bord du lit de la cellule dans laquelle l'inspecteur Pelletier l'avait fait entrer, Frédéric Desjardins attendit le bon moment pour agir. Dès que les lumières furent éteintes, il se leva et traça un cercle invisible sur le sol du bout de son index en murmurant des incantations. Mikal avait peut-être gagné cette manche, mais la partie n'était pas terminée. Le Faucheur ne s'arrêterait qu'une fois sa victime morte.

Chapitre 54
Suite du procès

Lorsque Alexei remit les pieds au palais de justice, il ressemblait au jeune rebelle qu'il avait été durant sa jeunesse. Il avait carrément refusé d'attacher ses cheveux noirs, qui balayaient ses épaules. En marchant dans le couloir qui menait à la salle d'audience, ses amis et lui croisèrent le juge Perron, son fils Simon et sa fille Isabelle, qu'Alexei avait connue dans la secte. L'homme-loup ressentit aussitôt l'agressivité de la jeune femme à son égard.

– Monsieur Kalinovsky, vous voilà enfin, le salua le juge Perron.

– Bonjour, Mikal, fit Isabelle plus froidement.

Alexei, qui savait que tous les disciples du Jaguar le détestaient, ne fit aucun mouvement vers elle.

– Vous vous connaissez ? se méfia Christian, qui voyait des suspects partout depuis que Tatiana avait mis Sylvain en garde.

– Tout le monde connaît Mikal, laissa tomber Isabelle avec un air de dédain.

– Cassiopée était une des favorites du Jaguar, expliqua Alexei.

« Est-elle venue lui tirer une balle dans le cœur, elle aussi ? » se demanda Christian. Instinctivement, il se plaça entre l'homme-loup et la jeune femme.

– Tu as un garde du corps, maintenant, Mikal ? le

piqua Cassiopée en reconnaissant le policier qui avait dirigé la descente.

– Un membre de la secte a attenté à sa vie hier soir, rétorqua Christian en surveillant sa réaction sur son visage.

– Qui a osé faire ce dont nous rêvons tous depuis dix ans ?

– Le Faucheur, l'informa Alexei sur un ton dur.

Elle savait pertinemment que cet exécuteur était à la solde du Jaguar à l'extérieur de la forteresse et qu'il traquait tous ceux qui avaient réussi à lui échapper. En blêmissant, elle se réfugia derrière son frère. Si le Faucheur s'était attaqué à Mikal, peut-être avait-il aussi reçu l'ordre d'éliminer tous les disciples qui avaient été remis en liberté.

– Il est en prison, ajouta Alexei pour apaiser ses craintes.

– Ce Faucheur, est-ce maître Desjardins, par hasard ? voulut savoir le juge, qui tentait d'assembler les pièces du casse-tête.

Alexei approuva d'un signe de tête. Simon Perron et son père échangèrent un regard entendu. Au fond, ils avaient toujours su que Desjardins ne jouait pas franc-jeu.

– Isabelle m'a parlé du Faucheur, continua le juge. Elle ne savait pas s'il existait vraiment, ou s'il était une menace que le Jaguar laissait planer pour que personne n'essaie de s'enfuir.

– Il existe, affirma l'homme-loup.

– Sauf qu'il n'est pas vraiment un membre de la secte, intervint Simon.

Alexei garda le silence en examinant attentivement le fils du juge. Il avait les cheveux noirs et les yeux gris acier. Il était vêtu de façon impeccable et son maintien était celui d'un homme de parole.

– Je me nomme Simon Perron, substitut du procureur général à Québec, se présenta-t-il en tendant la main à Alexei.

Celui-ci la serra en faisant apparaître une brève lueur blanche dans sa paume. Simon tressaillit sous le choc de la décharge, mais y résista en soutenant le regard de l'homme-loup. Alexei mit fin au contact et lui sourit avec reconnaissance : Simon Perron était un allié.

– Je vais m'occuper de ta plainte devant le juge, ce matin, poursuivit le substitut. Je sais qu'on t'a souvent trompé dans ce dossier, mais je te demande de me faire confiance. Je veux t'aider parce que grâce à toi, ma sœur est libre.

Le procureur lui demanda de le suivre dans l'une des petites salles du palais de justice, pour discuter de son témoignage. Même s'il commençait à ressentir la fatigue de sa longue nuit de veille, Christian alla s'assurer que personne de la secte ne les attendait dans la pièce, puis il demeura à la porte pendant que le juge et son fils préparaient Alexei. Lorsqu'ils furent prêts, Christian et Danielle entrèrent dans la salle d'audience en même temps que l'homme-loup et allèrent s'asseoir avec Sylvain, qui les y attendait déjà. Mélissa dut rester à l'extérieur, car elle serait appelée à témoigner plus tard.

– Es-tu papa ? chuchota le policier à son ami journaliste.

– Non. C'était encore une fausse alerte. Le médecin nous affirme cependant que ça ne saurait tarder. Quand j'ai écouté ton message au sujet de la guérison spontanée d'Alexei, j'ai pensé que tu me jouais un tour.

– Moi ? ricana son ami policier.

– As-tu vu sa blessure, au moins ? Es-tu sûr qu'il est bel et bien guéri et qu'il ne s'effondrera pas au milieu de son interrogatoire ?

– Tout l'hôpital en est témoin. Il ne reste qu'une cicatrice. On ne sait pas ce qu'il a fait, mais c'est guéri.

– Silence, je vous prie, exigea le greffier. Dans la cause la Reine contre Hugues Robin.

– Simon Perron, pour la poursuite, votre honneur, annonça l'avocat en se levant.

– Martin Deland, pour la défense, votre honneur, fit le jeune avocat en se levant à son tour et en dirigeant un regard inquiet sur le nouveau substitut du procureur de la Couronne.

– Pour que ce soit bien clair dans le dossier, déclara le juge, maître Frédéric Desjardins a cessé d'agir pour la poursuite après son arrestation, hier soir.

La nouvelle ébranla le Jaguar. Il leva un regard interrogateur vers son avocat, qui semblait avoir oublié de lui en parler.

– Je n'en savais rien, murmura Deland à son client.

Le Jaguar chuchota ses instructions à son pantin en faisant bien attention de ne rien laisser paraître sur son visage.

– Maître Perron le remplacera jusqu'à la fin de cette audience, poursuivit le juge. Avez-vous quelque chose à ajouter au discours d'introduction de votre collègue, maître Perron ?

– Non, votre honneur, mais j'aimerais rappeler à la barre monsieur Alexei Kalinovsky, le témoin principal de la Couronne que maître Desjardins n'a pas interrogé hier.

Alexei se rendit à la barre des témoins, mais cette fois, les disciples n'entonnèrent pas d'incantation. Ils se contentèrent de le suivre du regard en croisant leurs mains sur leur cœur. S'ils avaient su que le Faucheur s'était trouvé dans la même pièce qu'eux moins de vingt-quatre heures plus tôt, ils se seraient tous sauvés en courant. Alexei mit la main sur la Bible et jura de ne dire que la vérité, rien que la vérité.

– Monsieur Kalinovsky, commença Perron, je n'ai pas l'intention de poursuivre l'enquête de mon confrère, maître

Deland, sur l'atmosphère qui régnait chez vous lorsque vous étiez enfant. Il suffit seulement pour cette cause que les membres du jury comprennent que ce sont les relations tendues entre vous et votre mère qui ont précipité votre départ de la maison familiale.

Alexei jeta un coup d'œil du côté du groupe d'hommes et de femmes, qui lui semblèrent moins rébarbatifs que la veille.

– Alors dites-moi, monsieur Kalinovsky, lorsque vous avez quitté vos parents, était-ce pour vous joindre à la secte ?

– Non. Je suis tombé sur la forteresse par hasard, et on m'a invité à y entrer.

– Auriez-vous pu refuser d'y pénétrer ?

– Je pense que oui, mais c'était l'hiver et j'avais faim.

– Alors, on vous y a accueilli, on vous a nourri et on vous a habillé chaudement, mais vous a-t-on expliqué que vous ne pourriez plus jamais en partir ?

– Non.

– Monsieur Kalinovsky, avez-vous été bien traité lors de votre séjour d'un peu plus de dix ans dans la communauté de monsieur Robin ?

– Jamais.

– Pourquoi ?

– Parce que je refusais de croire qu'il était un dieu, répondit Alexei en dirigeant son regard sur le chef de la secte, visiblement inquiet.

– Que faisait monsieur Robin lorsque vous ne vouliez pas vous soumettre à sa volonté ?

– Il me battait ou il battait quelqu'un d'autre quand il était vraiment enragé contre moi.

– Quelqu'un d'autre ? Êtes-vous en train de me dire que les autres appuyaient votre rébellion ?

– Certainement pas. Ils avaient tous bien trop peur de lui.

– Parce qu'il les maltraitait ?

– Il ne les battait pas tous, seulement quelques-uns pour en faire des exemples. Il se contentait d'intimider les autres.

– Avant de parler des mauvais traitements que monsieur Robin infligeait aux autres disciples, j'aimerais que nous parlions de votre propre expérience. Combien de fois avez-vous été battu, monsieur Kalinovsky ?

– J'ai arrêté de compter... Des centaines de fois, peut-être.

– Devant toute la communauté ?

– Oui. Il aimait se donner en spectacle.

– De quelle façon vous battait-il ?

– Habituellement avec le fouet. On m'attachait dans la pièce de prière, au crochet qui pendait du plafond.

Simon s'approcha du greffier et lui remit les photographies des marques sur le corps d'Alexei, ainsi qu'un rapport médical.

– Ce sont les cicatrices laissées par le fouet de monsieur Robin sur le dos d'Alexei Kalinovsky, et le rapport du médecin qui a pris ces photos. J'aimerais les déposer comme preuve et j'aimerais que les membres du jury en prennent connaissance.

Le greffier les montra au juge, qui acquiesça d'un mouvement de la tête. Le greffier leur assigna un numéro et les fit circuler parmi le jury, pendant que Simon en remettait une copie à Deland. Ce dernier les examina aussitôt avec son client.

– Monsieur Kalinovsky, j'aimerais que vous nous donniez un ou plusieurs exemples d'offenses qui vous ont valu un traitement aussi brutal.

– Une fois, j'avais décidé de rester dans le jardin pour m'occuper des plantes au lieu d'assister aux prières, alors j'ai été battu jusqu'au sang. Une autre fois, j'ai embrassé une fille de mon âge.

– Vous avez été corrigé parce que vous aviez embrassé une fille ?

– Oui. Les femmes de la communauté appartiennent toutes au Jaguar. Il n'y a que lui qui puisse les embrasser ou s'accoupler avec elles.

– Pouvez-vous nous parler de la plus terrible correction que vous ayez reçue ?

Pour la première fois depuis le début de l'interrogatoire, Alexei se mit à trembler d'angoisse, car il n'aimait pas se remémorer ces événements. Il baissa la tête et joignit ses mains pour tenter de se calmer.

– Vous en sentez-vous capable, monsieur Kalinovsky ? demanda le juge.

– C'est difficile pour moi d'en parler...

– Prenez votre temps.

Alexei calma sa respiration et promena un regard accusateur sur tous les disciples, pour l'arrêter finalement sur le chef de la secte, qui le fixait d'un air méprisant.

– Le Jaguar nous obligeait à avaler la chair de ceux qu'il avait exécutés, commença l'homme-loup.

Le silence tomba sur l'assemblée horrifiée.

– Plusieurs disciples ne voulaient pas en manger, mais ils étaient obligés de le faire, sinon ils auraient été tués à leur tour.

– Objection, votre honneur, s'opposa Deland en se levant. Mon confrère n'a aucune preuve que de tels crimes aient été commis sur la propriété de mon client.

– Si vous voulez bien m'accorder quelques minutes, maître Deland, répliqua Simon, mon prochain témoin vous apportera cette preuve.

– Objection rejetée, décida le juge. Poursuivez, monsieur Kalinovsky.

– Tout le monde mâchait sa part en pleurant, mais moi, je ne le pouvais pas.

Une des femmes éclata en sanglots et fut aussitôt consolée par les autres membres de la secte. Alexei l'observa un instant et reconnut Aldébaran, la plus jeune épouse de leur chef.

– Quand je refusais de lui obéir, le Jaguar se mettait en colère. Une fois, il m'a lancé au visage le sang qu'il avait recueilli pour le boire. Puis, il m'a battu avec une baguette en métal, jusqu'à ce que je perde conscience. Mais la plupart du temps, il me faisait jeter au cachot et me privait de nourriture pendant plusieurs jours.

– Les enquêteurs de la police n'ont jamais trouvé ce cachot, votre honneur, protesta Deland.

– Ils sont retournés à la forteresse de monsieur Robin, rétorqua Simon, et ils l'ont découvert sous des planches en bois, sur lesquelles on avait entassé une grande quantité de boîtes de conserve.

Simon remit les photographies prises par Mélissa Dalpé au greffier, puis à Martin Deland. Il marcha ensuite en direction des membres du jury, qui l'écoutaient maintenant religieusement, et leur montra des agrandissements des clichés en question.

– Ce cachot était creusé dans le sol, poursuivit Simon, et on y accédait par une lourde trappe en métal qu'on déposait sur le trou. Il était donc exposé aux intempéries. S'il pleuvait, le détenu était assis dans l'eau. S'il faisait soleil, il cuisait comme un œuf.

– Nous présenterez-vous un autre témoin à cet égard, maître Perron ? s'enquit le juge.

– Oui, votre honneur. Il s'agit de la responsable des enquêtes spéciales de la Sûreté du Québec, madame Mélissa Dalpé.

– Poursuivez.

– Monsieur Kalinovsky, fit Simon en retournant devant la barre des témoins, j'aimerais que vous me parliez de ces exécutions.

Pendant qu'Alexei racontait tout ce qu'il avait vu, Alexanne et Paul Richard arrivèrent dans le couloir du palais de justice en courant. L'officier à la porte de la salle d'audience leur annonça qu'ils ne pourraient entrer qu'après l'interrogatoire en cours. Plus loin, le dos appuyé contre le mur, Mélissa attendait le moment de témoigner. Reconnaissant la policière qui était venue rencontrer Alexei avec l'inspecteur Pelletier chez Tatiana, Alexanne se dirigea aussitôt vers elle.

– Bonjour, madame Dalpé. Je vous présente Paul Richard, le père de mon petit ami, Matthieu. Comment ça se passe pour Alexei ?

– Je n'en sais rien, et je ne suis pas censée le savoir non plus. Les témoins sont isolés pour ne pas être influencés par les autres témoignages. Je vais bientôt être questionnée sur ce que nous avons tout récemment trouvé dans la forteresse. Vous devriez vous asseoir, parce que ça pourrait être long.

Lorsque Simon Perron eut terminé son interrogatoire, le juge demanda au procureur de la défense s'il désirait contre-interroger le témoin. Deland se leva d'un bond et s'approcha d'Alexei, qui l'observait avec méfiance.

– Monsieur Kalinovsky, vous dites que monsieur Robin tuait tous les disciples qui lui désobéissaient. Alors, comment se fait-il que vous soyez toujours vivant ?

Alexei hésita, car pour que le jury comprenne bien les motifs du Jaguar, il lui fallait parler de ses pouvoirs, ce que Christian lui avait recommandé de ne pas faire.

– Pourquoi ne vous a-t-il pas tué ? insista Deland. Parce que tous ces meurtres se sont passés dans votre esprit ? Ou parce que vous avez inventé ces horribles crimes pour vous venger de monsieur Robin ?

– Non ! se fâcha Alexei.

– Ou parce que vous désiriez coucher avec ses femmes ?

– Pas du tout !

Les lampes se remirent à clignoter comme lors de la première séance.

– La raison pour laquelle monsieur Robin ne vous a pas tué, c'est qu'il n'a jamais tué personne, monsieur Kalinovsky. Tout ce qu'il essayait de faire, c'était de vous rappeler à l'ordre.

– Je l'ai vu assassiner ces gens ! hurla Alexei.

– Moi aussi, je l'ai vu, affirma une jeune femme en se levant.

Toutes les têtes se tournèrent vers la jeune femme. Les disciples murmurèrent entre eux en la reconnaissant. À quelques bancs d'elle, Isabelle fit de même.

– Moi aussi, annonça-t-elle.

– Mais qui êtes-vous ? s'étonna le juge.

– Je m'appelle Chantal Dupuis. Dans la secte, on m'appelait Véga. Je m'en suis échappée il y a plusieurs années.

– Et moi, je me nomme Isabelle Perron, connue dans la secte sous le nom de Cassiopée. J'ai été libérée lors de la descente de police à la forteresse il y a quelques mois.

– Ce sont vos témoins, maître Perron ? s'informa le juge.

– On dirait bien que oui, se réjouit le procureur.

– Je ne veux surtout pas retarder ce procès, assura Véga. Je veux seulement vous dire que Mikal dit la vérité. Moi aussi, j'ai assisté à ces exécutions.

– Qui est Mikal ? demanda le juge.

– C'était le nom qu'on donnait à monsieur Kalinovsky lorsqu'il faisait partie des disciples de monsieur Robin, votre honneur, expliqua Simon.

– Je vois… Mesdames, je comprends vos bonnes intentions, mais je vous demanderais de refréner vos commentaires jusqu'à ce que la Couronne ait officiellement pris vos dépositions.

Les deux femmes n'étaient pas assises que Christian leur demanda de le suivre. Le trio quitta la salle sous le regard déconcerté de la défense et d'Hugues Robin.

– Poursuivez, maître Deland, exigea le juge.

L'avocat se tourna une fois de plus vers Alexei, qui s'était calmé, donnant du même coup un répit aux systèmes électriques du palais de justice.

– Pourquoi ne vous a-t-il pas tué vous aussi, monsieur Kalinovsky ? redemanda Deland.

– Il était trop fasciné par mes dons de guérisseur.

– Est-ce que ce sont ces talents que les autres disciples qualifient de pouvoirs maléfiques ? demanda l'avocat en jetant un regard du côté du jury.

– Ils disaient n'importe quoi parce qu'ils ne m'aimaient pas.

– Parlez-nous donc de vos pouvoirs, monsieur Kalinovsky.

– Objection, votre honneur, protesta Simon en se levant. Cette question n'a aucun rapport avec les accusations portées contre monsieur Robin.

– Au contraire, riposta Deland. Mes questions sont destinées à démontrer au jury que monsieur Kalinovsky est incapable de faire la différence entre le mythe et la réalité et qu'il s'est employé à persuader les membres de la communauté de monsieur Robin qu'il possédait des pouvoirs surnaturels.

– Objection rejetée, décida le juge. Poursuivez, maître Deland.

– Parlez-moi de vos pouvoirs, monsieur Kalinovsky. Dites-moi ce que vous avez fait croire à ces pauvres gens.

– Fait croire ?

De son siège, Danielle remarqua l'expression de défi qui venait de s'afficher sur le visage de l'homme-loup. « Non, Alex, ne mords pas à l'hameçon », pria-t-elle intérieurement.

– De quoi êtes-vous vraiment capable, monsieur Kalinovsky ?

– Je peux créer des plantes médicinales pour des besoins spécifiques.

– C'est tout ? Pourtant, les membres de la communauté de la montagne racontent qu'autour de vous, des objets se déplaçaient tout seuls. Ils disent aussi que vous provoquiez des orages dans un ciel sans nuages ou encore des tremblements de terre.

Alexei jeta un coup d'œil du côté de Simon, qui lui fit signe de ne pas répondre. L'homme-loup savait toutefois qu'en niant posséder ces facultés, les membres du jury le prendraient pour un menteur. Par contre, s'il avouait les détenir, ils le prendraient pour un fou. Décidant qu'il était plus important de ne pas perdre sa crédibilité, il se tourna vers le juge et tendit la main. Le maillet de ce dernier s'éleva dans les airs et s'envola jusqu'à sa paume. Le silence régna une fois de plus dans l'assemblée.

– Ça s'appelle de la télékinésie, déclara Alexei sans sourciller.

Fier de lui, Sylvain souriait de toutes ses dents, mais Danielle était en état de choc. Si l'avocat de la défense était capable de lui faire avouer ce grand secret, il était certainement capable de lui faire perdre son sang-froid.

– Quand je suis entré, j'ai juré de dire la vérité, poursuivit Alexei. Le Jaguar m'a gardé en vie malgré toutes mes désobéissances parce qu'il voulait me voler ce pouvoir. Il refusait de comprendre que tout le monde le possède, mais qu'il faut faire des efforts et des exercices pour dominer la matière.

Deland était tellement surpris qu'il se contentait de fixer Alexei sans rien dire.

– Avez-vous d'autres questions, maître Deland ? le pressa le juge.

Il secoua négativement la tête et retourna s'asseoir à sa table.

– Greffier, mon maillet, je vous prie.

Avant que l'officier ne se soit levé, Alexei lui rendit le petit marteau en bois en le faisant voler dans les airs. Le juge s'en saisit, persuadé qu'Alexei Kalinovsky était sans doute un brillant illusionniste, car il ne croyait pas aux sorciers. Simon ne lui donna pas le temps d'y réfléchir trop longtemps. Il appela son prochain témoin, Mélissa Dalpé, libérant ainsi Alexei.

L'homme-loup quitta la salle sous les regards meurtris des membres de la secte, auxquels il avait fait revivre des moments pénibles. Danielle et Sylvain lui emboîtèrent aussitôt le pas.

Chapitre 55

Tendres aveux

Une fois arrivés dans le couloir du palais de justice, Sylvain serra amicalement les épaules de l'homme-loup.

– Tu as été superbe, Alex. Tu leur as vraiment cloué le bec.

– Moi, tu m'as fais peur, rétorqua Danielle.

– Je ne voulais pas passer pour un menteur ni pour un fou, se justifia Alexei. Je ne vois pas pourquoi tu t'inquiètes, puisque je n'ai pas fait tomber la foudre sur la maison de la justice.

– Tu es capable de faire ça ?

Assise un peu plus loin à côté de Paul Richard, Alexanne les aperçut. Elle bondit de sa chaise et sauta dans les bras d'Alexei qui l'étreignit avec affection.

– Mais qu'est-ce que tu fais ici ?

– Je suis venue avec monsieur Richard pour m'assurer qu'on ne te fasse pas de mal.

– Je sais me défendre.

– C'est vrai. Il s'est fort bien débrouillé, confirma Sylvain.

– Mademoiselle Kalinovsky, si vous voulez entrer dans la salle, c'est le moment, l'avertit alors l'officier de la cour.

– J'aimerais bien voir comment se passe un procès, expliqua Alexanne à son âme jumelle.

– Vas-y.

Alexanne suivit Paul Richard dans la salle d'audience, et l'officier referma la porte derrière eux. Tout était terminé, mais Alexei était incapable de se détendre.

– Je ne crois pas qu'on te redemande de témoigner, l'encouragea Sylvain, mais il va falloir quand même que tu attendes ici, juste au cas où.

– Oui, je sais. Simon me l'a déjà expliqué.

– Il faut que je donne un coup de fil à la maison. Reste ici, d'accord ?

Le journaliste tapota le dos de son ami et s'éloigna. Alexei aperçut alors le regard inquiet de Danielle, à quelques pas de lui.

– J'ai réellement eu peur pour toi, Alex.

– Je n'étais pas en danger.

Elle lui tourna sèchement le dos et marcha jusqu'à la fenêtre. Il fit un pas pour la rejoindre, mais Christian s'approcha en compagnie de Chantal Dupuis et d'Isabelle Perron. Il contempla le visage de la belle Véga, pour laquelle il avait jadis eu de tendres sentiments. Mais il ne savait plus s'il l'avait vraiment désirée ou s'il avait simplement tenté de la séduire pour désobéir au Jaguar.

– Je suis contente que tu aies réussi à t'enfuir aussi, Mikal, lui dit-elle en baissant timidement les yeux.

Danielle se retourna pour voir à qui il parlait.

– Je m'appelle Alexei, maintenant, répondit-il en souriant.

Danielle n'apprécia pas du tout l'attention qu'il accordait à Véga.

– J'ai tellement souffert, les premiers mois après mon évasion, poursuivit la jeune femme. J'imagine que tu as dû faire des centaines de cauchemars, toi aussi.

– Je continue à en faire, avoua-t-il.

– Alors, suis mon exemple et va voir un psychologue. Ça en vaut la peine. J'ai réussi à me débarrasser du Jaguar, qui continuait à vivre dans ma tête... Mais j'ai failli ne pas venir jusqu'ici aujourd'hui, de peur qu'il ne recommence à me hanter. Puis, j'ai pensé à toi, qui ne m'as jamais laissée tomber, jadis. Je pleure chaque fois que je me rappelle tous les coups de fouet que tu as reçus à cause de moi.

Alexei prit les mains de Véga, les porta à ses lèvres et les embrassa en la fixant dans les yeux.

– Je vais témoigner contre ce monstre, confirma Véga. Je vais le faire pour toi. Et Cassiopée... je veux dire Isabelle, va témoigner elle aussi. Et quand toute cette histoire sera terminée, j'aimerais bien que tu viennes à la maison pour rencontrer mon mari et notre petit garçon. Parce que j'ai refait ma vie, tu sais. C'est possible, Mik... Alexei.

– Je sais.

Il libéra les mains de Véga et alla chercher Danielle. Surprise, elle se laissa entraîner devant les jeunes disciples sans résister. Alexei prit la travailleuse sociale par la taille et la colla contre lui de façon possessive.

– Voici ma compagne Danielle, la présenta-t-il fièrement.

– Étiez-vous dans la secte ? voulut savoir Véga.

– Non. Je travaille pour le gouvernement. J'ai rencontré Alexei lorsqu'il a exprimé le désir de reprendre sa véritable identité.

– Alors, c'est encore mieux. Puisque vous n'avez pas souffert comme lui, vous allez l'aider à rester sain d'esprit.

– Je regrette de gâcher cette petite réunion, mesdames, coupa Christian, mais on nous attend.

Les disciples marchèrent docilement derrière le policier, et Alexei les suivit des yeux jusqu'à ce qu'ils se présentent devant l'officier qui gardait la porte de la salle.

– Entre Isabelle et toi, c'est plutôt tendu, on dirait, remarqua Danielle.

– Elle a toujours cru aux mensonges du Jaguar, expliqua Alexei. Elle a été la première à dire que j'étais le fils du diable.

– Et pourtant, elle est prête à témoigner contre le Jaguar, aujourd'hui.

– Je pense que son père et son frère ont dû la convaincre.

– Toi et la belle Véga, par contre…

– Nous avons souvent joué avec le feu, avoua Alexei avec un sourire évocateur.

– Tu as reçu le fouet pour elle ?

– Nous avons été surpris à nous embrasser, alors pour la protéger, j'ai dit au Jaguar que je l'obligeais à me satisfaire.

– Maître Deland a raison, soupira la travailleuse sociale. Il est surprenant que tu sois encore vivant.

Danielle ne le disait pas sur un ton amusé.

– Il y a de la jalousie dans ta lumière, s'étonna Alexei.

– Je n'ai pas du tout aimé ta façon de la regarder et de lui embrasser les mains.

– Moi non plus, je n'aimais pas que tu couches avec le procureur.

Danielle sentit les larmes lui monter aux yeux. Elle pivota sur ses talons et retourna à la fenêtre.

– Moi, je ne fais pas ce que je n'ai pas envie de faire, déclara Alexei en s'arrêtant derrière elle… Sauf quand c'est toi qui me le demandes.

– N'essaie pas de me faire la morale, Alexei Kalinovsky, sanglota-t-elle.

– C'est quoi, la morale ?

– Si tu es capable de lire si facilement en moi comme tu le prétends, alors tu sais déjà que je suis morte de peur à l'idée que tu puisses reprendre ta relation avec cette belle femme.

– Véga a un compagnon et un enfant et elle ne m'intéresse plus.

Danielle garda le silence, ce qui le mit très mal à l'aise. Il n'avait pas l'habitude de parler de ses émotions et ne savait pas vraiment comment lui dire qu'il l'aimait.

– Je dis toujours la vérité, persista-t-il.

Elle continua de se taire, alors, il l'attira dans ses bras et la serra très fort.

– Je ne sais pas comment réagir devant la jalousie, chuchota-t-il.

– Alors, ne fais rien. Reste toi-même, Alex. Ne change jamais.

– Je ne saurais pas comment être quelqu'un d'autre, de toute façon.

– Est-ce que tu te souviens de ce que tu m'as dit au sujet de mon père du pays d'Alt ?

– Oui, je m'en souviens.

– Je pense que c'était Frédéric.

– C'est possible, mais je ne pouvais pas lire son énergie parce qu'il était le Faucheur. C'est pour ça que je ne l'ai pas reconnu.

– C'était quoi, ce tatouage que tu nous as montré sous son pied ?

– Le procureur est un des enfants du Jaguar, parce que son tatouage est sous son pied droit. Solaris m'a déjà dit que le Faucheur était le fils du maître. Le mien est sous mon pied gauche, parce que je ne suis pas de son sang.

– Tu es tatoué sous le pied ?

– Oui. Est-ce que tu veux le voir ?

Alexei se pencha pour enlever son soulier. En riant, Danielle l'en empêcha et le força à se relever. Pas question de le laisser se déshabiller dans cet endroit public ! Son visage était maintenant tout près du sien. Leurs lèvres se frôlèrent.

– Te souviens-tu de ce que je t'ai dit au sujet de nous deux ? murmura la jeune femme.

– Tu m'as dit que les règlements de ton travail ne te permettaient pas de tomber amoureuse de tes clients, et qu'il valait mieux qu'on arrête de se voir.

– Oublie tout ça. Il est inutile de nier ce que nous ressentons l'un pour l'autre. Je suggère que nous changions de stratégie. Prenons tout ça au jour le jour, d'accord ? On verra bien où ça nous mènera.

Alexei lui répondit en l'embrassant passionnément.

Chapitre 56
Le verdict

Après avoir entendu tous les témoins et les dernières allocutions des procureurs, les membres du jury se retirèrent pendant un peu moins d'une heure, puis revinrent dans la salle. Alexei et Danielle y avaient pris place ensemble. Ils se tenaient par la main, ce qui plut énormément à Alexanne, assise un peu plus loin près de Paul Richard. Le juge s'adressa aux membres du jury.

– Mesdames, messieurs, avez-vous un verdict à me présenter ?

– Oui, votre honneur, fit l'un des hommes.

Il tendit une feuille au greffier, qui le remit au juge. Ce dernier y jeta un coup d'œil, puis la rendit au jury. Le greffier demanda alors à l'assemblée de se lever.

– Nous, membres du jury, déclarons monsieur Hugues Robin coupable du meurtre au premier degré d'au moins vingt-deux de ses disciples, de tentative de meurtre sur la personne d'Alexei Kalinovsky, de séquestration, de voies de fait et de cannibalisme.

Alexei ferma les yeux avec soulagement, tandis que l'homme récitait les véritables noms des victimes qui reposaient toujours à la morgue. Le chef de la secte allait passer le reste de sa vie derrière les barreaux.

Certains disciples éclatèrent en sanglots, mais la plupart gardèrent un silence mitigé. Le Jaguar, quant à lui, était impassible, voire résigné. Sylvain se pencha à l'oreille de Christian.

– Il ne nous reste plus qu'à régler le cas de Desjardins, chuchota-t-il.

Il ignorait que quelques minutes plus tôt, à la prison, le gardien qui avait apporté son repas à l'ancien substitut du procureur avait trouvé la cellule vide.

Frédéric Desjardins s'était volatilisé.

Bientôt,
le tome 3

LE FAUCHEUR

Alexei demeura sur la galerie et observa le camion qui s'était arrêté dans l'entrée. Utilisant ses facultés magiques pour sonder les intentions de son ami policier, il ressentit une grande lassitude et du découragement aussi. « Il n'a donc pas encore retrouvé le procureur Desjardins », comprit l'homme-loup. Christian descendit du véhicule. Il s'approcha de la maison, les mains dans les poches de son blouson de cuir.

– Tu n'es pas venu pour me parler du Faucheur, lui dit Alexei sans sourciller.

– Je t'en prie, ne lis pas mes pensées et laisse-moi plaider ma cause par moi-même, insista le policier en grimpant les quelques marches qui donnaient accès à la galerie.

L'homme-loup hocha doucement la tête. Christian passa devant lui pour aller s'asseoir dans l'une des balancelles de bois. Alexei prit place dans l'autre et observa le visage de son ami. Il était inquiet et surtout très fatigué.

– Je suis venu te demander une faveur, déclara finalement Christian en s'adossant dans la balancelle. J'aimerais que tu te serves de tes pouvoirs pour me donner un coup de main dans une enquête.

– Je t'ai déjà dit que je ne voulais pas travailler pour la police.

– Et je t'ai promis de ne pas te le demander, je sais, mais cette affaire est tellement grave que j'ai décidé de briser ma promesse.

Il était sincère et désespéré. Alexei se leva et fit quelques pas sur la galerie en regardant au loin. Il avait de la difficulté à comprendre la notion de promesse. À quoi cela servait-il de donner sa parole à une autre personne pour la reprendre plus tard ? Mais Christian était son ami. Cela lui donnait-il le droit de briser sa promesse ?

– Pourquoi est-ce une affaire grave ? s'inquiéta Alexei.

– Elle implique des enfants, répondit Christian. L'homme que nous recherchons en a tué au moins dix depuis le début de l'année et si nous ne l'arrêtons pas bientôt, il continuera d'immoler d'autres innocents.

– Et tu n'es pas capable de l'arrêter ?

– Nous ne savons pas qui il est, avoua le policier. Il ne laisse aucun indice sur ses jeunes victimes... enfin, le genre d'indice que des humains pourraient déceler, si tu vois ce que je veux dire.

Alexei demeura silencieux un instant, réfléchissant à son implication dans cette enquête. Christian ne le pressa pas. Il savait que son cerveau fonctionnait plus lentement que celui de la majorité des hommes. Alexei Kalinovsky avait passé toute sa vie en marge de la société. Il ne comprenait pas toujours ces concepts.

– C'est important pour toi que je t'aide ? fit-il, finalement.

– Oui, Alex, et ce devrait l'être pour toi aussi, parce que les enfants représentent l'avenir de cette planète. Personne n'a le droit de tuer une autre personne, surtout un petit être sans défense. Ces jeunes victimes étaient âgées de huit à onze ans. Elles ne méritaient pas de mourir aux mains de ce maniaque.

Table des matières

Chapitre 1 – Le libre arbitre 7
Chapitre 2 – La déclaration 15
Chapitre 3 – Les âmes jumelles 19
Chapitre 4 – Révélations 23
Chapitre 5 – L'elfe 29
Chapitre 6 – Faire la paix 35
Chapitre 7 – Jalousie 39
Chapitre 8 – Le pouvoir d'audition 45
Chapitre 9 – Faher 51
Chapitre 10 – Les baleines 55
Chapitre 11 – L'atlas 61
Chapitre 12 – L'ignorance 67
Chapitre 13 – La princesse 71
Chapitre 14 – Vies tragiques 79
Chapitre 15 – Le procureur 83
Chapitre 16 – Le palais de justice 87
Chapitre 17 – L'hôpital 91
Chapitre 18 – Les policiers 95
Chapitre 19 – Le petit garçon 101
Chapitre 20 – Les points lumineux 105
Chapitre 21 – La visite de Danielle 109
Chapitre 22 – La plainte 115
Chapitre 23 – Un cœur qui souffre 119
Chapitre 24 – La rafle 125
Chapitre 25 – Une décision difficile 131
Chapitre 26 – La forteresse 139

Chapitre 27 – Des mains lumineuses 145
Chapitre 28 – Un peu de répit 151
Chapitre 29 – Manque de preuves 157
Chapitre 30 – Un départ inquiétant 165
Chapitre 31 – Besoin d'air 171
Chapitre 32 – La maison de Sylvain 177
Chapitre 33 – L'ascenseur 181
Chapitre 34 – Des preuves concrètes 187
Chapitre 35 – Le cimetière 193
Chapitre 36 – Le pouvoir de ressentir 199
Chapitre 37 – Un karma douloureux 207
Chapitre 38 – Babylone 213
Chapitre 39 – Enfin des preuves 217
Chapitre 40 – Un talent utile 223
Chapitre 41 – La déposition 229
Chapitre 42 – Des sentiments confus 235
Chapitre 43 – Secrets du passé 241
Chapitre 44 – Deux mondes séparés 249
Chapitre 45 – Les dessins 255
Chapitre 46 – Les examens psychologiques 263
Chapitre 47 – Chez Christian 271
Chapitre 48 – Haziel 277
Chapitre 49 – L'homme-fée 281
Chapitre 50 – Début du procès 291
Chapitre 51 – Frustration 299
Chapitre 52 – Le Faucheur 305
Chapitre 53 – Un homme déterminé 313
Chapitre 54 – Suite du procès 323
Chapitre 55 – Tendres aveux 337
Chapitre 56 – Le verdict 343

IMPRIM'VERT®

Imprimé en France
par Corlet Imprimeur
14110 Condé-sur-Noireau
Dépôt légal : février 2012
N° d'impression : 144174
ISBN : 978-2-7499-1573-9